웃방데기

한울꿈을 꾼 사람들의
갑오년 이야기

채길순 장편소설

모시는사람들

차례 # 웃방데기
한울꿈을 꾼 사람들의 갑오년 이야기

01. 아랑이

자줏빛 허공을 내젓던 지팡이가 돌무더기 위로 솟은 솟대 끝을 향하자, 지팡이는 금세 뱀이 되어 솟대를 타고 올랐다. 뱀이 솟대 끝에 앉은 새를 덮치려는 순간, 아랑이의 숨도 같이 멎었다. 마침내 새가 날아오르자 어디 있던 새들인가, 어둠의 속박에서 풀려난 새 떼가 먹칠하듯 하늘을 덮어버렸다. 이히히히─. 난데없는 할매의 웃음소리가 새 떼가 칠해놓은 어둠 속으로 빨려 들어갔다.

"일나거라……."

아랑이가 아주 잠깐 동안의 이상한 꿈에서 깨어나자 어둠 속에서 아비가 내려다보고 앉아 있었다. 다시 못 볼 먼 길을 떠나면서 그새를 못 참고 잠이 들다니, 아랑이는 자신이 원망스럽기만 했다. 어미는 검은 꼬리를 끌며 타는 관솔불을 보며 말없이 눈물을 짓고 있었다. 아비가 길 떠날 차비로 초립을 쓰면서 자리에서 일어섰다.

아랑이가 밖으로 나오니 달도 없는 칠흑 같은 밤이었다. 아비는 이불 홑청으로 둘둘 감은 할매를 지게에 얹어 뒤꼍 쪽문으로 집을

나섰고, 어미가 뒤따르는 아랑이에게 보따리를 안겨 주며 낮게 흐느
꼈다.

"어딜 가더라도 밍이라도 길게 잘이나 살거래이."

"어무이요! 으흐흐흐."

오라버니 만득이는 멀리서 바라보고 서 있었다.

사방으로 절벽이 가파르게 선 항아리 속 같은 산골짜기로 들어섰
다. 땅은 칠흑 같은 어둠인데, 하늘에는 흰 별들이 발딱발딱 숨 쉬고
있었다. 여울물에서 화살촉 같은 빛조각들이 삐죽삐죽 튕겨 오르는
것은 하늘에서 쏟아진 별빛을 되쏘아 올리기 때문이었다.

굶주린 짐승들이 벌써 송장 냄새를 맡은 걸까. 부엉이 승냥이 같
은 들짐승들이 항아리 속을 기웃거리며 탐욕스러운 울음을 뽑아내
고 있었다. 겁에 질린 아랑이가 보퉁이를 바짝 당겨 안으면서 가까
이 따라붙었다. 이때였다. 으흐흐! 갑자기 아비의 몸에서 팽팽하게
부풀어 있던 굵은 울음이 비집고 나왔다.

"어무이요, 잘 가이소! 저 세상에서는 설움 건더기 없이 편히 사이
소. 으흐흐흐!"

아비의 소나기 같은 울음도 차츰 잦아들고, 빈자리에 다시 짐승
울음이 들어섰다. 문득, 아비가 발걸음을 멈추고 돌아보며 말했다.

"아랑이 널랑 여서 기다리고 있그래이."

"무서워! 나도 따라 갈 끼다."

"말 들어라!"

감히 거역할 수 없는 아비의 무서운 말이었다. 아랑이가 털썩 주저앉으며 울음을 쏟아냈다.

"할매요!"

지게 상여를 진 아비가 성큼성큼 어둠 속으로 발걸음을 옮겼다.

"아부지, 무서워! 내도 따라갈 끼라요."

아랑이가 와앙 울음을 터트리며 뒤따라 붙었다.

"말 들으래두!"

아비의 성난 말은 이제 울음 같은 말로 바뀌어 있었다.

"할매요!"

아랑이의 비명 같은 울음이 항아리 골짜기로 퍼져 나갔다. 아비가 어둠 속으로 녹아들 듯 사라졌다.

"할매요! 잘 가이소!"

아랑이가 흐느껴 울었다. 한동안 조용하던 골짜기가 쩌렁쩌렁 혼란스러웠다. 이때였다. 어둠 속에서 어둑시니 같은 어둠 덩어리가 불쑥 튀어나왔다.

"니가 조승지 댁 종년 맞노?"

말하는 것을 보아 귀신이 아닌 사람이었다. 온 얼굴이 수염에 싸인 텁석부리였다.

"누, 누구라예?"

"내가 니 새 주인인께 시방부터는 내 말 잘 들어라."

아랑이가 털썩 무릎을 꿇고 두 손을 모아 빌면서 말했다.

"어른요! 여서 우리 아부지 한 번만 더 보고 가면 안 될까예?"

"뭔 뚱딴지같은 말이고? 갈 길이 멀다카이!"

텁석부리의 억센 손이 아랑이를 번쩍 들어올렸다. 닭날갯죽지를 쥐고 무게를 가늠하듯 출렁거리며 말했다.

"지독한 집 종년이라 똥개도 개뿐하네. 가만! 너 보따리 한번 닐카 보거래이!"

아랑이가 겁에 질려서 안고 있던 보따리를 툭 떨어뜨렸다.

"요런 잡것들! 보리 두어 가마는 멕여야 값이 나가겠네. 흐흐흐!"

텁석부리가 느닷없이 솥뚜껑 같은 손으로 철썩철썩! 아랑이의 양 뺨따귀를 천둥같이 올려붙였다. 하늘의 흰 별들이 자줏빛 어둠 속으로 와르르 쏟아져 내렸다. 텁석부리가 아랑이를 내려놓으며 말했다.

"이제 내 뒤로 세 발짝만 떨어지면 이렇게 맞는 기라. 알겠노?"

"야."

"따라온나!"

"야."

02. 한양성 대도大盜

조선 왕조의 수도 한양성. 높은 산과 강이 어울려 있어서 마치 어미가 아이에게 젖을 먹이는 형상이라 평화롭기 그지없었다. 그러나 왕조의 몰락 조짐이 나라 안팎에서 나타나고 있었다. 조선팔도 곳곳에서 민란이 빈번하게 일어날 뿐만 아니라, 나라 밖 사정도 어지럽기만 했다.

1860년, 조선이 예로부터 의지해오던 청의 수도 베이징[北京]이 영국 독일 프랑스군에 의해 함락됨으로써 철문처럼 굳게 닫혀 있던 동양의 문호가 열리게 되었고, 이어서 조선의 문호가 개방되어 하루아침에 세계열강의 각축장이 되어 있었다. 게다가 대원군 정권을 무너뜨리고 등장한 민씨 정권은 애초부터 부패하고 무능했다. 민씨 정권은 민중의 내부 개혁 요구에 지레 겁을 먹고 탄압을 가중시켜 가고 있었다.

세상이 어지러우면 별 해괴한 일이 다 많은 법이라서, 한양성 안에 괴이한 소문이 떠다니고 있었다. 어떤 신통한 사람이 쥐들을 길들여 도둑질을 시키는데, 제아무리 감쪽같이 숨겨 놓은 보물 궤짝이라도 단숨에 갉아 구멍을 내고 보패를 훔쳐오게 한다는 것이다. 야릇한 것은 재물을 잃은 이들이 모두 부정과 부패를 일삼은 고관대작이나 겉으로는 청렴을 내세우고 있는지라 도둑을 맞았다 해도 대놓고 말은 못하고 벙어리 냉가슴을 앓아서 속병이 되었다는 것이다. 가슴에 숯덩이가 들어앉아 있는 괴상한 병을 고치는 길은 오직 도둑놈, '서생원鼠生員'을 잡아들이는 길 뿐이었다. 그렇지만 쥐를 길들일 만큼 신통귀통한 사람이니 쉬 잡힐 턱이 없었다.

조정에서는 고심하다 못해 지방 관아에 공문을 내려 보내어 한양성에 쥐가 들끓어 나라의 곡식이 축나니 고양이를 잡아 올리라는 영을 내리게 되었다. 각 고을에서 올리는 고양이가 도성에 한꺼번에 들이닥치니 한양성이 온통 고양이 세상이 되었다. 그래도 도둑질은 끊이지 않았다. 이번에는 그 신통한 사람이 고양이를 길들여 도둑질을 시킨다고 하니 고관대작들이야 사람 환장할 노릇이었다.

이 숨바꼭질을 구경하는 백성들이야 '쥐를 길들일 재주라면 고양이 아니라 구더기 길들이는 재주는 없을려구' 하고 재미있어하였다.

그러면 도성을 들었다 놓았다 하는 서생원이란 대체 누구인가. 소문에 따르면 훔친 재물을 곳간에 쌓아두는 것이 아니라 병들고 굶주린 백성들에게 골고루 나누어주는 의로운 사람이란다. 부풀려진 말이긴 하지만, 조선팔도에서 서생원의 은덕을 입은 백성들이 부지기수라는 것이다. 그래서 백성들은 사령이나 포졸들이 도둑을 잡는다고 밤낮없이 사방팔방으로 살벌하게 들쑤시고 다녀서 신역身役은 좀 고되어도 제발 도둑이 잡히지 않기만을 바라게 되었다.

이러니 성 안의 치안을 책임 맡은 포도청 포도대장 신정희는 '땅—' 하고 통행금지가 풀리는 파루罷漏 소리가 나면 가슴이 덜컥 내려앉았다. 아침마다 조회에 불려 들어가 고관대작들에게 도둑놈 하나 잡아들이지 못한다고 날벼락이 떨어지기 때문이었다.

신정희가 내내 속을 끓이다가 헛일 삼아 일본 영사관 왜성대倭星臺에 부탁을 했다. 관리들이 제 백성을 잡아들이자고 다른 나라 순검의 손을 빌리다니, 이게 조선 관리들의 짓거리였다. 일본 순검들이 나서자 신통하게도 단 사흘 만에 도둑 서생원을 잡아냈다.

이렇게 하여 말도 많고 탈도 많던 '한양성 서생원 소동'이 끝나 버렸다. 그렇다고 왜성대라고 뭐 별난 재주를 가진 것이 아니었다. 왜전倭錢을 많이 바꿔간 고관대작 집에다 일본 순검을 잠복시켰다가 사로잡았다는 것이다. 서생원을 잡고 보니 덩치는 산같이 크고, 이마가 훤하게 잘생긴 헌헌장부였다. 어느 구석을 보아도 작고 약삭빠른 쥐의 관상은 찾아볼 수 없었다.

도둑을 잡았지만 고위 관리들은 이제 새로운 근심이 생겼다. 그 동안 조정에서는 '서생원의 소동'을 상감에게 아뢰지 않고 쉬쉬하고 있었는데, 임금께서 일본 영사관 오오또리를 통해서 서생원의 이야기를 전해 듣고 크게 노하시었다. 임금께서 관리의 죄를 다스리는 관청인 사헌부를 통할 것 없이 친히 진상을 알아보겠다고 나섰다. 이 말을 들은 조정 관리들의 낯이 그만 백지장이 되었다.

일본 영사관 오오또리도 도둑 서생원을 조선 조정에 넘겨주지 아니하고, 서생원을 조근조근 취조하여 그동안 도둑질한 관리와 잃어버린 보물의 물목을 두루마리에 낱낱이 적었다. 서생원이야 잡힌 마당에 훔친 물건을 숨길 이유가 없어서 술술 불었을 것이다.

조정 대신들이 잃어버린 재산 액수를 보니 만조백관의 품계品階에 얼추 맞아떨어져서, 조선의 모든 관리가 썩어 있다는 사실이 한눈에 보였다.

일본 영사관의 보고를 받은 본국에서는 '옳거니! 이제 조선을 먹기는 손바닥 뒤집기만큼이나 쉽다' 하고 축배를 들었다는 것이다.

그러면 서생원이 훔쳤다는 그 많은 재물을 어디다 쌓아뒀나? 서생원이 한탕 털면 으레 사나흘을 쉬었는데, 이는 인근 고을로 스며들어 가난한 사람들에게 물건을 풀어주기 위해서였다는 것이다. 왜성대에서도 굳이 서생원의 장물贓物을 찾아내려고 하지 않았는데, 이는 서생원의 말을 온전하게 믿었기 때문이었다.

일본 영사 오오또리는 문서 두루마리를 항상 품에 지니고 다녔는데, 조선 관리들 쪽에서 보면 두루마리가 살생부殺生簿였고, 오오또리에게는 물을 아무리 퍼내도 물이 고이는 샘과 같아서, 마치 재물이 마르지 않는 화수분 같았다. 오오또리 집 앞에는 재물을 바치려고 모여든 조선 관리들의 재물 수레가 줄을 이어서 마치 시장이 선 것같이 사람들이 복작됐다.

03. 두 종 새끼

한양 도성에는 동서남북 사방으로 큰 문이 나 있는데, 남대문을 나서면 머리맡에 목멱산이 있었다. 그 산 발목쯤에 풀무재가 있는데, 대장간이 다닥다닥 들어서 있어서 붙여진 고개 이름이었다. 조선팔도에서 유명짜한 대장장이들이 모여 사는 곳이라 관청 무기를 도맡아 하는 곳이었지만 요즘은 나라의 곳간이 비어서, 아니 빼어난 신무기를 가진 청국이나 일본이 나라를 지켜줄 줄 알고 한동안 무기 주문이 끊겨서 대장간 마을이 적막강산이었다.

그나마 며칠 전까지만 해도 도성 안의 고위관리들의 집에서 주문한 보물 궤짝에 쥐와 고양이의 이빨이 닿지 않을 방책으로 쓰는 얇은 철판을 만드느라 망치질 소리가 한동안 야단스러웠었다. 그러나 한양성을 들었다 놓았다 하던 도둑이 잡히자 하루아침에 망치질 소리가 멎어 버렸다. 게다가 해거름이 되자 깊은 산속 절간이 된 것이다.

대장간 옆으로는 낡은 노적가리 같은 집들이 늘어서 있었다. 대
장간이야 화덕과 바람을 불어넣는 풀무만 있으면 그만이고, 대장장
이들 사는 집이야 하늘만 가리면 그만인 엉성한 게딱지 집들이었
다. 바지랑대 서너 개 모아 머리를 질끈 묶어 틀을 세우고, 이엉을
엮어 붙여서 겨우 비바람이나 가렸으니 말이 집이지 비렁뱅이 소굴
이었다.

이런 적막한 풀무재에 갑자기 구경꾼들이 몰려들어 시끌벅적했
다. 황소 같은 두 떠꺼머리총각이 맞장을 뜬다는 것이다. 바야흐로
주먹이 오고 가기 직전에 서로 입으로 시시비비를 가리는 중이었
다. 먼저 갑이가 말을 질렀다.

"이놈아! 째빠지게 만들어놓은 철판을 돈 주고 찾아가야 할 거 아
니여?"

바우덕이가 얼굴이 시뻘게져 맞받았다.

"대감 나리께서 돈을 안 주신께 몬 찾아가지, 우예 찾아 간단 말이
고? 내도 참말로 답답하다카이."

"대장쟁이들은 뭐 흙 파먹고 사는 두더지라더냐?"

"그렇다고 내 같은 종놈이 뭐 용뺴는 재주가 있다카더나?"

"오냐, 알겠다! 썩을 놈에 개다리소반인지 양반인지한테 가서 잘
묵고 잘 살라고 단다이 일러라."

"오냐. 다른 말은 몰라도 양반 능욕한 말은 꼭 전해서 작신나게 곤

장 맞게 해 줄 건께 그때 가서 딴 말 말그래이."

바우덕이가 마지막으로 다짐을 놓듯이 빈주먹을 갑이의 코앞으로 찔러넣자 갑이가 더 큰 주먹을 바우덕이의 눈앞에 들이댔다.

"오냐. 이놈아! 맘대로 해라."

이렇게 한바탕 입으로 샅바 잡는 싸움 끝에 바우덕이가 씩씩거리며 풀무재를 내려갔다. 별 싱거운 싸움도 다 있다 싶다가, 구경하던 풀무재 사람들이 우르르 몰려들어 갑이를 둘러쌌다.

"잘했다! 참말로 잘했다. 속이 다 후련하다!"

모두 한 입으로 치사는 했지만 이는 잠깐이고, 앞으로 닥칠 일을 근심했다. 위세 당당한 대갓집 가노들이 왈패들을 앞세우고 나타날 것이 분명했기 때문이었다.

"그나저나 갑이 자네 클 났네. 세도 높은 삼청동 이용직 대감집 종을 건드렸으니 이제 그 집 하인들이 떼 지어 몰려올 것이네. 장차 이 일을 어쩌면 좋겠나."

"뭐 별 일이야 있겠시유?"

갑이가 호기 있게 말은 했지만 내심 켕겨서 말끝을 흐렸다.

갑이가 방으로 들어와 화기를 식히고 있는데 마침 마실을 갔다가 소문을 들은 남원댁이 달려 들어와 갑이를 닦아 세웠다.

"아이고, 이눔아! 어쩌자고 또 종작없이 성깔부렸다냐? 니가 시방 그럴 때여? 하늘 겉은 이대감댁 종놈들을 건드려 놨으니 이를 우째야 쓰까이? 아까 대낮버텀 홍철릭을 입은 별감짜리가 기찰포교들을 데리구 왔다 갔다 허고 심상치 않은디 이를 우째야 옳당가."

"냅둬유. 별 거 없을 기유."

그런데 그날 밤에 아주 이상한 일이 벌어졌다. 이용직 대감댁 하인들이 떼거리로 몰려와 '이리 오너라, 저리 가거라' 호통치기는 고사하고, 바우덕이가 초저녁에 이슬 젖듯 슬그머니 찾아와 외짝 지게문을 열고 삐쭘하니 머리를 디밀고 들어와 두 손을 내민 것이다.

"우리 그만 화해하입시더. 같은 아랫것 처지에 싸울 일 뭐 있능교. 내가 사죄하는 뜻으로 종살이 풀리날 때 쓸라꼬 모아놓은 돈 몇 냥이 있는데 대신 품값으로나 쓰이소. 이게 다 서생원이란 도둑놈이 잽히는 바람에 생긴 일 아인교?"

바우덕이가 품에서 엽전 꿰미를 꺼내어 갑이 앞에다 내밀었다.

"뭐여, 이놈아? 문둥이 콧구멍에 박힌 마늘을 빼먹지, 내가 종놈의 돈을 받아먹는단 말여?"

갑이가 버럭 성을 내어 엽전 꿰미를 집어 바우덕이 낯짝을 향해 집어던졌다. 악! 하는 비명과 함께 바우덕이가 얼굴을 감싸 쥐었다. 얼굴을 덮은 바우덕이의 손가락 틈으로 붉은 피가 흘러내렸다. 아까부터 서로 코앞으로 주먹만 들이밀더니 기어코 사달이 난 것이다. 그러나 이는 갑이가 마음먹고 후려친 게 아니어서, 이제 갑이 쪽이 난감하게 되었다. 갑이가 엉겁결에 둘러댄다는 것이 천기누설을 하고 말았다.

"내가 잘못했네. 내가 아무리 후레자식이기로 제 아비 욕하는 말을 듣고 가만 있을 수 있겠는가?"

바우덕이는 그제야 갑이가 한동안 온 한양 성안을 떠들썩하게 했던 서생원의 아들인 줄을 알게 되었다. 먼저, 바우덕이 이마에 뚫린 핏구멍을 틀어막은 뒤에, 서로 제 기구한 사연을 말하게 되었다. 갑이가 먼저 사연 보따리를 풀었다.

갑이네 식구들은 전라도 남원 고을 김감사댁 종이었다. 어느 봄날, 갑이가 키 높은 살구나무 가지에서 소리 없이 지는 연분홍 꽃잎을 쓸고 있을 때, 그의 아비 봉남이의 다급한 부름을 듣고도 비를 내던지고 어슬렁거리고 대문간으로 나갔다. 갓을 쓴 어느 양반이 막 대문간에 들이닥치는 중이었다.

"어서 옵시오, 나으리."

아버지 봉남이가 허리를 납신납신 접어 인사를 하고, 말 옆구리에 무릎을 꺾어 손님이 등을 밟고 내리기 맞춤하게 엎드렸다. 그런데 양반이 종의 등을 밟지 않고 반대쪽으로 사뿐히 내려 대문 안으로 성큼성큼 걸어 들어갔다. 봉남이가 머쓱하여 일어나 갑이에게 말고삐를 넘겨주었다.

고삐를 넘겨받은 갑이가 발을 불끈 들어 가랑이 사이의 말 불알을 걷어찼다. 히히힝! 자지러지게 놀란 말이 하늘을 향해 몸뚱어리를 솟구쳐 올렸다. 그렇지만 고삐를 틀어쥔 갑이의 엄청난 힘에 붙잡혀 말은 달아나지 못하고 흙먼지만 일궈내다가 곧 잠잠해졌다.

"이놈아! 죄 없는 짐승한테 뭔 짓이랑가?"

봉남이가 갑이의 뺨따귀를 천둥같이 올려붙였다. 안 그래도 잔뜩 성이 난 갑이의 얼굴이 시뻘겋게 달아올라 앙알댔다.

"왜 때린당가?"

"이놈아! 죄 없는 짐승 가랭일 왜 걷어찬당가?"

"왜 죄가 없어라우? 내 아비를 땅에 엎드리게 뻣뻣이 선 놈인께 큰 죄를 지었제라."

봉남이가 잠깐 움찔했으나 곧 말소리를 깔아서 말했다.

"종놈은 종놈으로 살아야 편하제, 고깝게 생각하는 니놈이 그르제."

"싫어라우! 난 하루를 살아도 그렇게는 안 살랑게."

악에 받친 갑이의 눈에서는 벌써 눈물이 철철 흘러내리고 있었다. 아들의 귀싸대기를 올려붙인 봉남이도 민망하여 어정쩡하게 서 있었다. 이때 대문 안쪽에서 헛기침 소리가 튕겨 나와서 돌아보니 아까 말에서 내린 양반 손님이 장대같이 서 있었다. 여태 종 아비와 아들 싸움을 고스란히 지켜보고 서 있었던 것이다. 봉남이가 얼른 땅에 엎드려 얼굴을 땅에 대었다. 갑이가 마지못해 따라서 엎드리긴 했지만 여전히 목은 뻣뻣했다. 양반 손님이 한동안 말없이 보고 섰다가 대문 안으로 들어갔다.

갑이가 이 일로 언제 주인 김감사나 손님 양반에게 불려 들어가 혼뜨검이 날지 마음을 졸이는 중에 며칠이 지났다. 갑이가 말여물을 마련하기 위해 아침 일찍 양지바른 곳에 돋은 봄풀을 뜯으러 나갔는데, 얼마 아니 되어 마당쇠가 달려와 주인 나리가 급히 찾는다는 말을 전해주었다. 전날 일이 기어코 사달이 났구나 싶었는데, 집으로 들어서자 뜻밖의 모습이 눈앞에 들어왔다.

사랑채 마당에는 며칠 전에 왔던 양반 손님이 길을 나서기 위해 봇짐을 지고 서 있고, 곁에는 봉남이와 남원댁이 봇짐을 챙겨 이고 지고 서 있었다. 뜨락 아래 마당에는 전날 타고 왔던 말이 꼬리를 흔들며 섰고, 주인 김감사가 마루에 앉아 있었다. 김감사가 갑이를 향해 마뜩찮은 낯으로 말했다.

"너도 싸게 길 나설 차비를 해라."

양반 손님은 전라도 태인에 사는 김개남인데, 집주인 김감사와는 먼 친척지간이었다. 나중에 자초지종 내력을 알게 되었지만, 김개남이 타고 온 말과 노자를 몽땅 내어주고 봉남이네 종 식구를 면천시켜 준 것이다. 처음에는 말 한 마리와 돈 몇 냥으로 홍정이 끝났는데, 아침에 돌연 김감사의 욕심이 도져서 변덕을 부리는 바람에 노잣돈까지 몽땅 털어주고서야 겨우 홍정이 끝나 길을 나서게 된 것이다. 한 양반의 선심으로 종 일가의 평생 소원이 단박에 이루어진 것이다.

함께 길을 나서기는 했지만, 말을 타고 왔던 점잖은 양반 김개남이 이백리 길 태인까지 어찌 갈까 걱정이었다. 아니, 노잣돈을 몽땅 면천하는 데 써 버렸으니 머나먼 태인까지 가는 동안 먹고 자는 것이 당장 걱정이었다.

김개남과 갑이네 식구가 임실 어느 장거리를 지나게 되었는데, 끼니를 넘긴 터라 장국시집이나 국밥집을 지날 때 시장기로 뱃속이 요동쳤다. 좁은 장터를 막 빠져나왔을 때, 양반 가마 행렬을 만나 황급히 길옆으로 비켜섰다.

장을 다 빠져나오자 봉남이가 김개남에게 낮은 말로 아뢰었다.

"나리, 마침 중화참이니 주막에 들러 끼니를 자시고 가는 것이 어떨지요? 제게 돈이 조금 있구만이라우."

김개남이 난감한 표정을 짓더니, 잠시 뜸을 들인 끝에 말했다.

"이제 면천이 되었으니 온 식구가 같이 앉아 겸상을 하시겠다면 가겠소이다."

"나리께서 그렇게 말씀하시니 분부대로 하겠구만이라우."

그 다짐 끝에 국밥집에 들어가 밥과 술을 먹고 마시고, 먼 길에 새참 인절미까지 챙겨서 다시 길을 나서게 되었다. 장터를 나설 즈음에 아까 거드름을 피우던 양반 가마 행렬이 길을 되짚어가면서 잃어버린 돈 꾸러미를 찾는다고 난리법석을 떨었다. 갑이가 저 양반이 잃은 돈이 고스란히 아비 봉남이의 손 안에 들어 있다고 눈치를 챈 것은 금방이었다.

태인 동곡리 김개남의 집에 도착하자, 김개남은 봉남이네 식구들을 한꺼번에 동학에 입도시켜 주었고, 자신의 도강 김씨 성까지 붙여주었다. 봉남이네 식구는 빈부귀천은 하늘이 내려주는 것인 줄로만 알았다가, 주인과 종이 한 하늘 아래 같은 사람이라는 사실도 알게 되었다.

김봉남이 가솔을 거느리고 길을 나섰다. 며칠 동안 뭐에 쫓기듯이, 누구를 찾아 가듯이 밤낮없이 걸어서 충청도 청주성에 대었다. 봉남이네는 청주 성 밖에서 좀 떨어진 율봉역 어름에 자리 잡아 대장쟁이질을 하며 살았다.

거기서 한동안 살다가 한 해 전에 한양성 남대문 밖 목멱산 자락 풀무고개로 옮겨 살게 되었다. 그렇지만 어떤 연유로, 누구의 주장으로 이곳에 와서 살게 되었는지 그 사연은 오직 김봉남이만 아는 일이다.

"헹님! 그리고 본께 헹님도 동학쟁이구려. 지도 오래전버텀 동학에 들었심더."

바우덕이가 반가워서 큰소리로 외칠 말이었지만 목소리를 낮추

느라 말이 떨렸다. 갑이가 좀 겸연쩍어하며 말했다.

"내야 건성 동학쟁이지 차진 동학쟁이가 아니여."

이번에는 바우덕이가 제 사연을 풀어놓았다.

바우덕이는 원래 가세가 기울어가는 안동 고을 권초시댁 종이었다. 권초시는 오랫동안 벼슬을 나가지 못해 그간 얼마 있던 논밭뙈기를 너푼너푼 팔아먹어서 남은 재산이라고는 바우덕이네 식구뿐이었다. 그나마 양식이 떨어져 머지않아 팔아먹을 궁리를 하고 있었다.

하루는 바우덕이가 심부름을 다녀오니 아비 어미와 두 누이가 팔려나가서 마치 소 마구간 비듯 행랑채가 비어 있었다. 두 누이는 약전거리 최첨지댁으로 팔려 가고, 값이 좀 헐한 어미 아비는 더 외진 마을로 팔려간 사실을 알게 되었다. 바우덕이가 이 소식을 듣고 빈방에서 홀로 처박혀 한동안 섧게 소리 죽여 울었지만 곧 훌훌 털어버렸다. 마당으로 나와 소매로 눈물 한번 쓱 닦아 내고 하늘 한번 올려다보고 나니 어둡고 갑갑한 것들이 씻은 듯 부신 듯 사라져 버렸다. 까짓 피붙이가 종으로 설움 받으며 사는 꼴을 두 눈으로 보지 않고 떨어져 사는 것도 서로 뱃속 편한 일 같기도 했다.

이렇게 바우덕이가 마음을 다스렸을 무렵, 하루는 권초시의 몸종으로 경상감사 이용직 대감댁이 있는 대구 감영 행보에 따라나서게 되었다. 권초시가 벼슬자리를 부탁하러 갔지만 찰벼 한 섬에 닭 몇 마리가 든 닭둥우리를 보자 이감사의 얼굴이 자연 찡그러졌다. 곁에 앉아 있던 이감사의 집사 법수가 바우덕이를 향해 말했다.

"저 놈이 덩치 하나는 실하구나."

이 말을 권초시가 얼른 알아듣고 말했다.

"저 아를 쓰시겠다카모 떨카놓고 가겠심더."

이렇게 안동 권초시댁 바우덕이가 이감사댁 종이 되어 대구로 나오게 되었다.

그 뒤로 권초시가 벼슬자리를 얻었는지 말았는지는 알 수 없으나, 바우덕이는 대구 감영 밖에 사는 옥할배를 만났다.

옥할배는 젊은 날 옥지기 시절에 동학 창도주 최제우 선생이 감영 옥에서 옥살이를 할 때 인연으로 동학교도가 되었다.

최제우가 몸은 비록 대역 죄인으로 옥에 갇혔지만, 보는 순간 얼굴이 화사하고 눈빛이 형형하게 빛나서 예사 사람과 달랐다.

옥할배가 끼니때가 되어 소금물 적신 주먹밥을 가지고 들어갔는데, 저도 모르게 그만 주먹밥을 뜯어먹는 염치없는 짓을 하고 말았다. 옥지기가 죄수들에게 위엄 있게 전립을 쓰고 검정 더그레를 걸치기는 했지만, 감영에서 주는 봉미도 변변치 않은데다, 그나마 봉미가 언제 나오고 안 나왔는지 까맣게 잊어버릴 정도였다. 그러니 집에 있는 가솔이야 눈에 보이지 않으니 밥 바가지를 들고 비렁뱅이질을 하는지, 어디 남의 집 밭에 들어가 떨어진 감이나 주워 먹고 목숨을 연명하는지 모를 일이고, 당장 옥지기 자신부터 배를 곯았다. 그러니 옥에 갇힌 죄수에게 하루에 한 개씩 가져다주는 주먹밥이 온전하게 전해질 턱이 없었다. 주먹밥이 여러 손을 거쳐 옥지기 손에 들어올 때는 이미 반 토막이 나 있고, 다시 죄수에게 들어갈 때는 더 축이 나서 어린애 주먹, 아니 불알 쪽 만할 수밖에 없었다.

옥지기가 축낸 주먹밥을 들고 옥에 들어갔으나 죄수 최제우가 단정히 앉아 주문을 암송하고 있어서 주먹밥이 든 바가지를 옥 창살 안으로 밀어 넣고 나왔다. 그런데 밥 바가지를 내려 갔을 때도 최제우는 여전히 같은 자세로 앉아 있었다. 사람들이 말하기를, 장차 한양으로 압송되어 좌도난정률로 참형에 처해질 것이라고 수군댈 때였는데, 어찌나 얼굴이 평온한지 어떻게 보아도 이 세상을 떠날 사람으로 보이지 않았다. 이윽고 최제우가 눈을 뜨자 해같이 밝은 얼굴빛과 인자한 표정이 단박에 사람을 끌어들이는 힘이 있어서 옥지기는 저도 모르게 털썩 무릎을 꿇었다. 단정하게 앉았던 최제우가 옥지기와 같이 무릎을 꿇었다.

"선생께서는 양반이신데 상것에게 와 이라시능교?"

옥지기의 말에 최제우는 얼굴에 부드러운 웃음을 띠며 말했다.

"이제 곧 모든 사람이 위아래가 없는 개벽된 세상이 올 낍니더."

"개벽 세상이라꼬예? 그라모 우리 같은 상것들은 우째야 되니껴?"

"13자 동학 주문으로 내 안에 한울님을 모시고 마음을 닦으시이소. 하늘 아래 모든 사람들이 저마다 내 안에 한울님을 모시고 있으니 주문을 외도록 하이소."

"13자 주문, 그기 우째되니껴?"

"시천주 조화정 영세불망 만사지侍天主 造化定 永世不忘 萬事知요!"

동학 주문이 옥지기의 귀에 천둥처럼 들려와 마음에 새겨졌다.

"주문으로 마음을 닦아 내 안에다 한울님을 모시는 일입니더."

그 말 또한 옥지기의 귓결에 불벼락처럼 다가왔고, 벌써 마음이 따뜻하게 녹아 있었다. 옥지기가 물었다.

"와 밥은 안 드싰능교?"

"마음을 닦으면 밥을 아니 묵어도 배가 부른 법이오."

옥지기는 주먹밥 축낸 것이 부끄러워 다음 날에는 다른 죄수 밥을 떼어 붙여서 큰 주먹밥을 가지고 들어갔다. 최제우가 주먹밥은 거들떠보지도 않고 옥지기를 가까이 불러 말했다.

"한낮쯤에 감영 주변을 서성이는 최경오(崔敬悟, 최시형의 자)라는 사람이 있을 테니 이 담뱃대를 전해 주시이소."

과연 최제우 말대로 옥지기가 최경오를 만났는데, 담뱃대를 받더니 담뱃대를 향해 엎드려 절을 한 끝에 흐느껴 울면서 대를 쪼개고 보니 '고비원주高飛遠走(멀리 달아나라)'라 적힌 쪽지가 들어 있었다.

"스승님의 말씀대로 하겠다고 전해주이소."

최시형은 그 길로 달아나듯 사라졌고, 뒷날 온 나라에 씨를 퍼뜨리듯 동학을 포덕하게 되었다는 것이다.

한양으로 압송되어 간 최제우를 옥지기는 거짓말처럼 다시 보게 되었다. 압송 행렬이 과천에 이르렀을 때 철종 임금의 승하 소식을 듣게 되었고, 조령朝令에 따라 다시 대구 감영으로 내려왔기 때문이었다.

최제우가 대구 감영에 돌아오자 그동안 있었던 기이한 이적異蹟 소문도 함께 전해졌다. 대구 감영을 떠난 정구룡의 압송 행렬이 추풍령 아래에 이르자 황간 동학교도들이 추풍령 고갯마루에 모여 있다는 소문을 듣고 상주 화령 쪽으로 길을 돌렸는데, 보은 관아의 이방이 동학교도여서 최제우에게 예물을 바쳤다는 것이다. 과천에서 미리 임금의 승하 사실을 알았고, 발길을 돌려 내려올 때는 문경 새재에 이르자 동학교도 수천 명이 횃불을 대낮같이 밝게 켜들고 길을 막아섰다. 그러자 최제우가 동학교도를 향해 '나는 천명을 믿고 천명대로 따를 뿐이다. 내가 오늘 이 길을 걷는 것도 천명이니 안심하고 돌아가 수도修道에 힘쓰라'고 달래니 교도들은 눈물을 흘리면서 좌우로 나누어 최제우에게 절을 하며 배웅했다. 이것이 동학교도를 향한 최제우의 마지막 설법이 되었다는 것이다.

대구 감영에 돌아온 최제우는 다시 옥에 갇혔고, 13명의 제자들과 함께 관찰사 서헌순에게 거의 매일 가혹한 신문을 받았다. 혹독하게 추운 겨울날 감영 마당에 꿇어앉힌 다음 매질을 가하면 얼어붙은 살

결이 쭉쭉 갈라지고 선혈이 낭자하여 차마 눈뜨고 볼 수 없는 끔찍한 고문이었다.

하루는 옥지기가 숨을 죽이고 담 너머에서 벌어지는 고문 소리를 듣고 있었는데 갑자기 '우두둑!' 하는 뼈 부러지는 소리가 들렸다. 그날 최제우가 사령의 등에 업혀서 옥으로 돌아왔는데, 아까 다리가 부러진 것이 바로 최제우였던 것이다. 옥지기가 눈물을 지어 맞이했는데, 최제우는 해사한 얼굴로 '아무 걱정 말라'는 말로 도리어 옥지기를 달랬다.

최제우는 22차례의 모진 고문으로 겨울을 보내고 3월 10일 대구 관덕정에서 좌도난정률로 참형에 처해졌다. 최제우와 함께 신문을 받았던 13 제자들도 강원도 등지로 유배 또는 엄형이 내려졌다.

옥지기는 숨죽여 최제우의 순도를 지켜보며 울음을 삼켰고, 옥지기를 그만두고 동학 포덕에 나서게 된 것이다.

옥지기가 잠행 포덕을 하던 중, 바우덕이에게 동학을 전하게 되었다. 동학교도가 된 바우덕이는 경상감사 이용직 대감이 임기를 마치고 한양으로 올라올 때 붙어서 올라오게 된 것이다.

"헹님요, 시방은 동학이 들불맹키로 사방으로 퍼져서 동학에 들지 않은 사람은 사람 축에도 몬 든다 안 캅니꺼."

"그 말은 나도 들었다."

"지금 한양 사대문 안에 동학 접주도 있고, 동학교도가 억수로 많다 안 캅니꺼."

"그럼 바우덕이 니도 최창한 접주를 알겠네."

"어디에, 장안에 동학교도들은 절대로 누가 교인이라카는 거는 말하지 않는다 안 캅니꺼? 그건 그렇고, 내 겉은 종놈은 뭘 해야 할까 잘 생각해본께네 할 일이 쪼매씩 보이데예."

"그려? 그게 뭣이더냐?"

"맘 바르게 묵고 좋은 세상을 기다리는 거지예."

"가만 앉아서 지 마음만 닦아서야 어쩨 좋은 세상이 오겠나? 바르지 못하면 나서서 바르지 못한 것을 뜯어 고칠 생각을 해야지!"

"헹님 말이 맞심더! 내도 때가 되면 그럴 낍니더. 그나저나……."

바우덕이가 건넌방에 있는 남원댁이 들을까봐 귀엣말을 했다.

"안 된 말이지만, 소문에 아버님 신상이 심상치 않을 거랍니더."

건넌방이라고 해야 가마때기 한 장으로 가려놓은 것이 고작이라 귀를 세워 듣고 있던 남원댁이 금세 말을 알아듣고 가마때기를 휙 열어젖히더니 앉은뱅이걸음으로 건너왔다. 남원댁은 낯빛이 허옇게 질려서 물었다.

"뭣이여? 야들 애비가 어찌 된다는 것이여?"

바우덕이가 남원댁이 듣고 있을 줄은 생각도 못한 일이라 급하게 뱉아낸 말을 황급히 쓸어 담았다.

"어디에, 아무 일 없을 낍니더. 장안에 재물을 잃어버린 양반 놈들이야 똥 묻은 개 주제인데 무슨 염치로 누굴 나무란단 말인교? 쪼매도 걱정하지 마이소."

바우덕이가 급히 뒷수습을 한다고 했지만, 남원댁은 무슨 생각이 들었던지 금방 눈물을 찍어내면서 말했다.

"안 그래도 내가 요즘 도성 안에 들어가 소문을 귀동냥하고 댕겼는데, 야들 아부지가 무사치 못할 거라고 하덩만. 그게 아니라도 요즘 꿈자리가 뒤숭숭허더랑게."

"어디에. 잘 될끼라예. 오래 가두기는 해도 우째 되기사 하겠능교. 하이고! 저 이만 일나 봐야겠심더."

바우덕이가 안 그래도 밤이 깊었다며 급히 일어섰다.

움막 밖으로 나오자 사위가 고요했다. 바우덕이가 뒤따라 나온 갑이에게 바짝 다가가 귀엣말을 했다.

"우예 되었든, 행님은 언제가 될랑가 몰라도 여기를 빠져나갈 요량을 해야 할 낍니더. 급한 소식이 들어오믄 또 오겠심더."

"그래, 알았다. 그런데, 아까 돈꿰미를 안 가져왔구나. 너 여서 잠깐 기다리고 있거라. 퍼뜩 들어갔다 나올팅께."

"어짠걸요. 행님 품에 넣어 두이소. 내는 피 묻은 돈은 안 가져 갈끼라요. 나 이만 가 볼랍니더."

"아녀. 요즘 소문 들으니 쌀 한 가마 값에도 면천시켜 주는 종도 있다더라. 품고 있다가 너도 종살이에서 풀려날 요량을 해야지."

"아까 내가 위급할 때 온다캤는데, 앞으로 몬 올지도 모르겠심더. 쥐새끼 같은 집사 법수라는 놈이 아무래도 내가 동학에 든 걸 알아챘지 싶어예."

"그려. 내 걱정 말고 니 몸 보중이나 잘 햐. 여서 잠깐 기다려라."

갑이가 움막집으로 들어가 돈꿰미를 가지고 나오자 바우덕이는 온데간데없었다.

"야! 바우덕아."

벌써 사라졌으니 불러도 대답이 있을 턱이 없었다.

그날 떠꺼머리 총각 갑이와 바우덕이는 돈꿰미에 맞아 이마가 터져 피가 나는 싸움 끝에 형님 아우 사이가 되었다.

04. 고리백정 을동개

남대문 밖 목멱산 머리가 노란 꼬깔 같은 저녁 햇살을 쓰고 있을
때 그 발치 풀무재는 벌써 먹빛에 젖어들고 있었다.

제 몸을 마저 살라 버린 저녁 해가 강물 위로 붉은 비늘을 뿌리고
있었고, 그 비늘 속으로 황포돛배가 미끄러지듯 강나루를 가로 지르
고 있었다. 마포나루에는 전에 없던 집채만 한 일본의 검은 배들이
정박해 있어서 작은 돛배를 삼키는 것처럼 보였다. 온 나루가 차츰
먹빛 속으로 젖어들고 있었다.

갑이가 삼청동 이용직 대감댁 어름에서 바우덕이 소문을 귀동냥
하러 나왔다가 듣지 못하고 동대문 최창한 접주 집에 들렀다. 거기
서 성두한이라는 청풍 약재상을 만나 봇짐을 마포나루까지 날라다
주기로 하고 지게를 지고 나섰던 것이다.

갑이와 성두한이 애오개 주막거리에 이르렀을 때였다. 수달털벙
거지를 쓴 사내가 방갓을 깊이 눌러 쓴 성두한의 어깨를 툭 치고 앞

질러 걸어갔다. 수달털벙거지 사내가 인적이 드문 골목으로 들어가더니 확 돌아서서 다급하게 말했다.

"지금 마포나루는 포졸이나 군사, 왜놈들이 살벌하게 깔렸다고 하니 나가시지 말랍니다. 하루 이틀 거동을 보고 기찰이 잠잠해진 뒤에 가시랍니다!"

"알았소."

수달털벙거지 사내가 말을 떨어뜨리고 나서 바로 사라져버렸다. 송낙을 쓴 성두한이 잠시 난감해하며 섰다가 골목을 되짚어 나와 애오개 어느 봉노 주막으로 들어갔다. 먼저 방을 잡아 들메끈을 풀고 송낙을 벗더니, 갑이에게 짐을 부려놓게 한 뒤, 그러고도 좀 뜸을 들인 끝에 말했다.

"허! 난감하네. 당장 마포나루 쌍등 주막집에 기별해줘야 하는데 이를 어쩌지?"

"뭐 걱정이유? 지가 가지유."

"지금 자네는 부친 일로 몸조심해야 할 처지 아닌가?"

성두한도 갑이 아버지가 옥에 갇힌 사정을 알고 있는 듯했다.

"뭐 별일 있겄시유. 퍼뜩 댕겨 오지유."

"마포 쌍등 주막집에 홍철릭을 입은 별감짜리가 있을 걸세. 청풍성 가라는 사람이 애오개 주막에 머물러 있다는 말을 전해주게. 나머지는 홍철릭이 알아서 할 것이네. 만일 홍철릭이 없다면 고리짝

지게를 받쳐놓은 젊은이에게 전하면 되네."

갑이가 곧장 마포로 내달아 나루 어귀로 들어서자 과연 붉고 검은 더그레 바람의 포졸들과 군사들이 큰일 난 듯 깔렸고, 왜 순사 군인들이 드문드문 서 있었다. 길에 나다니는 사람이 드물어 기찰은 하지 않는 듯했다. 이미 호패 기찰을 거친 사람들이라고 보는 게 분명했다.

갑이는 어두워가는 마포나루에서 눈을 떼고 쌍등주막을 찾아 나섰다. 유별나게 두 개의 등을 나란히 붙여서 매단 주막집이 있어 안으로 들어가니 밥을 먹거나 술을 걸치는 손님이 보였다. 과연 성두령이 말한 홍철릭에 머리를 푹 누르고 앉은 별감이 보였다. 갑이가 홍철릭에게 다가가 성두한의 말을 전하니 급히 일어나 신을 꿰면서 나직이 말했다.

"안 그래도 내가 목을 잡구 기다리다가 다른 계원들에게는 다 전갈을 했다오."

홍철릭이 말을 마치더니 황급히 바람처럼 사라졌다. 갑이도 여기서 더 얼씬거릴 처지가 아니어서 주막을 막 나서려는데, 주막 담벼락에 고리짝 지게와 상투쟁이 젊은이가 눈에 들어왔다. 홍철릭 사내의 말에 따르면 그냥 돌아가도 좋다고 했으나, 마침 '휘유—' 한숨 소리가 귓결을 스치고 지나가서 발걸음을 멈췄다. 비록 상투를 틀어 올리기는 했지만 나이가 얼추 어금지금한 연배로 보여서 갑이가 먼저 말을 걸었다.

"그러다 하늘이 무너지겠시유. 대체 무슨 일인데 땅 꺼지는 한숨이유?"

"별감 나리를 만났소? 별일 아니니 싸게 가시오."

"아주 모르는 처지도 아닌 듯하니, 어디 사연이나 들어봅시다."

"나는 강 건너 양천 고을 고리백정 을동개인데, 난감한 일이 있어서 그러오."

"나도 댁보다 썩 나은 처지는 아니지만, 어디 좀 들어나 봅시다."

을동개는 오늘 아침에 병으로 몸져누운 아내와 굶주린 자식들을 보고 집을 나왔는데, 왜 순사와 군인들이 나루 장터를 차지하는 바람에 장사를 망쳤다. 을동개가 고리짝을 하나도 팔지 못해서 빈손으로는 집에 들어가지 못하는 딱한 처지라 한숨을 내쉬게 되었다고 했다.

"오늘 주막에서 대동계 사람들이라도 만났으면 그나마 사정할 데가 있었는데, 일이 이렇게 꼬였소."

"그래도 홍철릭 별감은 사정이 좀 낫지 않나유?"

"말두 마오. 말이 별감이지 오랫동안 급료가 나오지 않아서 나보다 더 딱한 처지입니다."

마침 갑이 품에 바우덕이를 만나면 돌려줄 돈꿰미가 있어서 호기 있는 말이 나왔다.

"고리 값이 얼만지는 모르겠으나 내게 지게까지 몽땅 넘기시우."

"행색을 보니 나보다 사정이 썩 나아보이지 않는데 어찌 댁의 신세를 지겠소? 관두오."

"돈 많은 사람이 일부러 행색을 비루하게 꾸미는 법이유. 날도 저문데 입씨름하지 말고 퍼뜩 넹기구 돌아가유."

갑이가 품에서 돈꿰미를 을동개 앞에 놓고 버들고리 지게를 지고 일어섰다. 덩치도 고만고만해서 지게 멜빵을 줄이고 늘일 것 없이 딱 맞았다.

갑이가 지게를 지고 만리재 애오개 저잣거리가 이어진 저문 길을 총총히 걸으면서, 이 고리짝을 어떻게 팔아치울까 근심이 따르니 갑자기 짐이 무거워졌다.

아까 성두한 두령이 묵었던 애오개 주막으로 들어서자 성두령은 윗목에다 짐을 들여놓고 호롱불 아래 차분히 앉아 주문을 묵송하고 있었다.

"어서 오게. 오늘 애 많이 썼네. 그래, 만났던가?"

"예, 홍철릭 별감하고, 양천 을동개를 만내서 버들고리를 넘겨받아 왔시유."

"그려? 두 젊은이가 힘을 합쳐서 버들고리 장사를 해도 좋겠군. 그러고 보니 육의전 버들고리 집에 넘기면 수월할 테고."

"그려유?"

들고보니 며칠 전 옥에 갇힌 아버지의 소식을 한 토막 얻어들을까 기웃거릴 때 종로 육의전 한 가게의 기둥에서 서까래까지 버들고리를 주렁주렁 매단 가게를 본 것 같기도 했다.

"날이 저물었으니 어서 들어가 보게. 뒷날 인연이 되면 보겠지."

"알았시유. 그럼 어쩨 가실 끼유?"

"하루 이틀 나루 사정 보아서 내려가야지. 정 안되면 땅길로 가구."

"그럼, 조심해서 가시유."

갑이는 바로 애오개 주막집을 나왔다.

갑이가 버들고리 지게를 지고 집으로 들어서자 남원댁이 반 놀라고 반 기특하게 여겨서 말했다.

"워매! 뭔 고리짝이랑가? 야가 장사치로 나섰는게벼이?"

"장사는 무슨……. 누구 심바람이유."

"너라고 뭐 장사 나서면 안 된다는 법이 있다더냐? 너 아버지가 장안에 큰 재물을 손댔다고 혀도 집에는 겉보리 한 톨 들여온 게 없응께 굶어죽기 십상이다. 그나저나 밖에 있는 우리네야 비렁뱅이를 해서라도 묵제마는 안에 갇힌 너 아버지 쫄쫄 굶어 곯긴데 어쩨야 쓰까이? 뭐 돈 한 푼이라도 있어야 밥이라도 한 그릇 사 넣제."

"알았시유."

갑이는 내일 버들고리를 팔면 당장 옥에 밥을 사 넣어야겠다고 마음먹었다.

갑이는 다음 날 느지막이 남대문 안으로 들어갔다. 수표교 부근
에는 채소며 청과를 파는 새벽장이 섰다가 파하고 아침나절 퍼진 햇
살 아래 한산했다. 시래기라도 주우려고 풋것을 뒤지는 게으른 아이
들이 드문드문 보였다. 갑이가 지게를 지고 애초에 육의전을 작정하
고 머리를 처박은 채 뚜벅뚜벅 걸었다. 명례방 태평방을 지나 청계
천 광통교를 건너 종로로 들어섰다. 선혜청에 쌀과 무명과 봉물 등
속을 납품하려고 올라온 지방 관속들이나, 그에 딸린 짐꾼들 때문에
많은 사람들이 복작대고 있었다.

"값 잘 쳐서 줄 테니 들어와 보시우."

사람들 틈을 비집고 나온 중노미들이 제 가게로 들어가 흥정하자
고 말을 걸었지만, 갑이는 머리를 자라목으로 처박은 채 걸었다.

"멀리 가 봐야 값이 거기서 거기요. 괜스레 힘 빼지 말고 적당한
곳에 부려 놓으슈."

담뱃대를 길게 문 늙은이도 중노미 노릇을 하며 묵직하게 말했
다.

갑이가 육의전까지 내달아 버들고리전 앞에 지게를 받쳐놓고 가
게 안을 기웃거려도 나와 반기는 사람이 없었다. 가만 가게를 들여
다보니 안쪽 컴컴한 데서 맨상투바람으로 곰방대를 문 중늙은이가
한가롭게 담배연기를 허공에 띄우고 있었다. 갑이가 가게 안으로 들

어서도 주인은 돋보기안경 너머로 갑이의 아래위를 쓱 훑고는 건성
으로 물었다.

"뭣 하러 왔소?"

"저, 고리짝을 낼까 해서 왔시유."

어제 고리백정 을동개에게 넘겨받은 사연과 성두령의 말을 번거
롭게 전하지 않으려니 갑이의 말이 자연 무뚝뚝하게 나왔다.

"말씨를 보니 충청도에서 온 듯한데, 어디서 왔수?"

딴 집으로 갈까 망설이던 참인데 늙은이가 끙 하고 무거운 몸을
일으켰다. 그리고 지게를 향해 뚜벅뚜벅 걸어가더니 물건에는 관심
없고 내둥 같은 말을 물었다.

"충청도 어디시우?"

"청주유."

갑이는 이 말이 마지막이라고 작정했는데 계속 말을 걸어왔다.

"청주 어디요?"

"밤다리유."

갑이가 이제 정말 돌아서겠다고 작정하고 무뚝뚝하게 말했다.

"그러면 혹시, 음선장을 아시오?"

갑이는 깜짝 놀랐다. 성두령의 말을 듣고 짐작을 했지만 동학교
도라는 뜻이다. 갑이가 가끔 아버지의 심부름으로 청주성 북문 밖에
사는 동학 접주 서장옥과 음선장의 집에 들렀던 적이 있었다.

"아다 뿐이유? 청풍 성두령과 서장옥 선생도 알지유."

"그렇소? 자주 들르시우."

늙은이는 비로소 지게에 실린 고리짝을 찬찬히 들여다보더니 무뚝뚝하게 말했다.

"이는 아랫녘 솜씨가 아닌데? 아랫녘은 대가 좀 가늘고 세밀한데, 이건 대가 굵고 맵씨가 거칠어."

"실은 양천 고을에서 누가 맡겨서 가져온 거유."

"솜씨는 좋군."

늙은이는 고갯짓으로 연신 턱방아를 찧더니 돈을 셈하여 주었다. 바우덕이가 주고 간 애초의 돈에는 어림없지만 제법 큰돈이었다.

"얼마든지 가져 오시우. 마침 선혜청에 물건 대는 사람을 만났으니 한동안 물건 내보내는 건 걱정 없수."

말은 그렇게 했지만, 같은 동학교도이니 거래를 계속하겠다는 말 같았다. 그렇다고 동학과 연이 닿는 말은 허투루 입 밖으로 내지 않았다. 어쨌거나 하릴없이 빈둥대던 대장장이 갑이에게 뜻하지 않게 일감이 생긴 셈이다.

갑이가 빈 지게를 지고 집으로 돌아와 제 어머니에게 돈을 덜어 주었다. 남원댁의 입이 금세 귀에 걸려 말했다.

"워매! 야가 오랜만에 효자 노릇하능만."

갑이는 내처 마포로 훌쩍 내달았다. 오늘은 아침나절부터 창날을 세운 나졸들이 좀 많다 싶더니, 한 술 더 떠 나루 쪽에는 총을 둘러멘 누런 복색의 일본 군사들이 드문드문 서 있었다. 그 뒤에는 말을 타고 칼을 뽑아든 군사들이 제 군사들을 호위하고 있었다. 안 그래도 기를 펴지 못하고 잔뜩 찌그러져 비켜 걷던 백성들은 살풍경에 놀라서 아예 자라목이 되어 오가는 중이었다. 먼눈으로 보니 나루 쪽으로 길게 늘어서서 복작대던 장사치들이 모두 자취를 감췄다. 어제보다 더 살벌해졌다는 뜻이다.

갑이가 어중되게 시작한 이 장사짓거리도 못 해먹게 되나 보다 싶어서 낙심하여 막 돌아서려던 참이었다. 갑이는 잠깐 제 눈을 의심했다. 어제 양천 고리백정이 주막 옆 그 자리에 서 있는 게 아닌가.

"어젯밤에 말하던 얼라랑 병든 아내는 어쩌고 여기 있는 거유?"

"반갑소. 안 그래도 기다리던 참이오. 덕분에 식구들 배불리 먹이고 아내에게는 첩약까지 지어 도리 하고 나왔지요."

고리백정 을동개가 환한 아침나절 햇살에 흰 이를 드러내며 웃더니 돈꿰미를 갑이의 코앞으로 불쑥 내밀었다.

"이게 뭐유?"

"어제 경황 중에 받기는 했지만 받을 만큼만 셈하고 남은 돈이우."

이렇게 되고 보니 갑이가 줬던 돈을 되받는 꼴이 되어 쑥스럽게 되었다.

"그렇다고 내가 이 돈을 받아야 해유?"

"마땅히 받아야지요. 그나저나 천한 백정 놈이라고 내치지 말고 우리 어울려 장사나 한번 해봅시다."

갑이가 내심 바라던 말인데다, 겪을수록 고리백정 을동개가 믿음직스러웠다.

"나도 할 일 없던 참에 잘 되었네유. 그리고 나도 애초에 종놈으로 살다가 놓여난 놈인께 백정이라고 내치고 자시고 할 처지가 아니유."

갑이와 을동개는 쌍등주막으로 들어가 고리지게를 받쳐놓고 평상에 걸터앉아 국밥 한 그릇씩을 시켜 먹으니 벌써 오랜 동무 사이 같았다. 국밥을 가운데 놓고 머리를 부딪칠 듯 숙이고 한참 숟가락을 놀리다가 갑이가 먼저 머리를 들어 물었다.

"오늘 포졸이나 왜놈의 군사들이 무슨 일로 대차게 야단들이유?"

"벌써 여러 날 되었소. 아마 왜놈들이 조선 땅에 요물 같은 전신선電信線을 설치하느라 군사들이 동원되는 모양입니다. 들리는 소문으로는 벌써 인천에서 한양까지는 전신선이 다 이어졌고, 부산에서 한양까지도 한창 공사 중이라고 해요. 백성들 소문에는 벌써 온 조선 땅이 왜놈들 손에 들어갔다고 합디다. 그나저나 어제 마포나루는 뭔 일로 발걸음 했소?"

"동대문에서 청풍 가는 나룻배를 타는 사람을 만나 짐을 옮겨주러 나왔다가, 왜놈들 때문에 손님이 애오개 주막에 머무는 바람에 내가 심부름을 나왔던 거유. 지금도 손님이 애오개 주막에 기실 기유."

"혹시 그 손님이 성두한 두령 아니시오?"

"성두한 두령을 어떻게 알어유?"

을동개가 말을 끊더니 주위를 둘러보고 나서 말소리를 낮춰 말했다.

"대동계 계원이라 알지유. 동대문이라면 최창한 접주의 집일 테고, 짐작은 했지만 같은 동학교도구려."

갑이와 을동개가 다시 밥을 먹기 시작하여 을동개가 밥 수저를 내려놓고 나서 말했다.

"좀 지난 이야기인데, 그날은 양천 접주 김한영 최형순 두 어른과 한양 풀무재 김행수라는 이가 한 배를 타게 되었지요. 배에서 내리니 오늘같이 왜놈들이 배에서 요물 같은 검은 전신선을 부리느라 살벌했어요. 그날 대동계원이 한 스무 명 남짓 모였지요. 무사히 넘어가긴 했지만 지나고 보니 아찔했어요. 그다음부터는 버금 날짜나 장소를 꼭 정하게 되었지요."

"대동계 계원은 어떤 사람들이며, 장차 뭘 하자는 사람들이유?"

"저도 계원들을 다 알지 못해요. 주로 한양과 경기 사람들이지만, 충청 전라 경상 황해 평안도 같은 조선팔도 사람들이 계원이라오. 스무 명 남짓으로 짐작하지만 그 두령 아래 사람들까지 합하면 수백 명이 될 수도 있지요. 우선은 조정에서 일어나는 일을 동학교단에 전하고, 장차 동학군이 일어나면 도성에서도 일어나야지요."

갑이는 그동안 아버지가 누구랑 무슨 일을 하는지 까맣게 모르고 있었다. 갑이가 알려고도 하지 않았고 아버지도 말해주지 않았던 것이다.

"두령 중에는 단연 김행수라는 이가 빼어나지만, 행수 중에 누가 행수인지, 또 그 위에 누가 있는 줄은 나도 모르겠소."

"그 김행수라는 이를 요즘도 만난 적이 있나유?"

"한동안 뵙지 못했습니다. 활빈당 행수 노릇을 하다가 장안에 큰 도둑으로 몰려 붙잡혔지요."

갑이가 을동개에게 '김행수가 바로 내 아버지'라는 말을 하려다 뒷날로 미루고 말머리를 돌렸다.

"그건 그렇고, 우리 살 궁리부터 합시다. 앞으로 고리짝을 모아 오는 일은 지장이 없겠소? 아까 보니 나루 장터에 장사꾼들을 다 쫓아 버렸던데."

"곧 괜찮아질 게요. 저놈들은 제 군사들을 들여오거나, 무기나 전신선을 들여올 때와 조선 조정의 보물을 인천으로 실어갈 때 저 지랄들을 합디다."

"그류?"

"원래 상투를 올리지 않으면 평생 떠꺼머리총각 대접인데, 이름이 갑이인 것을 보니 내보다 한 살 많은 듯하오. 내가 형으로 모시겠소."

"그러고 보니 문자 속이 훤한가벼?"

"백정 주제에 문자 속은 무슨 문자 속이오? 제아무리 문자 속이 어둡기로 갑자 을축 병인도 모르겠소? 나도 세까지만 아우."

이렇게 하여 두 사람은 이름에서도 금방 표가 나서 갑이가 형이되고 을동개가 아우가 되었다. 그리고 매일 버들고리 한 지게씩 받아다 넘기기로 했다.

며칠 고리 장사를 하다 보니 돈이 좀 남기도 했지만, 바로 좋은 꾀가 났다. 지게로 져 나를 것이 아니라 아예 소바리 마바리로 날라 오기로 한 것이다. 마포나루에서 남대문까지 달구지로 들여와 지게꾼을 사서 종로 육의전까지 옮기니 굳이 땀 흘리면서 지게질을 아니해도 손에 쥐는 돈이 몇 곱절이 되었다.

갑이는 돈 버는 재미에 삼청동 이대감집 종 바우덕이를 찾아서 돈을 건네줄 생각은 까맣게 잊게 되었다.

세상 사람들이 모두 허기진 봄이라지만 오직 갑이와 을동개는 신이났다. 봄버들이 새로 나오기 시작하니 새로운 물건이 쏟아져 나오자 한층 바빠진 것이다.

갑이가 지게꾼 몇을 데리고 남산 구릿재를 넘었는데, 길목에서 남원댁의 다급한 전갈을 받았다. 동대문 어름 최창한 접주가 급히 찾는다는 것이다. 가슴이 덜컥 내려앉았다. 얼마동안 아버지 소식을 듣지 못했는데 아버지 신상에 무슨 일이 닥쳤구나 싶었던 것이다.

그동안 갑이는 아버지 옥바라지를 직접 나서지 못하고 사람을 사서 가끔 끼니를 넣어주곤 했었다. 다행히 요즘은 아버지에게 매질이나 고문이 없어서 신역은 고되지 않다고 했었다. 되레 갑이가 버들고리 장사로 돈을 좀 벌었다는 자랑의 말을 전했더니 떡을 몇 말 시켜서 옥에 갇힌 모든 죄수들을 배불리 먹이도록 하는 일까지 있었다. 갑이가 동대문을 좀 못 미쳐 건어물이며 약재와 마른 버섯 등속을 파는 전들 사이에 있는 '청풍 약재상'으로 들어섰다.

"그간 어찌 지냈느냐?"

최창한 접주가 나직이 물었다. 급한 말부터 꺼내지 않았지만 그 늘진 낯으로 보아 좋은 소식이 있어서 부른 것 같진 않았다. 갑이의 추측과 얼추 비슷한 말이 나왔다.

"아무래도 어머니 모시고 도성을 빠져나가는 것이 좋겠다."

"무슨 일이유?"

"그렇다고 당장 무슨 일이 일어난 것은 아니고, 아무래도 요즘 조정의 움직임이 심상치 않다. 한동안 네 아버지를 가만 두는가 싶더니, 매를 대기 시작하여 말도 잘 못하는 지경에 이른 모양이다."

갑이는 최창한 접주의 말이 무거워 더 묻지 않고 물러나왔다.

05. 어수선한 나라

"임진(壬辰, 1892) 계사(癸巳, 1893)에 난리가 나서 갑오(甲午, 1894)에 조선이 망한다더라."

백성들 입에 흉흉한 말들이 떠돌더니, 요즘 세상 돌아가는 꼬락서니가 소문대로 되어 간다고 무서워했다. 한양성 안팎의 백성들은 연일 피난 보따리를 쌌다 풀면서 불안한 나날을 보내고 있었다.

한양성이 도둑의 공포에 야단법석을 떨고 있을 때, 시골은 시골대로 어수선했다. 조선팔도에 높은 산을 낀 고개마다 화적떼가 창궐하여 조정으로 올라오는 공물이 습격을 받았다는 전보가 연일 사방에서 올라오고 있었다. 게다가 진고개 일대에는 나무 신발 '게다〔下駄〕'를 신은 왜놈들이 설치고, 거리마다 아라사, 미국, 불랑국, 법랑국 등 코쟁이들이 설쳐대자 '왜놈 양놈 물러가라'는 방문榜文이 도성안 여기저기에 나붙었다. 이에 일본 영사관에서는 제 백성을 보호한다는 명분으로 큰길 곳곳에 왜놈 순사들을 늘려가기 시작했다.

이렇게 나라 안팎으로 어지러우니 상감과 민비라고 근심이 없을 수 없어 무겁게 앉아 있는데, 민영준 대감이 알현하고자 들어왔다.

"그래, 충청도 월악산 피난 궁터는 어찌 되어가고 있는가?"

성질 급한 민비가 절을 마치고 옷자락을 사려 앉기 무섭게 물었다.

"하명하신대로 잘 진척되고 있사옵니다. 거기는 남한강 물길이 닿아 한양 경기 관동 영남 호서의 산물이나 사람이 일시에 동원되니 일이 빠르고 수월하게 진척되고 있습니다."

이때 문밖에 진령군의 모습이 어른거려서 얼른 보고를 끝내고 나가라는 뜻으로 서둘렀다.

"그래, 또 무슨 일인가?"

"다른 말씀은 없사옵고 다만 월악산 피난 궁터 일로 왔사옵니다."

민영준이 눈치는 빨라서, 틈을 보아 장안 도둑 때문에 맞게 될 화살을 피할 말을 꺼낼까 했는데, 오늘은 그냥 물러가기로 했다.

민영준이 물러가자 바로 진령군이 들어왔다. 민비는 진령군의 웃는 얼굴을 보자 왜인지 편안해졌다.

"진령군, 어서 오게나. 그간 별일 없었나?"

민비는 요즘 무당 진령군을 궁중으로 불러들여 굿판을 벌여대며 나라의 앞날을 걱정하고 있었다. 말이 나라 걱정이지 호시탐탐 왕의 자리를 노리는 시아버지 대원군에 대한 걱정이었다.

지난 병자년(1876) 봄에 경복궁에 화재가 나서 임금이 창덕궁으로 옮겼다. 그때 민비의 든든한 기둥 격이던 민승호가 이상한 불에 타 죽었다. 그날 절에서 내려온 중이 함을 전달했는데, '복이 달아나니 꼭 남이 보지 않는 곳에서 열어 보라'는 말도 함께 전했다. 보자기를 풀어 보니 자물쇠가 채워져 있고, 옆에 열쇠가 매달려 있었다. 민승호가 복을 빌러 다니던 절에서 보낸 선물이니 별 의심 없이 함을 열었다. 열쇠를 비틀어 함을 여는 순간, '쾅!' 하는 소리와 함께 폭탄이 터졌다. 곁에 있던 열 살배기 아들과 노모가 그 자리에서 죽고, 민승호는 천장까지 튕겨 올랐다가 떨어질 때는 이미 숯처럼 검게 타서 말을 못했다. 민승호가 그날을 넘기지 못하고 죽었는데, 죽기 전에 대원군이 사는 운현궁 쪽을 두세 번 가리켰을 뿐이었다. 그 중이 누구였는지는 끝내 알 수 없었다. 민비가 시아버지 대원군을 향해 이를 갈았지만 차마 어찌 할 수가 없었다.

　전날에는 민비의 오른팔 왼팔을 겨냥했다면, 이제 민비의 몸통을 겨냥하고 있었다. 얼마 전에는 민비가 잠자는 방 구들장에 감췄던 폭탄이 터지는 바람에 하마터면 자신도 저 세상으로 갈 뻔한 목숨이었다. 어둠을 먹고 산다는 귀신 '어둑시니'가 민비 곁에 득시글댄다고 여겼다. 그러니 민비가 밤마다 임금과 신하들을 모아 샹들리에 불을 대낮같이 켜놓고 '국보위보國保衛寶 삼팡주 연회'를 열게 했다. 연회에서는 광대들이 '아리랑 타령'이라는 것을 불렀는데, 상방궁尙

房官에서는 날마다 광대들의 실력을 등급 매겨서 금은을 내어 상으로 나누어 주도록 했다. 나라 곳간 재물이 이렇게 줄줄 새 나가도 누구 하나 이를 두고 근심하는 사람이 없었다. 연회가 밤늦게야 끝나니 아침 햇살이 창문에 걸릴 무렵에야 임금은 잠자리에 들 수 있었다. 그러니 조회는 조정 신하들끼리, 임금의 국사는 저녁나절이 되어서 하품으로 시작되었고, 그나마 일찍 끝나버리니 거의 거들떠보지도 않고 '그대로 시행하라!'가 되었다.

그러면 진령군은 누구인가. 민비가 임오군란 때 죽을 고비를 넘기고 천신만고 끝에 충주 시골로 피난을 갔을 때였다. 민비가 시골에서 홀로 쓸쓸한 나날을 보내고 있었다. 이웃에 무당이 살았는데, 하루는 조용히 찾아와 다소곳이 절을 올리는 것이었다.

"그대가 무슨 일로 상전도 아닌 내게 절을 하는가?"

"어젯밤 꿈에 제 상제께서 찾아와 말씀하시기를 '너의 이웃에 귀한 사람이 잠시 유람을 나와 계시니 옥체를 보존하시도록 하라. 그분은 모월 모일에 구중궁궐에 드실 분이니 그저 낙심하시지 않게 잘 모시도록 하라'고 하셨습니다."

한 치 앞도 내다볼 수 없는 절박한 처지에 놓여 있던 민비로서야 천둥 같은 말이었다. '잠시 유람'이라는 말이야 어처구니없지만, 마음은 벌써 궁궐에 들어가 있기라도 한 듯 반가운 말이었다. 대체 이런 시골 아낙이 천리 밖 구중궁궐의 일을 어찌 알았단 말인가, 귀신이 곡할 노릇이었다.

"그런가?"

민비가 아무렇지 않게 대답하고 말았지만, 마음을 졸이며 환궁한다는 그날을 기다렸다. 그날이 되자, 정말 군사들을 앞세운 가마꾼들이 꿈결같이 닥쳐서 시골 무당의 말이 한 치도 어긋남이 없었다. 이렇게, 앞을 훤히 내다보는 신통한 눈이 있는 사람이라고 여겨서 환궁한 뒤에 시골 무당을 불러올려서 북관묘에 거처를 마련해주고, 진령군이라는 벼슬을 주어 궁중까지 끌어들였다.

그렇다고 진령군이 자리를 수월하게 차지한 것이 아니었다. 이명주 대감이라는 강적이 나타났는데, 저주하는 자를 쪽집게같이 집어서 정확하게 죽여주는 용한 장님 무당이었다. 곧, 죽일 사람의 사주와 얼굴을 과녁에 그려 놓고, 장님이 아홉 걸음 뒤에서 왼손으로 활을 쏘아 과녁을 맞히는데, 하루에 아홉 발씩 정확하게 홍심을 맞추는 것이었다. 민비의 명으로 이명주가 49일 건청궁乾淸宮 복수당福綏堂에 머물며 활쏘기를 시작했는데, 과녁에 시아버지 이하응의 얼굴을 그려넣은 것이야 천하가 아는 일이었다. 끼니때가 되면 상다리가 휘어지도록 술과 음식을 복수당으로 들여갔는데, 밤이면 가끔 계집도 주문했다. 장님이니 얽금뱅이 째보 계집도 상관없다고 여겨 대충 간택하여 들여보냈더니 박색薄色을 귀신같이 알아차려 되 물렸고, 술과 음식도 시네 다네 싱겁네 짜네 까탈을 부렸다. 날이 흘러

49일이 다가오자 사람들의 눈과 귀가 운현궁에서 나오는 부고訃告에 쏠리게 되었다. 그런데 50일째 되던 날 이하응 대감의 목소리가 운현궁을 쩌렁쩌렁 울렸고, 복수당의 이명주는 바로 전날 눈을 뜨고 야반도주해버려서 궁중이 세상의 웃음거리가 되었다. 이렇게 이명주가 여러 사람을 물먹였지만, 오직 진령군만 값이 올라가게 된 셈이다.

농락은 이 밖에도 허다하다. 어떤 이가 민비의 이름을 팔아 고관들을 찾아다니며 수만 냥을 모금하여 달아났는데 그 내역이 황당하기 짝이 없었다. 베이징 외진 곳에 수백 년 전 임진왜란 때 끌려간 우리 조상들의 후손이 여전히 고생을 하고 있는데, 이들을 돕겠다는 것이었다. 대체 누가 베이징 일을 알 수 있겠는가.

이제 진령군이 민비를 등에 업고 세도가 커질대로 커지니 출세하려는 신하들이 재물을 싸들고 북관묘를 드나들면서 계집의 치마폭을 향해 엎드려 아부하였다. 사내대장부 신하들이 스스로 낯 뜨거워진 것을 위안하되, '수치야 잠깐이고 영화는 길지 아니한가' 했다.

욕심이 많고 불안한 사람일수록 터무니없는 미신을 철석같이 믿는 법이다. 민비가 진령군에게 물었다.

"진령군. 어찌 하면 장차 이 나라의 사직을 온전하게 보전할 수 있겠는가?"

상감은 깊은 수심에 젖어 먼 산을 바라보고 앉았고, 곁에 앉은 민비가 물었다. 이들은 입만 뻥긋하면 '국보위國保慰'니 '백성위百姓慰'니 입에 발리는 말을 해대는 것이었다.

진령군은 민비의 말을 듣고도 두 눈을 지긋이 감고 앉아 있었다. 진령군 제 말로는 이렇게 눈을 감고 있을 때마다 하늘에 올라가서 제 아버지인 상제를 만난다고 했다. 이윽고 하늘을 다녀온 진령군이 입을 열었다. 상제의 말을 대신하려니 사내의 말같이 묵직했다.

"일만 백성의 목을 끊어야 나라가 조용해질 수 있습니다."

졸듯 앉아 있던 상감과 민비가 화들짝 놀랐다. 상감이 놀라 쩍 벌어졌던 입을 다물고 나서 신음하듯 중얼거렸다.

"일만 백성의 목을 끊다니! 대체, 무슨 말인가?"

"소녀는 잘 모르옵고, 온전히 상제님의 말씀이오니다."

"암! 끊어야 한다면 끊어야지! 나라가 평안하자면 일만이 아니라, 그 열 배, 십만은 죽이지 못할까?"

민비가 작은 입술을 앙다물어 옹골차게 말하였고, 상감은 놀라 벌어진 입을 차마 닫지 못하고 멍히 넋을 잃고 눈만 씀벅이고 앉아 있었다. 임금과 민비뿐 아니라 무심코 말을 내뱉은 진령군 자신도 놀랐다. 진령군이 슬그머니 진저리를 치면서 말을 되 쓸어 담을 궁리를 하느라 다시 눈을 감고 앉아 있을 때 마침 밖에서 포도대장 신정희가 들어왔다.

"전하, 급히 아뢰올 말씀이 있사온데⋯⋯."

신정희가 미처 말을 잇지 못하고 곁눈질로 진령군의 눈치를 살폈다. 민비가 좀 성을 내어 말했다.

"한 식구나 마찬가지인데 무어 어떠냐? 말해라."

"저번 날, 한양성 큰 도둑놈 서생원을 멀리 거제도로 귀양 보내도록 했사옵니다."

"귀양이라고?"

무슨 까닭인지 오늘 따라 상감의 목청이 몹시 크게 들렸다. 실은 아직 어젯밤 연회의 미몽에서 깨어나지도 못했다.

"예…… 그러하오니다."

신정희의 목소리는 겁에 질려 떨고 있었다. 아까 임금이 잠들었을 때 열린 조정 대신 회의에서 도둑놈 서생원에 대한 죄를 의논하게 되었다. 전날 상감께서 목을 칠 신하를 손수 고르겠다고 큰소리쳤으니 만일 도둑놈을 죽이면 그 피 묻은 칼로 바로 신하들의 목을 겨눌 것 같아서 '먼 곳으로 귀양 보내자'는 쪽으로 흘러갔다. 도둑놈에게 오랫동안 농락을 당한 대신들이야 마땅히 죽이고 싶었겠지만, 울며 겨자 먹기로 내린 결정이었다. 그러니 미리 신정희에게 도둑놈을 끌어내어 혹독하게 매질을 시켜서 분풀이를 해왔던 것이다.

이렇게 사모紗帽를 쓴 큰 도둑놈들이 좀도둑놈에게 죄를 내린 꼴이 되었다. 그러니 사람들이 '세상 이치가 먹줄 팅겨 놓은 대로 바르게 가지 않는다' 하였다.

이때 졸듯이 눈을 감고 있던 무당 진령군이 슬며시 눈을 뜨더니 민비에게 몸을 기울여 가만 속닥였다. 민비가 진령군의 말을 받아 신정희에게 물었다.

"장안을 뒤흔들던 도둑놈의 이름이 뭐라던가?"

"황송하오나, 일본 순사들이 제 아무리 주리를 틀어도 제 이름이나 처자식이 사는 곳을 말하지 않아서 그냥 끝까지 '쥐 같은 놈', '서생원'입지요."

이때 눈을 감고 있던 진령군이 눈을 번쩍 떴다. 갑자기 눈이 초롱불같이 빛나더니 민비에게 또 귀엣말처럼 조용히 말했다. 진령군의 말을 받은 민비가 비로소 안도의 한숨을 내쉬었다. 그리고 민비가 혼잣말로 '일만이라…… 세상에 일씨 성도 다 있나?' 하고 중얼거렸다. 이를 듣고 진령군이 냉큼 고쳐서 말해주었다.

"서생원이니 서일만이라고 하면 될 것이오니다."

민비가 고개를 끄덕이더니 번거롭게 상감의 입을 통할 것 없이 직접 신정희에게 하명하였다.

"도둑놈을 '서일만徐一萬'이라는 이름을 붙여서 목을 치고, 종로거리에 매달아 모든 백성들에게 경계가 되도록 하라!"

민비의 눈에 시퍼렇게 살기가 서려 있었다. 대번에 좌중이 싸늘하게 식었다.

"중전마마! 말씀대로 거행하겠나이다. 하오나, 그렇더라도 근심이 있습니다."

"무슨 근심이더냐?"

"실은 서일만이란 자가 동학쟁이랍니다."

"그럼 잘 되었네. 마땅히 죽을 죄인이 아닌가?"

"동학을 창도한 경주의 최제우란 자가 처형되기 전에 조선 팔도 여러 지역에 동학 우두머리를 두었는데, 한양 경기 지역에는 김주서 란 자가 있었다고 합니다. 그자가 동학의 씨를 퍼트려서 동학의 무 리들이 빠르게 늘어나 이미 사대문 안이 동학교도들의 소굴이 되었 다고 하옵니다. 목을 걸어놓으면 행여 도성 안에서 동학교도들의 준 동이 있을까 두렵습니다."

"아니 도성 안의 치안이 그토록 허술하였더란 말이냐?"

당장 날벼락이 떨어질 참인데, 얼른 벼락을 비켜갈 말을 내었다.

"송구하오나, 제가 일을 맡기 전의 일이라서……."

신정희가 민비의 살기에 놀라 말을 토막 쳐놓고 방바닥에 달라붙 듯이 엎드리니 그 위에 대고 새로운 명령을 내렸다.

"그렇다고 구더기 무서워 장을 못 담근단 말이냐? 사대문을 단단 히 지키고 처자식까지 잡아다 목을 쳐라! 그렇게 되면 성 안에 소문 에 들떠 피난 보따리를 싸고 푸는 무리도 그치게 될 것이다."

"하오나, 처자식이 성 안에 있다는 보장도 없고, 도둑놈의 처자식 을 알아볼 재간이 없어서……."

신정희가 말을 꺼냈다가 괜스레 경솔했나 싶어 말꼬리를 흐렸다. 예상대로 바로 벼락이 떨어졌다.

"미련한 놈! 저러니 일본 순사가 사흘 만에 잡는 도둑놈 하나를 놓고 몇 달을 쩔쩔맸지. 새끼가 아비를 닮지 별수 있단 말이냐? 도둑놈을 닮은 놈을 잡아다 목을 치다 보면 그 안에 아들놈도 끼어 있을 것 아니냐? 그리고 백성들이 동요할 테니 동학도가 사대문 안에 있다는 소문은 절대로 내지 마라. 이 잡듯이 잡아서 쥐도 새도 모르게 톡톡 터트려 죽이도록 해라."

민비에게 백성은 한낱 쉽게 터트려 죽일 수 있는 벌레에 지나지 않았다. 그보다 처나 아들이 있는지, 몇 살이나 먹었는지 도대체 아는 것이 없었다. 그래도 대답은 했다.

"아, 알겠소오니다."

이번에는 민비가 살기 띤 눈으로 상감을 향해 말했다.

"상감, 세상 모든 일에는 앞뒤가 있을 뿐만 아니라, 구색이 있는 법입니다."

"중전, 그게 무슨 말씀이오?"

"허! 답답하시오. 이번 장안 도둑 사건에 관련된 관리도 함께 처단해야 구색이 맞을 것 아닙니까? 요전 앞에 상감께서도 부패한 관리를 손수 목 치시겠다고 말씀하시지 않았어요?"

"그러자니 칼을 피해갈 신하가 없으니 다 잘라 버리면 장차 나랏

일을 어찌 하겠소?"

상감이 크게 한숨을 몰아쉬자 민비가 쿡쿡 웃음을 지리며 말했다. 누가 봐도 이런 때는 성한 여자가 아니었다.

"누가 들으면 내가 상감인 줄 알겠어요, 호호호. 신하 중에서도 큰 도둑놈을 골라서 치시면 될 것 아닙니까?"

이번에는 진령군이 미리 생각이라도 해 두었던 것처럼 매끄럽게 말했다.

"전에 경상감사를 지낸 이용직과 관서 관찰사를 지낸 영의정 민영준의 목을 치면 어떻겠습니까? 요즘 장안에서는 영남 관서 두 큰 도둑놈이 가장 많은 물건을 도둑맞았다는 소문이 무성합니다."

진령군의 말을 잘 뜯어보면, 민비가 싫어하는 시집 식구 이용직을 치자는 말이고, 민비 편인 민영준을 슬그머니 구색으로 끼워 넣은 것이다.

당시 사람들이 말하기를 민씨 일가에 세 큰 도둑이 있는데, 한양에는 민영주요, 관동에는 민두호, 영남에는 민형식이라 했다. 민두호는 바로 민영준의 아버지로, 일명 민철구(閔鐵鉤, 쇠갈구리)라 불렸으며, 민영주는 큰아버지다. 민두호는 젊었을 때 살림이 곤란하여 수원에서 자리장사를 했는데, 아들 민영준이 출세한 뒤에 아들의 등 뒤에서 심하게 돈 긁어 모으기에 전념하여 급기야 쇠갈구리라는 별명을 듣기에 이른 것이다. 민영준 또한 재물 모으기에 눈이 밝아 단박에 조선에 소문난 갑부가 되었다.

민영준의 도둑질이야 일찍이 상감도 아는 일이었다. 관서에서 임기를 마치고 돌아온 민영준이 상감에게 금송아지 한 마리를 바쳤다. 상감이 '관서에 이렇게 금이 많으냐?'고 놀라자 민영준이 조용히 웃으면서 '제아무리 많아도 그것이야 관서의 백성들이 먹고 사는 재물이옵고, 이 금은 제가 녹을 모아 마련한 것이지요' 하였다. 임금이 기뻐하며 민영준의 충성됨을 크게 칭송하였다. 민영준이 나가고 난 뒤에 민비가 상감에게 넌지시 말했다.

"호호호. 상감, 참 순진하시우. 한 마리를 가져왔다면 저는 뒤로 아홉 마리를 챙겼다는 말로 아셔야 하옵니다."

그러면 이용직은 누구인가? 이용직이 일찍이 진령군에게 일백만 냥을 지르고 경상감사가 되어 내려갔으니 두 사람 사이가 처음에는 나쁜 사이가 아니었다. 다만 거래한 지 오래여서 이제 서로에게 이익이 없다는 것 뿐이다.

이용직은 경상감사에 부임하자마자 포졸을 사방으로 풀어 각 고을 부호들을 불문곡직하고 잡아들였는데, 손이 뒤로 묶인 채 오라를 지워 끌려오는 양반 부자 행렬이 마치 전쟁터에서 이긴 자가 패한 포로들을 끌고 들어오는 모습과도 같았다. 먼저, 등급을 매겨 거부巨富에게선 5~6만 냥을, 좀 못한 부자면 3~4만 냥, 그다음 부자에게는 1~2만 냥을 빼앗았는데, 만 냥 아래는 아예 돈으로 치지 않아서 풀어주지도 않았다. 그래도 버티면 '죄인의 집'으로 여겨 집을 때려 부숴버렸다. 뿐만 아니라 '민망나니'로 소문 난 민형식이 칼을 곁에 두고 번쩍하면 사람이 죽어나갔다지만, 이는 피가 흥건하게 흘러 깨끗하지 못한 미련한 방법이고, 이용직은 굵고 묵직한 절굿대를 곁에 놓고 간단하게 휘둘러 퉁 하면 비명도 피도 별로 흐르지 않고 사람이 죽어 나자빠졌다. 이런 흉악한 소문이 경상도에 돌자 스스로 재물을 바치는 자가 늘어갔고, 쌓이는 돈이 금방 억대가 되었다. 경상도 사람들이 이런 도적은 고금에 본 적이 없는 도적이라 하여 '미친 도적[狂賊]'이라 불렀다. 이리하여 이용직은 불과 몇 달 남짓에 1백만 냥 본전을 뽑고도 몇 곱절이 남아서 몇 만 냥을 한양의 집으로 올려 보내게 되었다. 돈을 옮기는 짐꾼들을 감시하는 무사를 딸려 보냈건 만 어느 고개에 이르러 짐꾼들이 돈짐을 지고 도망쳐버렸고, 돌아와 피눈물을 흘리며 이를 보고한 무사는 절굿대에 맞아 죽었다. 이 말을 들은 사람들은 '기왕 죽을 거 이용직이를 한번 찌르고나 죽지' 하며 애통해하였고, 뭐가 잘 되었다는 것인지 모르지만 모두가 잘 되었다고 좋아했다. 그렇지만 그 돈을 다시 채워야 하니 이용직 관찰사는 더 미친 듯이 날뛰었고, 돈을 광에다 쌓아놓기 시작하더니, 나중에는 금이나 은, 옥처럼 덩치 작은 재화를 더 좋아하게 되었다.

사람이 재물욕을 채우고 나면 재물욕에 버금가는 음욕淫慾 주욕酒慾이 짝으로 생기게 마련이다. 이용직은 술만 마시면 풍마지희風

馬之戱라 하여 계집들을 발가벗겨 바람난 말처럼 방바닥을 기어 다니게 하는 놀이를 즐겼다. 또, 술을 마실 때는 옥이나 은으로 만든 표주박으로 한꺼번에 수십 바가지씩 퍼먹었으며, 다른 사람에게도 강제로 먹여서 죽을 지경에 이르게 하였다. 실제로 달성 감목관으로 있던 어느 관원이 그 자리에서 쓰러져 죽었는데, 염을 하니 몸이 술에 쩔어서 솜처럼 부풀어 있었다.

어쨌거나 이용직, 민영준 두 도둑놈을 치자는 말이 너무 뜻밖이어서 상감이 깜짝 놀라 되물었다.

"뭐라고요? 민영준과 육촌 형님의 목을 친단 말이오?"

상감 입에서 딴 말이 나오기 전에 민비가 말끝을 낚아채 말했다.

"나라의 기강을 세우자면 법이 만인에게 평등하다는 본보기가 있어야 하옵니다. 일가친척이라고 봐줘서는 전하의 권위가 흔들리옵니다."

임금이 딴말 할 틈도 없이 민비가 냉큼 나서서 '어명'을 내렸다.

"뭘 망설이느냐? 그렇게 행하도록 하라!"

"알겠사옵니다."

신정희가 물러가려 할 때 민비가 다시 불러 웃으면서 나직이 말했다.

"서일만이라는 도둑놈은 당장 치고, 두 대감 치는 일은 좀 뜸을 들이라 해라."

신정희가 잠시 뭘 헤아리는 듯하더니, 그게 무슨 뜻인 줄 알고 곧 대답했다.

"마마! 분부대로 하겠나이다."

바로 소문을 내서 두 대감에게 겁을 주자는 것이니, 이 참에 재물을 취하겠다는 뜻이다. 뒤가 구린 관리들이 앞을 다투어 재물을 바칠 기회를 주자는 것이다.

이리하여 한양성 안의 큰 도둑 서생원은 서일만이라는 이름을 달아서 그날 저물기 전에 효수되어 머리가 종로거리에 내걸렸다.

이렇게 되어 상감께서 손수 칼을 뽑아 목 칠 신하를 가려내겠다던 말씀은 간데없이 엉거주춤 칼을 거둬들인 꼴이 되었으니 이용직 민영준 두 사람을 빼고 모든 신하들은 비로소 안도의 한숨을 내쉬었다. 그리고 어떤 재물이 목숨 값을 대신할 수 있을지 새로운 고민을 시작했다.

하지만 이 모든 일은 이미 예상된 일이었다. 민비가 모든 관리들에게 벼슬장사를 해먹은 일을 임금이나 신하, 아니 온 천하가 아는 일인데 누가 누구의 죄를 논할 수 있단 말인가.

그러면 이용직 민영준 두 대감의 목을 치자는 말은 어찌 마무리되었던가. 목을 친다는 소문을 흘려놓고 뜸을 들이니 과연 민영준이 혼비백산하여 금송아지 아홉 마리를 한꺼번에 상감에게 바쳐서 슬그머니 말을 거두어 들여서 없던 일이 되었다.

"상감! 민영준 대감이 아니면 청나라 사람들을 움직일 수 없으니 뒷날 반드시 필요한 인물이오."

"그야 중전 뜻대로 하시오."

민비가 일을 하는데, 민씨 척족이 아니면 되는 일이 없으니 애초부터 그냥 해 본 말에 지나지 않았다.

다만 흉흉해진 민심을 다스려야 하니 상감과는 육촌 간이면서 미운 털이 박힌 시집 쪽 이용직은 전날 제가 감사 벼슬을 살았던 경상도 지례 고을로 귀양을 보내는 것으로 매듭을 지었다. 이용직도 속으로는 이를 갈망정 일단 목숨은 건졌으니 뒷날 보복을 다짐하며 죽음 소나기를 피해 경상도로 달아났다.

민비가 신정희를 다시 불러들여서 엄명을 내렸다.

"전에도 말했지만, 도성 안의 동학도를 몽땅 잡아들이도록 해라."

"알겠소오니다!"

"한강을 넘나드는 모든 강나루를 물샐 틈 없이 틀어막고 성 안을 샅샅이 뒤져라! 동학쟁이 의심만 가도 잡아들여 족쳐라! 만일 이번에 어설프게 건드리면 네 목이 달아날 줄 알아라."

"명심하겠소오니다!"

민비의 눈이 독기를 넘어 살기가 번뜩이고 있었다.

민비가 한강의 모든 나루를 틀어막으라는 말은 임오군란 때의 제 경험 때문이었다. 그때 민비는 궁녀 옷으로 바꿔 입고 문지기 홍재희(뒤에 홍계훈)의 등에 업혀서 황망히 궁을 빠져나왔다. 도성 안팎을 샅샅이 뒤져서 민비를 찾으니 다시 도망쳐야 하는 신세가 되었다. 신혼 가마로 위장하여 강나루에 닿으니 장마로 물이 불어서 사공이 배를 띄우지 못한다고 버티었다. 포졸과 군사들이 당장 나루로 몰려올 판이라 여기서 묵었다가는 언제 무슨 봉변을 당할지 모른다. 민비가 가마 안에서 이를 듣고 금가락지를 뽑아 주니 사공이 못 이긴 척 배를 띄워 강을 건넜다.

신행 가마가 강 건너 나루 주막에 머물자 마을 아낙네들이 떠들썩하니 구경 나왔다가 가마 안을 들여다보며 한마디씩 했다.

"아이고! 딱하지. 고운 새색시가 민비인지 암탉인지 하는 년 때문에 고생이다."

민비가 이 말을 꽁하니 마음에 꼬불쳐 뒀다가 뒷날 환궁하여 그 말을 한 계집을 수소문하여 잡아들이게 했다. 이를 못 찾게 되자 그 마을 여자들을 몽땅 잡아다 죽였다. 그리고 어려운 때 생명을 건져 준 사공에게는 목숨을 건져 준 은공을 갚기는 고사하고 어려운 때 재물을 탐한 죄를 물어서 가락지를 도로 빼앗고 곤장을 내렸다. 그나마 살려준 것만도 다행이었다.

민비는 사람들 앞에서야 온 얼굴에 부드러운 웃음을 보이다가도 고개만 돌리면 금세 독사눈처럼 독기가 서리고 광기가 넘쳤다.

"중전마마! 분부대로 거행하겠나이다!"

포도대장 신정희가 그런대로 기뻐 물러났다. 당장 벼슬을 떼일 각오로 들어왔다가 아무 일도 일어나지 않았으니 뜻밖에 횡재를 만난 것이나 다름없었다. 까짓 동학교도 소탕은 전날 서생원 잡아들일 때 쓰던 오가작통법五家作統法을 쓰면 될 것이고, 그러고도 안 될성부르면 일본 공사관에 부탁하면 간단하게 해결될 것이다.

신정희가 막 물러나오는데, 진령군과 호위무사 홍계훈이 들어왔다. 궂은 일이 끝나고 설거지만 남은 판에 저놈과 계집은 또 무슨 수작을 부리려고 나타났단 말인가? 진령군보다 요즘 민비의 총애를 받는 홍계훈이 더 경계 대상이었다. 홍계훈은 본디 홍재희인데, 임오군란 때 민비를 궁궐에서 탈출시킨 공으로 중용되었다. 그러니 속으로 경멸하면서도 잔뜩 경계하는 중이었다. 민비와 진령군의 총애를 받고 있으니 언제 더 높은 자리에 오를지 모른다. 더구나 신정희가 일본 공사와 친하다면 홍계훈은 청 공사와 친하니 언제 한번 죽기 살기로 맞장 뜰 때가 있을 것이다. 신정희가 물러나면서 저들이 왜 왔는지 말머리를 들으려 뜸을 들였다. 입 가벼운 진령군이 냉큼 말을 꺼냈다.

"중전마마, 오늘 밤에는 태평가太平歌가 어떨는지요?"

오늘 밤 연회에 대한 상의라면 더 들을 것이 없어서 신정희가 얼른 발길을 돌렸다. '태평가'라니 짚이는 게 있었다. 며칠 전 사람들이 많이 지나다니는 한길 담벼락에 방문이 나붙었는데, 바로 배배 꼰

'태평가'가 나붙었다.

　봄버들 푸르고 분홍꽃잎이 난분분 날리는데
　궁중에 밤마다 태평가를 부르지만
　백성들 한숨소리 담 밖으로 넘쳐난다.
　먹물 먹은 선비들 다 어디 갔나
　곧은 말 하는 선비 하나가 없구나.

　순찰 돌던 포졸이 벽에 붙은 방문 예닐곱 장을 훑어왔는데, 황급히 불태워버리고 얼른 포교의 입에 빗장을 질러놓았다.
　신정희는 속으로 '흥!' 비웃음을 놓아 중얼거렸다.
　"태평가 태평무로 백날 나라 태평을 기원해 봐라. 그런다고 썩은 나라가 태평해지나?"
　요즘 신정희에게는 일본 공사관이라는 든든한 언덕이 있었다. 하지만 당장에는 청나라에 등을 돌린 것이 표 나지 않게 이쪽저쪽 양다리를 걸쳐놓은 것이다.

06. 탈출

갑이가 남원댁과 양주 백석으로 넘어가는 개머리 고개 아래 주막 거리에 들어선 것은 궂은 봄날 저물녘이었다.

오늘은 종일 비가 오락가락하는 도깨비 같은 날이었다. 금방 한 바탕 비를 부려놓고 지나가고 남은 이삭 구름을 걷어가는 모습이 마치 산발한 계집의 머리 같이 어수선했다.

개머리 고개 아래 길 양쪽에는 주막들이 길게 늘어섰는데, 주막거리 가운데 쯤에 담 밖으로 오동나무가 서 있고 홍랑 등이 내걸려 있어서 먼눈으로도 '오동나무집 주막'이 금방 표났다.

오동나무집 주막 평상에는 궂은 날이라 아예 주막에서 자고 갈 요량으로 일찌감치 저녁을 겸하여 술을 걸치는 짐꾼들의 목청이 차츰 높아 가고 있었다. 짐꾼들의 평상 옆에는 구레나룻이 보기 좋은 사내가 혼자 앉아 담배 연기를 풀풀 날리고 앉아 있었다.

갑이와 남원댁이 주막 안으로 들어서자 힐끔 보고 나서 일어나 다가왔다. 담뱃대를 입에서 떼고 나직이 말했다.

"양주 고을 최형식이오. 조용한 곳으로 갑시다."

최형식이 말을 떨어뜨리고 앞장서서 집 모퉁이를 돌아갔다. 갑이와 남원댁이 뒤를 따랐다. 뒤채는 문이 하나씩 달린 주막방을 여러개 들였고, 방마다 문 앞에 작은 평상마루를 하나씩 내놓았다. 미리 방을 잡아놓았는지 끝방 댓돌 위에 짚신 한 켤레가 단정하게 놓여 있었다. 최형식이 기침 한번 돋우고 방문을 열고 들어갔다. 아직 불을 켜기는 이른 해거름 무렵이라 저녁 어둠에 사람 하나가 둘둘 말린 멍석같이 누웠다가 부스스 일어났다.

"오시었소?"

좀 어둑해진 방에서 네 사람이 맞절하고 자리 잡아 앉았다.

"우리는 양주 고을 동학교도요. 한양 최창한 접주에게 장사지낼 준비를 하라는 통지를 받았소. 종로 거리에 사흘 동안 걸어두었다가 몸을 거두어 보낸다고 들었습니다."

"아이고! 아이고!"

최형식의 말이 채 끝나기도 전에 남원댁의 입에서 억눌려 있던 곡이 터져 나왔다. 여태 울음을 참은 것도 용했다. 세 사람은 한동안 남원댁의 울음을 듣고 앉아 있었다.

어제 저물녘에 한 사내가 풀무재 갑이네 집으로 찾아와 동대문 최창한 접주의 말을 전했다. 해거름에 김봉남이 서일만이라는 이름으로 처형되었으며, 머리가 운종가에 사흘 동안 내걸리며, 벌써 강나루에는 동학교도를 잡아들이려는 포졸과 군사들이 새까맣게 깔렸으니 경계가 허술한 북악산 쪽으로 붙어 양주 백석으로 넘어가는 길목인 개머리고개 오동나무 주막집을 찾아 가라는 것이었다.

갑이는 버들고리 짐을 부려놓고 마포나루로 떠나려는 을동개를 데리고 모전교로 나와 국밥집으로 들어갔다. 말없이 국밥 한 그릇을 비우고 나서 최창한 접주에게 들었던 아버지 부고를 전하고 나서 돈 꿰미를 을동개에게 넘겨주었다.

"이게 뭐요?"

"장차 돈 많이 벌어서 좋은 세상이 오는 데 쓰도록 해라."

"형의 말은 잘 알아듣겠소. 그러면 나도 장차 할 일이 생길 테니 이 돈을 최창한 접주에게 맡기겠소."

"할 일이라니?"

"아무리 고리백정이라지만 어찌 좀스럽게 제 앞만 가리고 살겠소? 때가 되면 내가 할 일을 찾아 나서야지요. 난 갑이 형이 진작에 김봉남 행수 어른의 아들이라는 것을 알고 있었소."

"그래, 인연이 있으면 다시 만날 날이 있겠지. 을동개 너도 몸 보중해라."

"갑이 형님도요."

구릿재에서 을동개를 떠나보내고 갑이 홀로 남았을 때는 아직 초저녁이었다. 이제 아버지가 이 세상 사람이 아니다. 갑이 혼자 남게 되자 비로소 눈물이 쏟아졌다.

오늘 이른 아침에 갑이와 남원댁은 파루를 치기가 무섭게 집을 나섰다. 갑이와 남원댁이 성 밖 강쪽으로 도망치지 않고 남대문으로 들어가 운종가로 나와 바삐 오가는 사람들 속으로 섞여들었다. 복잡한 저잣거리에는 군사 포졸 할 것 없이 검고 붉은 상모 전립 천지여서 언제 기찰에 걸려들지 몰라 내내 가슴을 졸였다. 사람들이 드문 이른 아침에는 포졸들의 기찰이 심할 것 같아서 배도 채울 겸 국밥집으로 들어갔다. 국밥을 앞에 놓고 갑자기 남원댁이 '흑–' 울음을 터트렸다.

"사람 목심이 참 모질고 기가 막히다. 저승 간 사람을 두고 목으로 밥이 넘어가다니……."

국밥집에 좀 앉아 있다가 해가 활짝 퍼질 때를 기다려 종로로 나왔다. 종로 너른 마당에 사람들이 떼를 지어 구경하고 섰는데, 먼눈에도 사람 목이 매달린 바지랑대가 보였다. 갑이는 남원댁이 금방이라도 밑 터진 보릿자루처럼 풀썩 주저앉아 울음을 터트릴 것 같아 마음을 졸이고 있었다. 남원댁이 차분하게 말했다.

"퍼뜩 가 인사하고 오니라. 여의치 않으면 안 혀도 된다. 산 사람이 먼저 살아야 헌께."

"알었시유."

갑이가 사람들 틈을 비집고 들어가 한갓진 바지랑대 앞에 바짝 다가섰다. 감히 무서워서 가까이 다가서는 사람이 없었던 것이다. 삼각으로 세운 바지랑대에 새끼줄을 늘이고, 그 끝에 하얀 횟가루를 뒤집어쓴 머리통이 이물스럽게 매달려 있었다. 벌써 아래로 떨어진 피는 횟가루와 반죽되어 검게 말라붙었고, 머리통 물기가 있는 곳에는 파리가 새까맣게 달라붙어 있었다. 파리를 쫓자 부릅뜬 흰 눈이 낮달처럼 살아서 세상을 노려보고 있었다. 갑이가 아버지와 눈을 맞추고 나서 저도 모르게 나직하게 '시천주 조화정 영세불망 만사지' 13자 동학 주문을 뇌었다. 뜨거운 흰 햇물이 온 세상을 덮어 번들거리고 있었다. 이때였다. 어디선가 아우성 같은 것이 밀려오고 순식간에 검은 구름이 몰려와 사위가 검게 바뀌더니 천둥 번개가 하늘 한복판을 가르고 지나갔다. 매달린 머리를 구경하고 섰던 사람들이 하나둘 겁을 먹고 달아나기 시작했다.

"소나기다!"

갑자기 대추알 같은 빗방울이 툭툭 떨어지더니 비가 회를 뒤집어쓴 얼굴을 씻어가고 윙윙거리던 파리를 쫓았다. 가까운 곳에 늘어섰던 검고 붉은 상모 쓴 포졸들이 이쪽으로 다가오자 갑이는 퍼뜩 제정신이 들어 돌아섰다.

남원댁이 넋 잃은 사람처럼 멀뚱히 소낙비를 맞고 서 있었다. 조금 전에 본 아버지의 흰 눈빛과 닮아 있었다. 그래, 지금 당장에는 어머니와 함께 성안을 빠져나가는 것이 급하다.

그 길로 갑이와 남원댁은 비를 맞으며 급히 서대문을 나와 무악재를 넘었고, 구파발로 나와 장흥을 거쳐 이곳에 이른 것이다. 장흥계곡에 이르렀을 때는 갑자기 불어난 골짝물이 장쾌하게 아우성치며 흘러서 마치 큰 비에 씻겨 나오듯 한양성을 빠져나온 것이다.

"좀 쉬시지요. 한양에서 기별이 오는 대로 들르겠소이다. 그동안 우리가 장례 치를 준비를 해두겠습니다. 곧 저녁상이 들어올 게요."

금방 날이 어두워져 부싯돌을 쳐서 등잔불을 붙여주고 나서 두 사람이 돌아갔다.

다음 날은 맑게 개었다. 아침을 먹고 난 갑이는 주막 주인에게 낫과 지게를 얻어 산에 올랐다. 나무를 하기보다 속에 뭉쳐든 울화나 달래자는 심산이었다.

갑이가 한강봉 호명산 임꺽정봉까지 오르고 나니 비로소 허기가 느껴졌다. 해를 보니 늦은 봄날 해가 휘딱 기울어 있었다. 완전히 어두웠을 때 엉거주춤하게 나무 한 짐을 지고 주막으로 돌아왔다.

다음 날은 갑이가 몸이 고단하여 주막방에서 이리저리 뒹굴고 있는데, 점심때가 좀 못 미쳤을 무렵 한 떼의 짐꾼들이 닥치듯 들어왔다. 아버지 김봉남의 시신을 옮겨온 것이다. 미처 최형식 접주에게 연락이 닿지 않아서 급히 사람을 보내고, 먼 길에 시장한 짐꾼들은 술을 곁들인 밥을 먹고 났을 때 최형식 접주가 달려왔다.

"사흘을 걸어놓아야 몸을 거둘 수 있다고 했는데, 어찌 벌써 들어왔소? 그래, 신체는 제대로 수습했소?"

최형식이 놀라 물으니 점잖은 짐꾼 차림의 사내가 빙그레 웃으며 말했다.

"귀신놀음은 새벽에 어울리는데, 그 놀이가 한 치도 어긋남 없이 잘 들어맞았지 뭐요."

"귀신놀음이라니요?"

먼 길에 고단하여 밥과 술로 속을 채워서 훈훈한 술기운에 배짱이 좀 부풀려진 한 사내가 입담 좋게 이야기를 풀었다.

종로 거리에 '서일만'의 목을 걸어놓던 날부터 해괴한 일이 벌어졌다. 햇볕이 쨍쨍하던 멀쩡한 하늘에 난데없는 천둥과 벼락이 치고 비구름이 몰려와 소낙비가 쏟아졌다. 다음 날 새벽에는 해괴망측하게도 목 없는 몸뚱어리가 종로거리에 나타났다. 목이 없는 몸뚱어리가 바지랑대에 걸려 있는 목을 향해 뚜벅뚜벅 걸어가더니 두 손으로 묶었던 상투 채를 풀어서 제 몸뚱어리에 목을 얹더니 어디론가 유유히 사라지더라는 것이다. 죄수가 망나니의 칼을 받기 전에 13자 동학 주문을 외웠는데, 영락없이 지난 갑자년(1864) 대구 장대에서 좌도난정률로 처형된 창도주 최제우의 자태더라는 것이다.

  포도대장 신정희가 아침 일찍 부하들에게 도깨비에 홀린 사건을 보고받고 나서 민비에게 득달같이 달려가 아뢰었다. 민비의 낯빛이 단박에 허옇게 가셔졌다. 마치 횟가루를 쓴 죄수의 낯빛 같았다. 죽은 이의 원한이 사무치면 원혼이 저승에 들어가지 못하고 구천을 떠돌거나, 산 자 곁을 서성인다는 말을 들었던 터라 더럭 겁이 났던 것이다. 안 그래도 요즘은 저녁 어스름이 되면 칼을 든 헛귀신이 보이던 참이었다.

  민비가 궁리한 끝에 신정희를 가까이 불러 말했다.

  "백주에 그 무슨 해괴망측한 말이더냐? 어떻든 간에 동학 창도주의 죽음은 지난 강화도령(철종) 때의 일이지 우리와는 상관없는 일이다. 그리고 이런 해괴한 소문이 퍼지면 도성 안이 쓸데없이 소란스럽기만 하니 이 일을 아는 놈들을 모조리 근무 태만 죄를 물어 멀리 귀양을 보내 소문을 잠재우도록 해라! 여의치 않으면 쥐도 새도 모르게 없애라. 이따위 허무맹랑한 일은 임금에게 보고할 필요도 없다."

  입담 좋은 사내가 걸쭉한 이야기 끝에 저고리를 머리 위까지 끌어올려 목 없는 광대 모양을 만들어 보였다.

  이렇게 귀신놀음이 끝나서 종로 네거리에 매달았던 김봉남의 시신을 거두어 도성 밖을 빠져나오게 된 것이다.

"장례를 서둡시다."

어느새 좌중은 차분하게 가라앉아 있었다. 여러 사내들이 각자 필요한 짐을 챙겨서 주막을 나섰다.

개울에 이르자, 한 지게에서는 관을 내려 몸뚱어리가 담긴 관 뚜껑을 열었고, 다른 지게에서는 단지를 내려 소금에 절인 머리를 꺼냈다. 갑이가 횟가루를 허옇게 쓴 머리를 받아 흐르는 개울물에 씻었다. 눈에 손이 갔을 때, 벌써 살이 썩어서 미끄덩 밀렸다. 낮달같이 부릅뜬 흰 눈은 감기려도 감길 수가 없었다. 어쩌면 이 눈빛은 영원히 이 세상에 남겨놓은 한인지 모른다. 급기야 남원댁이 '아이고!' 하고 곡을 풀어냈다. 이제는 누구도 말릴 필요가 없는 울음이어서 한바탕 길게 곡을 했다. 곡을 하는 동안 머리와 몸을 갖춰 삼베옷을 입혀 염을 하여 관에 눕혔다.

관 뚜껑을 닫고 못질을 하여, 관을 지고, 개울을 떠나 개머리고개 중턱에 이르렀다. 남원댁의 소나기 같은 곡은 그쳤으나 홀쩍이는 울음은 계속되었다.

"여기다 모십시다. 사람들이 많이 다니는 길이니…… 외롭지나 않게 해드려야지요."

최형식 접주가 말하고 나서 갑이와 남원댁을 바라보았다. 울음이 잦아든 남원댁이 목이 쉬어 갈라진 말을 내었다.

"대발송장 면하고 빈재기에 담은 것도 다행이지라. 그라고 살아 생전에 내 땅 한 쪼가리 없이 살았는데 양지 바른 곳이면 되제 뭘 더 바라겠어라우."

큰 길에서 조금 숲으로 들어간 곳에 이르러 최형식 접주가 먼 산에 눈을 주고, 나뭇가지로 가늠하여 방향을 잡고 나서 땅 위에 금을 그었다. 사내들이 지게를 받쳐놓고 땅을 파기 시작했다. 반 길쯤 파고 나서 하관했고, 평토를 치고 오랫동안 소리 없는 달구질로 땅을 단단하게 다졌다. 그리고 옆에서 별처럼 흰꽃을 머금고 서 있는 찔레나무를 캐다가 심었다.

"뒷날에 징표가 될 것이니 좋은 날이 오면 바른 곳에 모시도록 하시오."

갑이가 말없이 고개를 끄덕였지만, 정말 좋은 날이 올지, 그게 언제일지 막막하여 갑자기 눈물이 봇물터지듯 쏟아졌다. 아버지에 대한 갑이의 마지막 눈물인 셈이었다.

하염없이 담뱃대를 빨고 앉았던 최형식 접주가 일어서며 서둘러 말했다.

"여기서 백석 양주 관아 쪽으로 가는 길은 기찰이 심해 자칫 위험하오. 산길을 잡아 가평 양근 신재준이나 지평 김태열 접주를 찾아가시오. 오늘 아침에 미리 사람을 보내 두었으니 혹 신변에 위험한 조짐이 보이면 미리 길목을 지키고 있다가 딴 길을 알려줄 것이오."

"이 은공을 어떻게 갚을까라우?"

남원댁이 옷고름으로 눈물을 찍어 내며 인사를 했다. 눈은 부었고, 목도 잔뜩 쉬어 있었다. 최형식 접주가 하얀 담배 연기를 풀어 날리며 말했다.

"어서 좋은 세상이 와야지요. 부디 몸 보중 잘 하시오."

갑이와 남원댁은 고갯마루에서 바로 능선을 탔다. 어제 나뭇지게를 지고 울분을 삭이며 걷던 길을 오늘은 다급하게 걷게 된 것이다.

해 안에 임꺽정봉을 넘으려면 서둘러야 한다.

07. 갑이, 계집종 나비를 얻다

한양에서 5백 리 떨어진 충청도 영동 땅이다. 소백산맥 큰 줄기가 힘차게 뻗어내리다가 큰 숨을 내쉬듯 백화산을 토해놓는다. 백화산은 잠시 숨을 고르다가 산줄기를 경상도와 전라도 양쪽으로 갈라놓는다. 산이 높은 만큼 골이 깊어 물이 많았다. 병풍처럼 둘러선 바위를 꼼꼼히 살피면 노란 금줄기가 보이기도 하고, 강모래에는 사금이 섞여 있어서 예부터 한몫 잡으려는 사금쟁이들이 빈번하게 드나드는 고을이다.

재물이 좀 있다 싶으면 여지없이 관아 치들의 수탈이 따르기 마련이어서, 이태 전에는 수탈당한 고을 백성들이 황간 현아 민영후 현감을 들어내기 위해 들고 일어나기도 했던 곳이다. 조정에서 급히 안핵사 김기수를 파견하여 현감 민병후를 파직했고, 민란 주동자 박성오, 박동흠 등을 색출하여 목을 베었다. 관직에 있는 큰 도둑놈은 명을 이었으나, 도둑을 도둑이라고 소리친 백성만 죽임을 당한 꼴이다. 세상만사가 바른 이치대로 돌아가는 세상이 아니었다.

갑이가 어머니 남원댁과 함께 가평 양근 지평 원주를 거쳐 충청도 영동 수석리에 숨어들어 대장간을 차려 연장을 벼려 먹고 살게 되었다.

수석리는 백화산 아래로 흐르는 개울을 경계로 영동 땅이 되고 황간 땅이 되었다. 더 자세히 들여다보면 충청도에서 쫓기면 전라도 경상도로 넘어가고, 이 고을에서 쫓기면 저 고을로 도망치기 쉬운 곳에 자리 잡은 셈이다.

때는 늦은 봄날, 갑이가 가까운 숲에서 들려오는 소쩍새 울음에 잠을 깨었다. 유난히 가깝게 구슬피 울어서 저승에 든 아버지가 소쩍새가 되어 세상 구경을 나왔나 싶었다. 날은 시퍼렇게 밝아오고, 부엌에서 타닥타닥 아궁이에 불 때는 소리가 들려오고 있었다.

갑이가 30리 떨어진 황간 장에 나가 연장을 팔아 양식을 사기 위해 대장질한 연장을 주섬주섬 지게에 얹어 길을 나서려 할 때, 남원댁이 궁시렁궁시렁 잔소리부터 늘어놓았다.

"어디 가서 계집이나 하나 주워 오랑께. 이제 너도 나이가 찼응께 계집을 얻어 새끼도 낳고 혀야제."

"아따, 정 그러면 어머이가 어디 맘에 드는 계집이 눈에 띄거든 알려만 줘유. 내 자루 가져가서 홀랑 담아 올 텐께. 히히히."

"썩을 놈! 찢어진 주딩이로 청산유수같이 말은 잘 헌다. 오늘 장

길에 하나 보이거덩 주워 오니라. 연분이 뭐 별 것이간디."

"알었시유. 눈 뜨고 잘 찾아보지유 뭐."

내내 싸우는 게 일이던 갑이와 남원댁이 오늘은 더 다툼 없이 매 조지 지었다.

고갯길이 좀 험하기는 해도 가래재와 솔티재 두 고개를 넘으면 금 방 황간이니 영동 장보다 좀 가깝기는 했다. 갑이가 험한 솔티재를 넘어 강물을 따라 걷는 길로 들어섰다. 여기서 발 한번 헛딛는 날이 면 천길 벼랑으로 떨어지는데, 아래는 명주실 한 타래가 들어갈 만 큼 깊은 물이 입을 벌리고 있는 아찔한 곳이다. 더구나 날이 밝기 전 이라 안개까지 자욱하게 끼어 있었다.

갑이는 마침 목이 말라 바위 벼랑을 타고 물가로 내려갔다. 배꼽 같이 생긴 샘에서 볼록볼록 물이 솟구치고 있었다. 갑이가 엎드려 벌컥벌컥 물을 마시는데, 배가 워낙 커서 한참이나 걸렸다. 갑이가 정신없이 물을 빨아 들이고 나서 머리를 쳐들었다가 흠칫 놀랐다. 멍석같이 넓적한 바위 위에 여우 계집 하나가 오도카니 앉아 있는 것이다. 아무리 배포 큰 갑이지만 인적 없는 길에서 백년 묵은 여우 를 만났으니 놀랄 수밖에. 아침부터 별 헛것이 다 뵈는구나 싶어 갑 이는 허겁지겁 길로 올라와 발걸음을 빨리했다.

어디만치 가서 지게를 받쳐놓고 쉬는데, 이 무슨 조화인가? 아까 본 여우 계집이 다시 눈앞에 서 있었다. 안개 속에서는 옥처럼 희더니 안개 걷힌 햇살 속에서는 숯검뎅이였다. 갑이가 듣던대로 '백년 묵은 여우가 이런저런 모양으로 둔갑하는구나' 싶어서 '크흠!' 헛기침을 크게 내지르고 나서 계면쩍게 지게 작대기로 나뭇가지를 쳐 쫓아버리고 걸음을 빨리했다.

갑이가 제아무리 번개를 잡아채는 배포를 가졌다지만 여우한테 홀렸으니 식은땀이 비 오듯 했다. 저런 여우는 사람들이 많이 다니는 한길로 나가야 '깨갱!' 하고 여우로 바뀌어 달아난다고 했다.

지게를 진 갑이가 걸음을 재촉하여 황간장으로 들어섰다. 사람들이 많이 다니는 장에 이르러서야 비로소 안도의 숨을 발라 쉬었는데, 온몸이 식은땀에 젖어 있었다.

그날따라 이상하게 지고 간 연장을 펼쳐놓자마자 팔려나가기 시작하여 반나절이 미처 되지 못해 다 팔렸다.

갑이는 놀이패 마당에 태평소, 북, 장구, 꽹과리, 징 소리가 야단스럽게 들려서 기웃거렸는데, 통영 오광대놀이 마당이 펼쳐지고 있었다. 통영 오광대 놀이패가 전염병과 재앙과 잡귀를 쫓고 복을 부르는데 영험하다 하여 장마다 바삐 불려 다니게 되었다고 했다.

양반이 영노 귀신에게 잡아먹힐 처지가 되자 살기 위해 궁색한 발명을 하면서 영노와 입씨름을 벌이고 있었다. 갑이는 비루한 종의 꼴을 보자 괜스레 화가 치밀었다. 갑이는 오광대놀이가 싱겁게 느껴져 놀이마당을 나왔다.

장에서 보리쌀 한 말을 팔아서 지게뿔에 매달고는 내처 집으로 발걸음을 재촉했다.

갑이가 배꼽 샘으로 내려가는 바위에 이르렀을 때, 그 자리에 또 그 여우 계집이 촐랑 올라 앉아 있었다. 갑이가 잠깐 놀라기는 했지만 이제는 사람이 분명하고, 좀 반갑기까지 했다. 아침 안개 속에서 본 것과 달리 여우가 아니라 사람의 자태가 분명했다. 아침나절에 저 혼자 놀라서 허겁지겁 쫓겼던 일이 떠올라서 슬그머니 헛웃음이 나왔다. 갑이가 '크흠!' 헛기침을 하고 그 앞을 지나 걸음을 옮겼다. 그런데 무슨 사연인지 계집이 갑이를 뒤따라오고 있었다. 갑이가 한참 잰걸음을 놓다가, 문득 뒤따라오는 계집이 궁금하여 슬그머니 뒤를 돌아보았다. 작은 보퉁이를 안고 따라오느라 쌔근쌔근 숨을 몰아쉬어 얼굴이 하얗게 질려 있었다. 좀 딱한 맘이 들어서 지게를 받쳐 놓고 타라는 손짓을 했다. 계집은 잠깐 머뭇거리다가 지게에 올라가려고 발을 치켜드는데, 좀 검기는 해도 작은 발이 예뻤다. 갑이가 불끈 들어 지게에 달랑 올렸는데, 몸이 깃털처럼 가뿐해서 기겁할 뻔했다. 다시 사람인지 헛것인지 구별이 가지 않았던 것이다.

지게를 지고 길을 가면서도 사람이 아닌 헛것을 지고 가는구나 싶었지만 그렇다고 홀러덩 지게를 벗어던질 수도 없는 노릇이었다.

갑이가 솔티재 가리재를 넘어 집에 들어선 것은 해가 설핏 저물 무렵이었다. 남원댁이 갑이의 지게 위에 계집이 달랑 얹혀 들어오는 것을 보더니 입이 쩍 벌어졌다. 나무지게에 얹힌 꽃에 나비가 붙어 오듯이 들어오는데 어찌 보기가 좋지 않으랴. 옳지! 아침에 계집을 하나 주워 오라고 성화를 댔더니 참말로 계집을 주워 왔구나.

갑이가 지게를 받치고 일어서려 할 때 깜짝 놀랐다. 검었던 계집이 그동안 뽀얗게 바래 있었던 것이다. 갑이는 속으로 '참 별일도 다 있다'고 여기면서 계집을 내려놓으려고 들어 올렸더니 이번에는 제법 사람같이 묵직했다.

뭘 물어도 대답이라야 겨우 '예', '아니요'가 다이긴 했지만, 좀 지나자 우수 경칩에 입 터진 개구리같이 말문도 열렸다. 갑이가 보기에는 달나라에 산다는 항아같이 예쁜 계집이 말소리도 새소리같이 낭랑했다. 원래 사내 눈에 계집이 예뻐 보이면 곰보 구멍도 예쁘게 보이고, 코맹맹이 소리도 곱게 들리는 법이다.

갑이가 며칠 같이 지내면서, 계집이 낮에는 검은 뱀 허물을 쓰고 있다가 밤에는 허물을 벗고 박꽃같이 희게 피는 줄을 알았다. 남원댁은 주워온 계집이 꺼림칙하여 골방에 넣어두고 샛별 요강까지 들여 주며 거기다 뒤를 다 보게 한 뒤, 하루에도 몇 번씩 뚫어놓은 문 구멍으로 방 안을 들여다보았다. 요강 속 똥오줌 냄새가 구리고 지린 것이 여느 사람과 다르지 않으니 여우 귀신 아닌 사람이 분명했다.

남원댁이 그래도 미심쩍어서 여러 가지 시험을 계속했다. 머리카

락을 태워 노린내를 맡게 하였고, 달밤에 마당으로 불러내 그림자를 밟아 보았다. 보리밥에 고추장을 듬뿍 넣어 비벼 주어도 넙죽넙죽 잘 받아먹었고, 혼자 있을 때는 '푸석–' 방귀까지 뀌었다. 남원댁이 동쪽으로 뻗은 복숭아 나뭇가지를 베어다 느닷없이 계집의 어깻죽지를 후려치고, 잘 익은 깨금 알을 깨물도록 했지만 사람이 틀림없었다.

이렇게 두루 시험을 거치는 동안 계집은 여윈 티를 벗고 달덩이 같이 훤하게 맨드리가 나고, 오랫동안 가위 눌렸다가 깨어난 사람같이 볼우물을 파면서 배시시 웃기도 했다. 이는 마치 초승달이 보름달이 된 것이나, 낮에 닫혀 있던 꽃이 달밤에 화사하게 피어난 꽃과 같았다.

이름을 물으니 가위에 짓눌려 더듬거린 끝에 겨우 '아랑이'라 대답했다.

"워매, 아랑이가 뭣이여? 소주 내린 뒤 술지게미 아니당가?"

"어리서 배가 고파가 그걸 묵고 죽다살아나가 이름이 되았심더."

아랑이가 우수경칩에 입 터진 개구리 같이 조곤조곤 제 기구한 신세를 말하게 되었다.

08. 나비가 된 아랑이

 아랑이는 경상도 김산 봉계마을 조승지댁 계집종이었다. 조승지
댁은 조부가 잠깐 승지 벼슬을 살았기 때문에 붙은 이름이고, 아버
지대부터 벼슬에 나가지 못했다. 그러면 가세도 기울기 마련인데,
조시영에 이르러서는 재물이 오히려 크게 부풀었다. 조시형의 사람
됨이 안팎으로 탐욕스럽고 포악하기까지 하여 근동의 양반 상것 할
것 없이 혀를 내두를 지경이었다. 그 집에는 팔팔한 사내종만 열둘
을 거느렸는데, 특히 안마님의 종 다루는 수완이 빼어나서 살림을
착실히 불려 가는 도구로 삼아서 밤낮으로 짐승처럼 부려먹었다. 그
러니 양식이나 축내는 늙고 힘없는 종은 소나 말처럼 팔아치웠다.
근동의 양반집에서는 종을 다루는 솜씨가 남다르다 하여 모두 조승
지댁의 수완을 배우려 하였다. 그래서 김산 근동에서는 사람을 좀
사납게 닦달하면 '조승지댁 종부리듯 한다'는 말이 있을 정도였다.
 그렇다고 종을 다스리는 솜씨란 유별한 것이 아니라, 종을 잘 거

느리는 똘똘한 종을 두령으로 내세운다는 것이다. 그것도 한 번 두령이 되면 내내 두령이 되는 것이 아니라 일을 얼마만큼 했는지를 따져서 수시로 바꿔 준다는 것이다. 그러니 고만고만한 종들이 서로 두령이 되려고 피 터지게 다투듯 일을 하니 손 안 대고 거저 일을 시켜먹을 수 있다는 것이다.

요즘은 시절이 하 수상하여 도망을 치는 종들이 늘어났는데, 조승지댁은 그런 걱정을 하지 않아도 되었다. 아랑이의 아비가 젊은 시절에 도망치다 붙잡혀 이마에 불도장이 찍혀 있어서 밤낮으로 본보기가 되니 종이 도망치는 염려를 하지 않아도 된 것이다. 또 하나, 두령이 된 종이 항상 눈을 부라리고 있으니 감시도 저절로 되었다.

다른 종들은 애초부터 뿔뿔이 흩어놓았지만, 아랑이네 식구는 오빠 만득이와 어미, 아비, 할매까지 다섯 식구가 모여 살게 한 것은 그나마 다른 종에게 없는 복이었다. 그것은 아비의 이마에 찍혀 있는 불도장 덕분이기도 했고, 무엇보다도 할매가 지금까지 아픈 데 없이 길쌈 일이나 찬 갈무리를 잘해 왔기 때문이었다. 아랑이네 식구들은 오로지 주인 조승지댁을 하늘 같은 은공으로 여기며 살았다.

그해에는 지독한 흉년이 들어서 논밭에 변변히 씨도 뿌리지 못하고 겨우 메밀이나 조금 묻었을 뿐이었다. 흉년이 들면 곡간이나 재물이 좀 있는 집은 오히려 헐값에 나오는 땅이 많아 땅을 불리기 맞춤한 해가 되기도 했다.

배를 주린 사람들이 하얀 햇살과 늦더위로 연일 허덕이던 날이었다. 아랑이가 반짇고리를 안고 안마당을 질러가는데 바깥마님 조승지의 나직한 부름이 있었다.

"너, 잠깐 들어오니라."

부름에 따라 방으로 들어가니 흰 모시 옷을 입은 조승지가 한 팔로 머리를 괴고 반쯤 누워 있었다. 아까 안마님은 애벌 지심을 맨 들을 둘러본다고 나갔다.

"어째 몸이 찌뿌둥하니, 다리 좀 주물러 보래이."

아랑이가 조심스럽게 다리를 주무르고 있을 때 조승지의 손이 다가와 팔목을 잡아채어 아랑이를 품에 넣었다. 조승지가 뜨거운 입김을 불어넣으며 치마를 훌쩍 들추더니 제 모시 바지 잠방이를 끌러냈다. 모든 것이 순식간이었다. 아! 아랑이가 혼비백산한 중에 두 눈을 질끈 감았다.

"대명천지에 이 무슨 짓이로!"

안마님의 호령에 화들짝 놀라 아랑이가 조승지의 품에서 풀려났다. 아랑이는 독사눈을 한 안마님이 보는 앞에서 죽을 죄를 진 것같이 허둥대며 치마저고리를 주워 입었다. 조승지가 머쓱하여 벌겋게 까 내렸던 잠방이를 천천히 꿰었다. 그러면서 등신같이 웅얼댔다.

"허! 내가 잠깐 실성했네!"

"짐승만도 몬한 인간! 머라꼬 씨부렁대노?"

안마님이 분개하여 씩씩대고 서 있었다. 안마님은 조승지의 바람기를 미리 알고 액운厄運의 주물呪物인 암여우의 음부를 구하기 위해 지난겨울에 아비와 만득이를 사냥 보냈다. 아비와 만득이가 죽을 둥 살 둥 겨우내 갖은 고생을 하여 여우 세 마리를 사냥한 끝에 겨우 암여우를 잡았다. 아비와 만득이 누구도 말은 하지 않았지만, 암여우 사냥이 아랑이를 지켜주는 일이라고 믿었다. 사냥해온 여우 세 마리의 껍질을 벗겨 안채 처마에 걸어 말리는 중이고, 옆에는 도려낸 음부가 걸려 있는데 미처 조승지의 몸에 지녀 보지도 못하고 벌어진 일이어서 난감하기 짝이 없었다.

그날 어미 아비가 초저녁에 조승지댁 안채에 불려 들어갔다가 천근만근이 되는 근심을 안고 돌아왔다. 그날부터 먹구름 같은 기운이 아랑이네 집안을 덮쳤다. 온 식구가 입을 꾹 다문 채 가끔 한숨만 내몰아 쉴 뿐이었다.

할매가 낌새를 알아차리고 죽음을 서둘렀다. 일부러 성한 이를 문지방에 찧어서 석류 알 같은 이를 뱉어 버리고, 피 나는 입을 꾹 다물어 그 길로 곡기를 끊었다. 할매는 하루 사이에 저승 문턱에 이른 것 같이 얼굴에 핏기가 사라지고, 살이 빠져나간 북어같이 검푸른 빛으로 쪼그라들었다.

어미가 아랑이를 불러 말했다.

"니가 좀 할매한테 들어가봐라. 할매가 정 떼기를 할라 카는지 들여간 죽사발을 탈싹 엎어 뿌리고 생전에 입에 올리지 않던 욕을 퍼부어 쌌는다. 우짜면 좋노?"

아랑이가 죽사발을 들고 들어갔을 때, 할매는 색동저고리를 쥔 두 손을 배 위에 올려놓고 있었다.

"할매요, 청승맞고로 우짠 얼라 색동옷이고? 이래 안 먹으믄 죽을 낀데 우짤라고 이카노?"

할매가 여린 손으로 아랑이가 내민 죽 그릇을 슬그머니 밀쳐내고 타들어가는 입술을 열어 물 한 모금 달라고 했다. 거우 입술을 적신 뒤에 간신히 말을 냈다. 벌써 할매는 말 샘이 말라버린 것 같았다.

"내사 당장 죽어도 쪼매도 원통치 않다. 너들이 아부지랑 오래오래 이 집에 붙어 살믄 고만이다. 너그 징조 할매도 이래 죽었응께."

"뭔 소리고? 할매가 죽는다고 주인어른이 우리를 이 집에 같이 살게 해 준다 카드나?"

"그것이사 너그덜 복이지 우짤 끼고. 주인 나리께서 은덕을 베푸시면 같이 살게 될 끼고…… 어무이가 날 부른다. 색동옷 입고 어무이한테 가야지. 거는 주인도 없고 종도 없다 카더라."

할매는 물로 다시 목을 축이고 나더니 흐느끼듯이 노래를 풀어내기 시작했다. 마치 저승으로 들어가는 주문 같았다.

아리랑 아리랑 아라리-요. 아리-랑 고개로 날 넝가 주소.

아리랑 아리랑 아라리~요. 아리~랑 고개로 넘어 넘어를 간
다…….

할매의 노래가 이승의 마지막 목소리같이 차츰 희미해지고, 두 눈
에서 눈물이 주르르 흘러내리는가 싶더니 힘없이 고개가 꺾였다.

"할매요!"

아랑이의 외마디 비명을 듣고 밖에서 지켜보던 만득이 오라버니
와 어미 아비가 방으로 들어왔다. 식구들이 한데 어울려 한바탕 소
나기 같은 울음을 쏟아내는 것으로 할매와 영결종천했다. 아비가 희
미하게 뜨고 있는 할매의 눈을 감기자 고였던 눈물이 흘러 내렸다.
아비가 염할 것도 없이 두 손으로 색동저고리를 쥐고 있는 그대로
이불 홑청으로 작은 몸을 둘둘 말아 윗목으로 밀쳐놓을 때 다시 한
바탕 울음이 피어올랐다.

아비가 안채로 들어가 조승지댁에 아뢰었다.

"나리 마님, 쇤네 어무이가 세상 떴심더."

"늙은 종년 하나 저승 가는 기 뭔 큰일난 거 맨치로 난리법석이
냐?"

조승지댁 마님이 행랑채에서 들려오는 울음에 벌써 심사가 잔뜩
뒤틀려 삐딱하더니, 버럭 성을 내었다.

"마님, 송구합니더."

조승지댁 마님이 내처 미리 맞춰 둔 말을 했다.

"그동안 너그들을 한 집에 살게 해준 것이 우리 은덕인 줄은 알고 있지?"

"알구 말굽시요. 그래서 제 어미도 한 입이라도 줄일라꼬 역부러 곡기를 끊었다 아입니껴."

"그것이사 마지막으로 마땅히 갚아야 할 은공을 갚은 것이고…… 우리도 올 같은 흉년에 곡간 양식 축낼 형편이 못 돼야. 그래서 말인데, 만득이만 이 집에 남고 어미 아비는 안동 5촌 당숙 집으로 가고, 아랑이는 오늘 아침에 장사꾼한테 팔아 넝갔응께 그리 알거라."

할매의 죽음이 헛된, 청천벽력 같은 말이었다.

"종년 송장은 이따가, 사람들 다 잠든 한밤중에 옹기골에 갖다 버려라. 그라고 아랑이는 셈이 끝났응께네 옹기골에서 넝가뿌라."

"예, 마님."

종 장사꾼 텁석부리는 얼마 동안 비쩍 마른 아랑이에게 밥을 잘 먹였다. 아랑이가 포동포동 살이 오르자 계집의 고운 맵드리가 났다.

어느 날 밤, 목욕재계를 시킨 뒤에 환하게 등불을 밝히고 고운 명주옷으로 단장시켰다. 텁석부리가 아랑이의 요모조모를 살핀 끝에 아주 흡족해하며 말했다.

"되뺐다! 니는 시방부터 양반집 규수라카이."

"야?"

"양반댁 아씨나 종년이 뭐 날 때버텀 씨가 다르다 카더나? 똑 같은 구녕 갖고 태어난 기라. 이래 본께 니 맨드리가 양반집 규수라 캐도 쪼매도 안 빠진다 아이가."

아랑이가 무슨 말인지 몰라 눈만 끔벅대고 있는데, 텁석부리가 아랑이의 손목을 잡으려다 얼른 거둬들이며 말했다.

"아이고! 내가 우째 양반 집 아씨의 귀한 몸에 함부로 손 댄단 말이고!"

텁석부리 저 혼자 묻고 답하면서 히히거리더니, 갑자기 제 옷을 훌훌 벗어 던졌다. 그리고 아랑이의 옷고름을 낚아채 풀었다. 텁석부리가 환한 등불 아래 활씬 벗겨놓은 아랑이의 뽀얀 몸을 부신 듯 이윽히 바라보더니 흐흐흐 웃음을 흘리며 말했다.

"되얐다! 비싼 곡식 먹인 바람 있네. 오늘 밤에 내는 양반집 도령이고, 니는 양반 집 규수가 되야서 초례를 치르는 기라. 뭔 말인 중 알겠노?"

텁석부리의 큰 몸뚱어리가 환한 등불 아래 한 줌으로 오그라들어 떨고 있는 아랑이를 덮어 눌렀다. 텁석부리가 한동안 아랑이 몸 위에서 씩씩대다가 마침내 '으아!' 하고 신음을 쏟더니 옆으로 발랑 드

러누웠다. 한 계집의 신세를 간단하게 조져놓은 텁석부리가 사지를
쭉 뻗고 좆대가리를 허공에 세운 채 거친 숨을 쌔근쌔근 몰아쉬었
다. 그러고 나서 일어나 주섬주섬 옷을 입다가 붉은 피를 깔고 앉아
훌쩍거리는 아랑이를 바라보다 깜짝 놀라서 말했다.

"하이고! 이리저리 굴리묵던 웃방데기라고 받았디만, 애벌이네!
씨받이로 보냈씨몬 황소 한 마리는 벌었을 낀데 아까바서 이를 우짜
노! 큰돈 날리뿠다 아이가."

텁석부리의 낯빛이 싹 바뀌어 한숨을 내쉬며 말했다. 그러다가
아랑이가 무서워 훌쩍훌쩍 울고 있으니 텁석부리가 버럭 성을 내어
말했다.

"와? 머가 섥어서 우노? 퍼뜩 피 닦고 옷 입어! 이제 진짜 계집 맹
글어 줬웅께 내가 세상 은인이여 이년아! 그라고 앞으로 삼 년 동안
은 아파도 아프다 말고, 좋아도 속으로만 좋다고 해야 햐."

"야……."

"니는 내일 밤에 양반집 아씨 마님으로 들어가는데, 그 집 종년이
씨키는 대로만 하믄 되는 기라. 다음 일은 우리가 다 알아서 할 꺼인
께. 알겄노?"

"야."

다음 날 아랑이는 텁석부리를 따라 나섰다. 텁석부리는 선산 읍
성으로 들어가 초저녁에 장터 주막에서 사내와 얼려 호탕하게 술잔

을 기울이다가 밤이 깊어 술이 얼근할 때 일어섰다.

한밤중에 읍내의 어느 양반집 솟을대문 앞에 섰다. 그러나 '이리 오너라!' 호탕하게 기별하고 대문으로 버젓이 들어가는 것도 아니고, 담을 휘돌아 쪽문 앞에 서더니 헛기침 몇 번으로 조심스럽게 군호를 내니 안에서 쪽문이 슬그머니 열렸다. 텁석부리가 아랑이를 집 안으로 밀어넣었다.

몸종 계집이 아랑이를 비단금침이 깔린 방으로 데려가 첫날밤을 잤다.

다음 날부터, 아랑이는 몸종이 시키는 대로 소복으로 갈아입고 머리를 풀어헤치고 아침, 점심, 저녁 끼니때마다 마을 뒷산 벌건 무덤 앞에 절하고 엎드려 곡을 했다. 나중에 안 일이지만, 행례 첫날밤에 양반집 신랑이 급살을 맞아서 팔자 사나운 청상 새색시를 대신하여 삼년상을 치러 주는 일이었다.

아랑이는 몸종과 같이 지내면서 얼굴도 모르는 신랑의 무덤 앞에서 곡을 하는데, 처음에는 억지 울음이었으나, 차츰 제 신세가 가련하게 여겨져서 정말로 슬픈 곡이 되었다. 몇 날이 지나 이 일에 차츰 진력이 날 무렵이었다.

해가 넘어가고 어둑어둑할 녘이었는데, 여느 날과 달리 몸종 계집이 앞서가던 발걸음을 멈추고 돌아서서 아랑이에게 말했다.

"아씨 마님. 오늘은 옷고름을 좀 뜯어 주셔야겠심더."

아랑이가 무슨 뜻인지 몰라 눈만 끔벅대고 서 있으니 몸종 계집이 번거롭게 다시 말을 할 것도 없이 달려들어 옷고름을 휙 잡아채 뜯어냈다.

아랑이가 뭐라 말도 못하고 무덤에 대고 절을 올리고 한창 곡을 하고 있을 때였다. 느닷없이 뒤에서 자루를 씌워 어디론가 붙잡혀갔다. 한참만에 자루 입이 풀리고 보니 다름 아닌 종 장사 텁석부리였다. 아랑이가 '3년 동안 입을 열지 말라'는 말 때문에 마냥 넋놓고 서 있는데, 텁석부리가 흐흐흐 웃으며 말했다.

"니는 시방 열녀 나비라카이. 뭔 말이냐 하모, 하늘이 열녀를 기특하게 여기서 뫼가 갑자기 반으로 쩍 갈라져 뿔고 그 안으로 열녀가 뛰어들었고, 계집종이 말리느라 옷고름이 뜯기 나가고, 니는 나비가 되야서 하늘로 날아가삤다 그 말이라."

텁석부리가 흡족해하면서, 아주 부드러워져 아랑이의 귀에 입을 가까이 대고 뜨거운 말을 부어 넣었다.

"이제 니는 양반 집 아씨 마님인께 팔아 묵지 않고 내가 델구 살끼다. 널랑은 떡두꺼비 같은 얼라나 쑥 낳거래이. 그러면 널 호강씨키 줄끼구마. 알겠노? 흐흐흐!"

그제야 아랑이는 텁석부리가 아랑이를 선산 고을의 어느 양반집에 잠깐 팔아먹었다가 수작을 부려 빼돌린 일을 알아차렸다.

선산 역말 주막에서 밥과 술을 기분 좋게 걸치고 나서 텁석부리는 뭐가 그리 급한지 날도 저물었는데 아랑이를 데리고 길을 나섰다. 주모가 '험한 고개에서 화적을 만나기 쉬우니 자고 가라'고 인정스럽게 말렸지만 텁석부리는 술 한잔 걸친 김에 호탕해져서 '내가 화적인데 감히 누구를 무서워할까 보냐'고 큰소리쳤다. 그리고 텁석부리가 주모에게 중얼거리듯 말했다.

"양반 집 귀한 아씨를 이런 누추한 주막에 거친 이불을 덮고 주무시게 할 수는 없다 아이가."

주막 계집이 텁석부리가 듣지 못하게 등 뒤에 대고 궁시렁댔는데, 이런 저주의 말이었다.

"아씨 마님은 뭐 천날 만날 보드란 이불만 덮고 잔다 카더노? 아나, 비단 이불 찾다가 화적 만나 저승에나 가시지!"

고갯마루에 이르자 주모의 입방정대로 덜컥 화적을 만났다. 화적들이 뭘 묻지도 않고 다짜고짜 텁석부리에게 달려들어 머리통부터 발끝까지 타작하듯 작신 두들겨 패고 나서 흥정을 하는데, 제아무리 힘이 장사인 텁석부리도 한바탕 매질에 고깃덩어리같이 축 늘어졌다. 텁석부리는 지니고 있던 엽전과 종년을 뺏긴 채 몸만 간신히 추슬러 엉금엉금 기어서 달아나고, 화적패거리는 아랑이를 저들 산채로 데려갔다.

두목은 눈빛이 불꽃처럼 타고 있었으나, 나이도 어려 보이고 몸도 그다지 우람하지 않은 샌님이었다. 샌님 두목이 화적들을 모아놓은 자리에서 아랑이의 사연을 풀어놓게 하였다. 아랑이가 종살이에서 열녀 나비 이야기까지 사연을 풀어내니 여기 저기서 한숨을 내쉬고, 혀를 차기도 했다. 이야기가 끝나자 샌님 두목이 부하 화적들을 향해 말했다.

"우리가 비록 재물은 취해도 사람은 취할 수 없으니 풀어주어 타고난 운수대로 살게 하는 기 좋겠심더."

이 말에 한 화적이 벌떡 일어나 말했다.

"요즘 계집종이 쇠앙치 한 마리 값이라 카는데, 재물과 뭐가 다른 교? 두령님께서 적적하실 테니 곁에 두고 몸 수발을 하도록 산채에 두는 것이 좋겠심더."

여러 화적들이 모두 '옳소! 두령님 계집이 되는 것도 팔자 아닌 교?' 하고 거들었다. 샌님 두목은 살짝 낯을 붉히고 나서 말했다.

"당치 않심더. 우리가 양반 놈들의 못된 행우가 싫어서 이짓을 하고 있는데, 날더러 계집을 능욕하는 양반 놈들의 못된 짓을 따라 하라는 말인교? 내가 듣기로, 사람은 애초부터 양반 상놈 구별이 없었다 안 캅니꺼."

샌님 두목의 말에 화적들이 그만 입을 다물었다.

아랑이는 화적 소굴에서 풀려나 보따리를 안고 산을 내려오게 되었다. 텁석부리가 사는 경상도를 피하려다 보니 충청도 경계로 넘어들어왔다. 영동 영국사로 흘러들어가 바리데기 신세가 되어 절간 부엄에서 불이나 때면서 살게 되었다. 그렇지만 도무지 절간에 정이 붙지 않았다.

아랑이가 하루는 샘가에 앉아 꽃잎이 지는 앵두나무를 바라보며 한숨을 내쉬고 있는데, 마침 지나가던 큰스님이 보고 불러 말했다.

"어차피 자네는 절에서 살 팔자가 아니니 대처로 나가게나."

아랑이는 절에서 나가라는 말에 더럭 겁이 났다. 하지만 다른 말도 못하고 절을 떠날 수밖에 없었다. 아랑이가 보따리를 싸서 큰스님에게 하직 인사를 갔더니 조용히 말했다.

"본디 세상의 모든 사람은 한 색깔이었지. 어느 날 갑자기 힘이 센 자들이 나와서 천하고 귀한 색깔로 칠을 해놓았을 뿐일세."

스님이 말은 안 해도 아랑이가 종년이라는 사실을 알고 있는 듯했다. 스님이 다시 말을 이었다.

"세상 숨어 다니다가 물 세 바가지 먹는 사내를 보면 따라가게. 그 사내 필시 어두운 세상을 밝힐 큰 인물이 될 것이네. 큰 인물을 보필하는 것도 보람된 일이지."

아랑이가 스님의 말귀를 온전히 알아듣지는 못했지만 전날 샌님 두목의 말처럼 팔자대로 잘 살라는 말 같았다.

아랑이가 절을 내려와 다시 경상도 경계를 넘어 김산의 어느 마을에 들어갔다가 봉계마을 식구들 소식을 듣게 되었다. 어미 아비는 먼 안동으로 팔려가 어찌 사는지 알 길 없고, 조승지댁에 홀로 남은 만득이 오라버니 소식만 들었다.

만득이는 언제부터인가 동학교도가 되어 김산 장터 편보언 접주의 도소를 드나들었다. 그리고 만득이는 두령이 되어 종의 울타리에 갇혀서 종이 종을 뜯어먹는 어리석음을 깨우쳐주었다.

어느 날, 만득이가 한밤중에 종들을 거느리고 담을 넘어 도망쳤다. 담을 넘자 만득이는 종들을 뿔뿔이 흩어 보내고, 밤중에 험한 산길을 골라서 걸었다. 그러나 만득이는 조승지댁에서 풀어놓은 포수들에게 다리에 총을 맞아 꼼짝없이 조승지댁으로 되 붙잡혀 들어왔다. 도망친 종이 모두 열이었는데, 다섯이 되잡혀 왔다. 그래도 만득이는 다섯 사람이라도 새 세상 만나 살게 된 게 다행이라고 여겨 억울해하지 않았다. 그날 조승지댁 종들의 비명이 담 밖으로 터져나갔고, 이마에 불도장을 찍느라 살 타는 냄새와 연기가 자욱했다. 만득이는 다리에 총을 맞아 다리를 절게 된데다, 이마에 불도장까지 찍혀서 평생 조승지댁 귀신으로 살 수밖에 없게 되었다. 아비에 이어 자식까지 이마에 불도장을 쓰고 살게 된 것이다.

아랑이는 덧정 없는 경상도 땅을 벗어나 추풍령을 넘어와 충청도 땅을 헤매던 중에 갑이를 만나게 된 것이다.

09. 갑이야, 나비야

"워매! 징한 거. 주워도 하필 종년을 줏어 왔다냐? 천생 팔자인갑
다. 동학쟁이 오라버니가 좀 걸리기는 혀도 그저 팔자려니 하고 델
구 살어야제 어쩌겠냐?"

남원댁이 좀 꺼림칙해했지만 그리 싫은 빛이 아니었다. 갑이는
비로소 마음이 놓였다. 그동안 여러 시험을 하는 동안 남원댁이 천
하 몹쓸 것이라고 훌쩍 날려보낼 것만 같아서 속으로 조마조마 했던
것이다.

"참, 어머이도…… 동학이 뭔 몹쓸 병이유?"

"몹쓸 병은 아닐랑가 몰라도 죽을병은 된께 너도 니 아비 짝 나지
않으려면 정신 똑바루 차리구 살어. 내가 아무리 복 없는 년이기로
서방과 자식을 앞세우는 험한 팔자로 살고 싶덜 않응께."

잠깐 남원댁이 눈시울을 붉히자 갑이가 제 어미를 짠하게 여겨 힘
없이 대답했다.

"알었시유."

마침 화창한 봄날이라, 봄풀이 소복한 곳에 꽃들이 오순도순 어울려 환했다. 벌 나비들이 꽃을 희롱하더니 이번에는 자태 고운 아랑이를 향해 덤벼들어 함께 놀았다. 이를 뒤에서 몰래 지켜보던 남원댁이 마침 대장간에서 풀무질을 하다가 나오는 갑이를 향해 간지러운 웃음을 키득거리면서 가만히 손짓했다.

"뭔 일이유."

"쩌그 좀 봐라."

모자가 뒤에 숨어서 벌 나비 떼와 어울려 노는 아랑이를 구경하다가 남원댁이 모기만 한 소리로 물었다.

"참말로 곱다. 저 아 이름이 뭐라고 혔제?"

"제 입으로 아랑이라고 말한 거 겉어유."

"그건 종년 이름인께 치워 뿔고 새로 지어야 쓰것다. 뻔디기에서 빠져나와 나비가 되듯기, 종년이 새 사람으로 바뀌었웅께 '나비'라고 허자. 꼭 괭이 이름 같아서 좀 그렇기는 허다만."

"다 어머이 좋을 대로 해유. 천한 이름이 명 길게 산다는 말도 있응께유."

"맞어. 고상 많이 혔응께 인제 명 길게 잘이나 살어야제."

남원댁의 말을 듣자 갑이는 뜨겁게 치밀어 오르는 것이 있었다. 그래, 저 사람이 잘 살고 못 사는 건 나 할 탓이다. 갑이는 가련한 나비가 잘 살게 꼭 지켜줘야겠다고 다짐했다.

"어머이 말대로 명 길게 잘 살겠지유."

"그래야제. 너 아부지가 살아기셨으면 얼매나 보람 있었으까이."

모자가 노상 토닥토닥 싸우는 게 일이더니 모처럼만에 소곤거리는 모양은 보기에도 좋았다.

이렇게 계집종 아랑이는 '나비'가 되었다.

혼례가 인륜지대사人倫之大事라지만, 미루어 날을 잡고 자시고 할 것 없이 개다리소반에 찬물 한 그릇 올려놓고 뚝딱 혼례라고 치렀다. 갑이는 흰 광목 평복바람에, 나비는 노랑 저고리에 붉은 치마를 입혀서 맞절을 시킨 뒤에 남원댁이 신랑 각시의 절을 받았다.

"오냐, 떡두꺼비 같은 아들 낳고, 오래오래 잘 살어라이!"

남원댁이 백년해로를 축수하는 말로 혼례가 끝났다.

초례醮禮라고 별것이 아니라 남원댁이 골방으로 건너가고 안방에다 신방을 차렸다.

남원댁이 신방에 들어가기 전에 갑이의 귀에 대고 속닥였다.

"그래, 별을 우째 따는지, 아는 우째 맹그는지 알제? 히히히."

"참, 어머이도. 내가 숙맥인 줄 알아유?"

"그려. 기왕 따는 별, 밤새도록 한 가마니 따거라. 히히히."

다음 날 아침에 남원댁은 별을 따고 나온 갑이의 댕기를 풀어 배코를 치고 상투를 틀어 올렸다.

10. 바우덕이

천지를 뒤흔드는 천둥소리 속에 시퍼런 번개가 불쑥불쑥 내리꽂
히고, 소낙비가 억수같이 퍼붓는 밤이었다. 이런 흉흉한 밤중에는
망치를 뚝딱거려도 시끄럽다고 찌거리 붙을 사람이 없으니 대장일
하기에 맞춤한 밤이었다. 갑이가 망치질하던 쇳덩이를 화덕 속에 푹
찔러넣고 막 풀무질을 시작하려는데, 비를 흠씬 맞은 이대감댁 종
바우덕이가 불쑥 나타났다. 품에는 막 탯줄이나 끊었을 법한 핏덩이
를 안고서였다. 그나마 품에 든 아이는 잠이 들었는지 아니면 죽었
는지 축 늘어져 있었다. 바우덕이의 눈에는 번개같이 푸른 불이 들
어 있었다.

"헹님요!"

"아니! 바우덕이 니가 이 밤중에 여기는 어짠 일이여? 너, 귀양 간
이대감을 따라 경상도 지례인지 쓸개인지 하는 데 가 산다구 하지
않았냐? 그리고 내가 여기 내려와 있는 줄은 우째 안 겨?"

"헹님요, 할 말이 많고 깁니더. 이대감이 경상도 땅에서 하도 망나니 짓을 해싸가 얼마 전에 요 아래 영동 밀골 땅으로 들어왔다 아입니꺼."

"그려? 얼라를 본께 장개도 가고 종살이에서 놓여 났나벼?"

"종살이 풀리나기가 어디 쉬운 깁니꺼?"

"하기야 황소 한 마리 손해 볼 양반 놈은 이 세상에 흔하지 않을 건께."

"헹님! 나, 칼 좀 한 개 맹글아 주이소."

"자다가 봉창 두들기는 아겉이 어짠 칼은…… 왜? 뉘 집 미친개 잡을 일 있는 겨?"

"개만도 몬한 양반 놈 좀 잡을라꼬요."

"에라, 이 헛껍데기 같은 놈아! 불끈 들어 패대기치고 한번 꾹 밟으면 그만이지 칼에 피 묻힐 거 있는 겨? 그라고 잘 생각해여. 개만도 못한 양반 놈들 다 조지자믄 조선 천지에 양반 몇 놈 안 남을 낀데, 니가 그 많은 양반 놈들을 다 조질 껴?"

바우덕이가 고개를 푹 꺾고 한참을 잠잠히 앉아 있었다. 그러다 고개를 번쩍 들더니 천둥같이 말했다.

"이번에는 꼭 잡아야 되겠심더!"

바우덕이가 말끝에 슬그머니 어금니를 악무는데, 예사 눈이 아니었다. 마치 지금 한밤중에 이리저리 날뛰는 천둥과 번갯불이 바우덕이의 몸뚱어리에서 터져 나오는 것 같았다.

"무슨 일이 있었는지 들어나 보자."

갑이의 말에 바우덕이가 하늘이 꺼지도록 한숨을 발라 쉬고 나서 그동안의 사연을 풀어놓았다.

바우덕이는 제가 꼬불쳐 두었던 도야지 한 마리 값으로 경상도 지례 어느 망한 양반 집 계집종 검분이를 데려다 짝을 맞춰 살았다. 종년이 감자덩어리같이 두루뭉수리로 생겼더라도 아무 일 없었으련만, 일이 잘못되려고 그랬던지 얼굴이 까무잡잡하니 제법 고왔다. 때가 되어 검분이가 떡하니 떡두꺼비 같은 사내아이를 낳았는데, 이 대감이 가끔 불러다 수발을 들게 했다. 처음에야 등긁개로 들어갔지만 여기저기를 주무르다 보면 손목 한번 쥐게 되는 것이야 뻔한 노릇이고, 그렇다고 거기까지야 어찌 시비할 수 있겠는가. 양반이라고 애까지 둔 계집을 밤마다 데려다 지랄하니 바우덕이는 사람 미치고 환장할 노릇이었다. 그렇게 애태우는 몇 날이 흘러갔다.

바우덕이가 경상도 지례 홍심동에서 내쫓기듯 충청도 영동 밀골로 옮겨오고 얼마 아니 되어서였다. 바우덕이가 이대감의 책사 법수에게 작심하고 따지고 들었다.

"나리! 하늘 아래 사람은 다 같은 사람인데, 양반이라고 종을 제 마음대로 농락하는 것은 사람 도리에 어긋나는 일 아닌교? 말이사

바른 말이지만 검분이가 웃방데기도 아니고 제 돈으로 사왔다 아입니꺼? 오늘부터 내 각시 못 보낼낀께 그래 아시이소!"

법수가 말 대신 먼저 바우덕이의 귀싸대기를 양쪽으로 철썩철썩 몇 차례 올려 붙이고 나서 호통을 쳤다.

"이새끼야! 종놈 주제에 뭔 공자 맹자 문자 속 같은 말을 씨부렁대는 게야? 종놈이 이 집에서 돈을 벌었으면 당연히 이 집 돈이지 어째서 니 것이여? 이 새끼가 도성에 살 때버텀 밤이슬 맞음서 동학쟁이랑 얼려 댕기더니 주뎅이만 펄펄 살았구먼."

바우덕이는 동학쟁이라는 말에 슬그머니 꼬리를 내렸다.

"…… 종놈은 뭐 사람 아닌교?"

"대감께서 표 없이 데리고 놀다 돌려주시는데 뭔 말이 많아. 다시 그따위 말을 했다가는 주뎅이를 꽉 찢어놓을 건게 그리 알아! 그러고, 너!"

법수가 비쭉이 웃음을 흘리더니 이번에는 바우덕이의 귀때기를 휙 잡아채어 바짝 끌어당겨서 말했다.

"너, 관에다 동학쟁이를 꼬아 박으면 어떻게 되는지 알고 있지?"

"…… 잘 몬 했심더."

그러니 바우덕이는 푹푹 한숨이나 내쉬며 살 수밖에 없었다. 그렇게 하루하루 석탄백탄 속을 태우면서 살아가는데, 어느 날 아침에 검분이가 마을 저수지에 빠져 죽은 채 떠올랐다. 막 알을 깨고 나온 새 새끼 같은 핏덩이를 두고 죽었으니 이건 한꺼번에 두 목숨을 잃은 것이나 다름없었다. 검분이는 종들이 건져 올려서 어디다 묻어 평토쳤고, 핏덩이를 바우덕이 앞에다 내려놓았다.

아이가 울음도 없이 축 늘어져 죽었나 보다 하고 돌산에 들어가 구덩이를 팠다. 다시는 험한 세상 나오지 말라고 머리부터 쑤셔 박았는데, 갑자기 '와앙!' 울음이 터져 깜짝 놀라 산을 내려와 내쳐 여기까지 달려온 것이다.

"헹님요. 내가 이러고도 참고 살아야 되능교?"

바우덕이가 꺼이꺼이 황소 같은 울음을 냈다. 거기다 안고 온 핏덩이가 잠에서 깨어나 울어대는데, 얼마나 배를 곯았던지 목이 쉬어 '삐익 삐익' 보리피리 옆구리에서 바람 새는 소리가 났다.

대장간 밖에는 여전히 천둥 번개가 정신없이 내리꽂히고, 장대비가 야단스럽게 으르렁대고 있었다. 갑이가 바우덕이와 핏덩이 아이의 두 울음을 듣고 앉아 있다가 자리에서 일어서면서 말했다.

"바우덕이 너, 여기 좀 있거라. 퍼뜩 아 맽겨놓고 올 팅께."

갑이가 숨이 넘어가는 핏덩이를 안고 빗줄기 속으로 뛰어들었다. 방에는 남원댁이 나비와 함께 오순도순 길쌈을 하고 앉아 있다가 핏덩이를 보자 깜짝 놀랐다.

"아닌 밤중에 홍두깨라더니, 우짠 얼라랑가?"

"전에 한양 풀무재에서 드잡이했던 바우덕이 알지유? 바로 그놈 애구먼이유."

"그런디 각중에 뭔 일이당가? 아 어머이는 어디 가고?"

"나중에 얘기할 팅께 아나 좀 맡아줘유."

갑이가 아이를 내려놓고 막 돌아서서 나오려는데 남원댁이 갑이를 불러 세웠다.

"너, 혹시 바우덕이랑 뭔 동학쟁이 작당하는 거 아니제?"

"작당은 뭔 작당이유."

갑이가 대장간으로 돌아왔다. 풀무질이 멎은 대장간은 깊은 어둠 속에 가라앉아 있었다.

갑이가 대장간 고래에 불씨를 넣고 바우덕이에게 풀무질을 시키며 중얼거리듯 말했다.

"오냐! 한 놈을 죽여서 여러 사람이 잘 살 일이라면 죽여야지!"

바람을 먹은 화덕이 시뻘겋게 달아오르자 갑이가 깊이 감춰뒀던 시우쇠 한 덩어리를 불 속에 푹 찔러넣었다. 천둥 번개가 콩 타작을 하는 밤에 두 장정이 어울려 칼 한 자루를 벼리는데, 망치로 쇠를 내려칠 때마다 사방으로 별 같은 불똥이 튀고, 물에 담글 때마다 구름이 뭉게뭉게 일어나니 천하에 명검이 따로 없었다. 두 장정이 울분을 태워서 만들어 가니 칼에는 가슴에 응어리진 두 사내의 피울음까지 배어 있었다. 갑이가 팔딱팔딱 살아 숨쉬는 칼을 숫돌에 다듬질

했다. 시퍼런 칼날을 손바닥으로 쓸고 나서 허공을 노려보다가 뭔가를 향해 던졌다. 번쩍! 어둠을 가르고 날아간 칼이 '팅!' 하고 대장간 기둥에 꽂히더니 파르르 몸서리쳤다. 갑이가 마침 지나가는 시퍼런 번갯불을 잡아채어 제 눈을 씻고 나서 천둥같이 말했다.

"자, 칼 받아라!"

갑이가 바우덕이에게 칼을 넘겨주고 나서 다짐하듯 말했다.

"괜스레 독사 설 죽였다가는 니가 되물릴 텐께 어긋나지 않게 잘 햐. 가슴팍을 잘 찔러야 햐."

"까짓, 한번 찔러서야 성에 차겠능교? 여기저기 난도질해야 성에 차지예."

"오냐! 그건 니 성미대로 햐."

"퍼뜩 댕겨 오겠심더. 그때꺼정 얼라나 잘 맡아주이소. 아 델구 강원도 깊은 산골짝으로 들어가 살랍니더."

"그건 와서 상의 햐."

"참, 아부님은 우째 되았능교?"

"벌써 이 세상 사람이 아니여."

"그래 됐능교? 참말로 안됐심더."

그 말 끝에 바우덕이가 칼을 가슴에 품고 금방 뒷간에라도 다녀올 것같이 훌쩍 집을 나섰다.

마침 밤새도록 퍼부어대던 비가 멎고 뿌옇게 날이 밝아오기 시작했다. 비를 머금은 세상은 금방이라도 날아오를 듯 상쾌했다. 그렇지만 갑이의 눈에는 바우덕이의 뒷모습이 왜인지 서글퍼 보였다. 종놈으로 난 것도 섧은데 팔자 한번 기구하다 싶었다.

그렇게 칼을 품고 떠난 바우덕이가 한나절이 지나도록 돌아오지 않았다. 그렇다면 일이 여의치 않아 눌러 살면서 원수 갚을 때를 기다리겠다고 마음을 고쳐먹은 것일까. 그렇지만 바우덕이의 불덩이 같은 성미로 보아 그건 아닐 것 같았다.

사나흘이 지나도록 기별이 없자 갑이는 이거 뭐가 잘못되었구나 싶어서 대장질한 연장을 주섬주섬 지게에 주워 얹고 영동장을 가려고 집을 나섰다. 해가 저물녘에 밀골 연자방앗간 부근 주막에서 겨우 바우덕이의 소문을 얻어 듣게 되었다.

이대감 집에서는 칼을 품고 돌아올 바우덕이를 미리 알아채고 포수들을 숨겨 뒀다가 대문을 들어서자 정강이에 불을 놓아 힘 한번 쓰지 못하고 붙잡혔다는 것이다. 바우덕이가 뒤주에 갇히게 되었는데, 너무도 분하여 스스로 혀를 깨물고 죽었다는 것이다.

그런데 숨죽여 들려오는 뒷소문에는 이대감이 바우덕이를 묶어 놓고 절굿대로 머리통을 내리쳐 박살내서 죽였다고 했다. 어떻게 죽었건 바우덕이가 이 세상 사람이 아닌 것이 확실하니 갑이는 '휘유-' 한숨이나 내몰아쉴 수밖에 없었다. 끝까지 말렸거나, 혼자 보낼 것이 아니라 뒤따라 나섰어야 하는데.

갑이가 후회했지만 이도 잠깐이고, 혹시 바우덕이한테 칼 벼려 준 게 시비되어 관아에 불려갈까 봐 여차하면 튈 차비를 하고 살았다. 먼눈으로 관아치가 뜨면 도망치려고 윗목에 봇짐 하나를 매어 두었다. 갑이는 아버지나 바우덕이같이 허망하게 죽을 수는 없다고, 아이의 울음을 들을 때마다 다짐하였다. '오냐, 원수를 갚아 주마'고 이를 갈면서, 울분으로 대장간 망치질을 하며 하루하루를 보냈다.

원통하게 죽은 검분이와 바우덕이야 제 팔자라 치고, 하루아침에 천둥고아가 된 핏덩이가 근심덩어리였다. 남원댁도 처음 며칠이야 '어쩔거나! 참말로 딱한 일도 다 있구마이!' 하고 빽빽 울어대는 아이를 안고 동네방네 찾아다니면서 동냥젖을 얻어 먹였다. 사람들이 '우짠 아가 벌써 나왔느냐?'고 물으면 '먼 일가 되는 사람이 잠깐 맡겨 놓은 아이'라고 둘러댔다. 그렇지만 이도 하루 이틀이지 며칠 지나자 남원댁이 부아를 내기 시작했다.

"아이고! 하루 이틀도 아니고, 산 목심 어쩔 수도 없고, 이 근심 덩거리를 우째야 쓰까이."

하루는 갑이가 영동 관아에 부역을 나가게 되었다. 갑이가 아침에 집을 나서면서 방에서 나비와 다정하게 작별 인사를 하고 나서 제 어머니 남원댁에게 인사를 하게 되었다.

"어머이 댕겨 오겠시유."

"오냐, 수틀린다고 사령 놈 대갈통이나 들이받지 말고 고분고분

굴어서 아무 일 없이 잘 댕겨 오니라."

남원댁이 싱글벙글 웃으면서 갑이를 떠나보냈다.

갑이가 며칠 부역을 잘 마치고 집에 돌아와 보니 아이의 울음이 들리지 않고 집 안이 적막강산이었다. 각시 나비와 눈이 마주쳐도 얼른 머리를 숙일 뿐이었다. 갑이가 뭔가 짚이는 데가 있어서 뒷간에서 뒤를 보고 있는 남원댁에게 다그쳐 물었다.

"어머이! 얼라 어디 있시유?"

남원댁이 뒷간에서 뒤에 힘을 돋우며 말했다.

"몰러. 그놈도 발 달린 놈이라구 어딜 기어 나갔나 부다."

남원댁이 슬쩍 우스갯말로 넘기려 하자 갑이가 다그쳐 물었다.

"얼라 어쨌느냐니께유?"

"아따, 그놈! 제 어머이가 없어져도 저래 벼락같이 찾으까 몰러."

"아를 어쨌느냐니께유?"

"저놈이 제 어미 잡아먹었어야. 살모사 같은 놈! 봉태기에 담아서 물에 떠내려 보냈응께 걱정 말어야. 제 팔자대로 잘 되얐겄제."

"뭐유? 누구 맘대루유?"

"오냐, 이놈아. 내 맘대루다. 주워온 놈 버리는 것을 자석 놈 허락 받고 할 짓이간디? 싸가지 읎는 놈!"

"사람의 탈을 쓰고 어째 그럴 수가 있시유? 언제 어따 버렸시유?"

갑이가 막 뛰쳐 나가려 할 때 남원댁이 뒤를 다보고 뒷간에서 나오면서 말했다.

"아나, 요놈아. 너 부역 가던 날 내다 버렸응께 사람이 건져가지 않았다면 수달이 물어가도 물어갔을 것이어."

"으ㅎㅎ!"

갑이가 제아무리 눈에서 불이 튀어도 제 어미는 못 이기는 법이라, 원통하게 죽은 바우덕이 생각이 나서 땅을 치며 우는데, 마치 궂은날 먼산 능구렁이 울음 같았다. 남원댁이 들어도 목을 놓아 우는 울음이 워낙 딱해서 퍼붓던 욕 대신 갑이를 좋게 타일러 말했다.

"니 피 한 방울 안 튀긴 종놈의 새끼 가지고 애상 바칠 거 읎어. 그놈도 제 팔자대로 잘 되얐을 것인께 걱정 말랑게."

"팔자는 무슨 얼어 죽을 놈에 팔자유? 다 제 할 탓이지유."

"그려, 너 말 잘했다. 나도 그놈이 이 집구석에서는 앞날이 훤한께 팔자 고쳐 살라고 내다 버렸다. 이제 남의 팔자 걱정 말구 니 각시한테서 나올 니 새끼 걱정이나 허랑게."

갑이와 남원댁의 싸움이 이렇게 끝나버렸는데, 한 달포쯤 지나서 밀골 이대감 집에서 손자를 얻었다는 소문이 나돌기 시작했다.

이대감 집안은 원래 손이 귀한 집안인데, 근근이 아들 하나 있어 일찌감치 장가라구 들여놓았지만 여러 해가 지나도록 아이가 없었다. 그런데 어느 날 덜컥 아이가 태어난 것이다.

이대감 집 며느리가 애를 점지해 달라고 새벽마다 치성을 드리러

다닌 것이 벌써 여러 해 되었는데, 아이 소식이 없었다. 한양에서 지레 홍심동으로, 밀골 용연사로 절 문지방이 닳도록 드나들었다. 그날도 며느리는 용연사에서 치성을 드리고 오는 길이었다. 개울을 건너오다가 징검돌을 타고 앉아 집에서는 마음놓고 내쉬지 못하는 한숨을 연신 풀어 개울물에 흘려보내고 있었다. 며느리는 백날 아니라 천만 날 치성을 들여도 공염불이라는 걸 너무 잘 알고 있었다. 생전 밑으로 오이나 가지라도 들어와야 애가 생겨도 생기지.

이때였다. 개울 윗녘에서 아이가 담긴 봉태기가 떠내려 왔다. 건져 보니 신통하게도 하늘에서 떨어진 것 같은 고운 아이가 잠들어 있었다. 하도 울어서 목구멍이 부었던지 울지도 못했다. 그 집 며느리는 안 그래도 아이를 못 낳는다고 소박맞을 판이라, 조급해하던 참이었다.

며느리가 집으로 와서 고하는 말도 좀 보태니 이야기 색깔이 고울 수밖에 없었다. 부처님 앞에서 치성을 드리다 잠깐 잠이 들었는데 '얼른 개울로 내려가 보라'고 해서 급히 개울 가로 달려가 보니 애가 떠내려 오더라고.

이는 누가 들어도 하늘이 점지한 애가 틀림없었다. 그래도 상것들한테야 곧이곧대로 말할 수 없으니 다시 보태어 '방안에 향기 그득 끼치고 오색구름이 피어나더니 동쪽 봉우리에 해가 아귀를 틀 녘에 떡두꺼비 같은 아들을 얻었다'는 것이다. 이는 아랫것들이 듣기에 매우 거룩한 이야기였다. 아랫것들은 양반들 앞에서야 고개를 끄덕여도 저들끼리 모이면 배배 꼬아서 말했다.

"히히! 사흘 굶은 눈깔이던가? 어짠 누런 안개는."

"암만! 양반새끼가 상놈들과 태어나는 게 같을 수 있나. 같은 밑구녕에서 나와도 왕족이 태어날 때야 상놈이 빠져나올 때와는 다른 법이지. 좇대가리가 먼저 나오던지, 앞발차기 하듯기 발이 먼저 나오던지 하겠지."

자, 이렇게 되어 제 손으로 때려죽인 종놈의 새끼를 제 손자새끼라고 키우게 되었으니, 인연치고는 해괴한 인연이었다.

소문을 들은 남원댁이 갑이에게 모기 소리같이 작게 말했다.

"긍께, 내가 뭐라고 혔냐? 그노무 새끼 팔자 오뉴월 개부랄 늘어지듯 늘어져 놨제. 히히히."

"입조심이나 해유, 괜스레 남에 신세 조지지 말구유."

"알었어. 어, 참말로 잘 되얐다. 내 진즉에 그럴 줄 알었제. 내가 앞을 내다보는 눈이 쪼끔은 있당게."

11. 이용직 대감

어느 날, 밀골 사는 이대감 책사 법수가 수석리에 나타났다. 누비옷에 송낙을 쓰고, 뒤에는 땅에 붙은 듯이 키가 작은 사람 하나가 꼬리같이 따라 붙었는데, 영동 군아 이방이었다. 법수가 두루마기를 벗고 누더기 같은 누비옷을 걸친 것이나, 이방을 매달고 나선 것 모두가 수상쩍었다.

원래 수석리는 영산 김씨가 대대로 터를 잡고 살아 왔다. 영산 김씨가 상등 양반은 아니어도 몇 대 조 위에서 사과司果 벼슬을 살았고, 조부 때도 잠깐 어느 고을 군수를 살아서 그때 장만한 밑천으로 밥술이나 근근이 먹는 양반이었다.

대장장이 갑이야 마을 어귀에서, 그것도 산 쪽에 외지게 붙어서 터를 잡아 사는 데다, 그저 대장일이나 뚝딱거리며 마을 사람들과 크게 상관하지 않고 살아가니 그동안 서로 부딪칠 일이 없었다.

그런데 오늘 느닷없이 밀골 이대감 집 책사 법수가 수석리에 나타난 것이다. 그것도 마을 어귀에서 큰길을 잡아서 당당하게 들어가는 것도 아니고, 좁은 들길을 따라 갑이네 대장간을 향해 걸어오고 있었다. 앞에 선 누더기에 송낙은 비렁뱅이라 치고 뒤따르는 키 작은 이방이 갓 망건에 도포 차림이었다. 풀무질을 거들던 남원댁이 먼저 알아차리고 암탉이 솔개 뜨자 제 새끼를 품에 감추듯, 집으로 달려가 나비를 골방에 숨겨놓고 나왔다.

"갑이 너 싸게 나와서 허리 꺾지 않고 뭣 허냐?"

"누군디 멀쩡한 허리를 꺾어유?"

"척 보면 모르냐? 양반 나리 행차여. 괜히 경치지 말구 싸게 나오랑께."

남원댁이 성화를 대는 바람에 갑이가 어슬렁거리고 나와 큰 덩치를 숙였다. 갑이의 성깔이 이나마 고분고분하게 된 것도 각시 나비를 얻고 상투를 틀어 올리고 나서부터였다.

"아따! 그놈, 몸 하나 실하다. 어디서 굴러왔는고?"

뒤에 송낙을 쓴 법수는 점잖게 섰고, 곁에 작은 몸 허리를 연신 굽실거리던 이방이 갑이의 아래위를 쓸듯이 바라보다가 찌거리 붙여 말했다. 애초부터 말뽄새가 시비조였다. 이에 남원댁이 얼른 얼굴을 땅에 납작 붙이고 말했다.

"그저 씰데 없이 덩치만 큽지라우."

"크흠! 내가 어서 굴러왔냐고 묻지 않았나?"

"예. 남원 고을에서 대장쟁이질 허다가 요전 앞에 바람 쐬듯기 충청도로 들어왔구먼이라우. 뭐 논밭 한 뙈기 없는 뜨네기 터수라 고향 뜨기 십상이지, 뭐 어려운 거 있겄어라우?"

남원댁이 잘못했다가는 시비가 될 법한 종살이에서 풀려난 내력과 청주성과 한양성에서 살았던 일을 쏙 빼고 말했다. 땅에 붙은 듯이 키가 작은 이방이 물고 늘어졌다.

"그려? 호구 내력을 한번 캐어봐야겠네. 사람이 땅에 발을 딛고 숨 쉬고 살아가면 세미 세전 내는 것이 백성으로 마땅한 도리 아니겄는가?"

"그야 맞는 말씀이지라. 그란디 보다시피 겨우 입에 풀칠이나 허는디 무슨 세미 세금 낼 게 있겄어라우? 대신 저번버텀 관아 부역은 빠짐없이 댕겼지라우."

어떻든지 시비가 되지 않으려고 남원댁이 땅으로 납작 기어 말했다. 마침 송낙을 쓴 법수가 큰 기침을 군호 삼아 더 시비치 않고 마을로 들어갔다.

법수가 잔머리를 써서 김사과네가 멀리서 사람 들어오는 것을 보지 못하도록 일부러 한적한 마을 옆구리 길로 휘돌아서 들어온 것이다. 사람을 무안하게 만들어야 일이 쉽게 이루어지는 법이다. 법수와 이방이 드디어 김사과댁 대문 앞에 당도했다.

"이리 오너라—."

"아따, 시님. 양기가 입에만 올랐시유? 점잖게 목탁이나 뚜들기면 어련히 알아서 나올려구. 감히 여기가 어디라고 큰소리치고 지랄이여."

문지기가 적당히 온말과 반말에, 욕까지 섞어 말했다.

"새꺄! 주딩이 닥치고 냉큼 문이나 열어!"

법수의 호통에 문지기가 기가 막혀 혼 구멍 내줄 말을 찾다가, 이렇게 큰소리치는 사람이면 필시 양반도 보통 양반이 아니지 싶어 어이쿠! 정신이 번쩍 들어 어정쩡하게 물었다.

"뉘시라구유?"

"이놈아! 귓구멍이 막혔느냐? 냉큼 문 열라고 하지 않았느냐? 밀골 이대감댁에서 사람이 왔다고, 사과인지 복숭아인지 집주인 퍼뜩 나오래라."

법수가 발로 대문짝을 냅다 걸어찼다. 이는 처음부터 김사과의 기를 죽여놓자는 심산에서 나온 것이다. 마침 사랑에서 한가로이 해를 쬐고 앉았던 김사과가 밖에서 들리는 소란 중에 '밀골 이대감댁'이라는 말에 귀가 번쩍 뜨이었다. 아니, 천둥과 같은 말이어서 혼비백산하여 버선발로 쪼르르 달려 나왔다.

"아이고! 법수 도사님 어서 옵시오. 안 그래도 기다리던 참입지유. 허허허."

"가만 앉아서 내가 올 줄 알았다니 김사과가 도사요."

"원 별말씀을유. 그저 반가워 웃자고 한 말입지유. 허허허."

호랑이 중 호랑이 이대감집 사람이 반갑다니, 거짓말하는 김사과의 속이 훤히 들여다보였다.

아무렇거나 우스개 대거리로 시작은 좋게 하여 사랑으로 들어가 마주앉았다. 법수가 미처 숨도 고르기 전에 첫마디로 '떡!' 하니 내려놓은 말이 고스란히 날벼락이었다.

"이대감께서 산수 좋은 곳으로 거처를 옮기려 하시는데, 내가 보기에는 이 마을 이 집이 사람 살기에 딱! 천하 명당인 듯싶소."

"예?"

"왜 놀라나? 앞으로는 백화산이 든든한 지붕으로 얹혔고, 당차게 뻗어 내린 산줄기가 요 마을에서 양 갈래로 쪽 째져 마치 계집의 불알같이 오망하니 천하에 명당 중에 명당 아닌가? 여기는 가만있어도 정승 벼슬 한 가마니가 쏟아질 명당이여."

김사과가 제 마을과 선산을 칭찬하는 말인데도 얼굴이 하얗게 질려서 뚝배기 속에 든 두꺼비처럼 눈만 말똥거리고 있다가, 겨우 정신 차려서 법수의 손을 덥석 잡았다.

"아이고, 대사님! 제발 날 좀 살려주시유!"

밀골 이대감 소문이야 벌써 짜하게 나 있었다. 나랏님과는 육촌지간 왕족인데, 옛적에 경상감사에 공조판서까지 해먹어 세도가 하늘을 찔렀다. 그런데 하루아침에 죄인이 되어 제가 옛적에 벼슬을 살아 먹던 경상도 지례로 귀양살이를 내려와 있었다.

이대감이 제 못된 버릇 개 못 준다고, 귀양을 내려와서도 어찌나 패악스럽게 굴었던지 경상도 사람들이 모두 혀를 내둘렀다. 소문으로는 경상도 지례 사람들이 집사 법수를 돈 주고 꼬드겨서 충청도 영동 밀골이 천하에 명당이라고 소개하여 떠넘겼다는 것이다. 그러나 진정은 이러하였다.

이용직이 가까스로 참형을 피해 유배지로 처음 자리 잡은 곳은 경상도 어귀 지례 고을 외진 골짜기였다. 깊은 골짜기가 사람에 따라서는 울화를 다스리는 수도修道의 자리가 되기도 하지만, 이대감에게는 복수의 칼을 갈아서 울화를 더 키워가는 곳이 되었다. 그렇지만 이는 얼른 보아서 하는 말이고, 사정을 잘 들여다보면 옛적에 경상도에서 못된 짓을 하도 많이 하여 원한 맺힌 사람들이 쳐들어오면 충청도 영동 땅으로, 혹은 전라도 무주 쪽으로 도망치기 좋은 곳이기도 했다. 하기야 이용직의 절굿대에 죽은 자가 부지기 수인데 원한 맺힌 자가 왜 없겠는가.

아무튼 외진 골짜기 이름을 홍심동紅心洞이라 지었다. 홍심이란 활쏘기 과녁의 가운데 붉은 곳을 뜻하는데, 이용직이 사헌부 대사헌, 공조판서, 경상도 관찰사 등 요직을 두루 거쳐 떠받들려만 살다가 하루아침에 궁벽한 골짜기로 유배를 들어왔으니 폭폭한 심정을 과녁에 표창을 꽂아 울분을 달래며 살게 된 것이다. 그런데 경상도 곳곳에 원한이 맺힌 양반들이 소문을 지어내거나 적어서 상소하기를, '이용직이 유배당한 분풀이를 위해 칼을 갈 뿐만 아니라 심지어 군사를 모아 훈련한다'는 말로 바꾸었다. 애초에 집사로 있던 법수가 참형 당할 이대감 곁을 훌쩍 떠났다가, 여기저기 기웃거려도 밥 먹을 곳이 마땅치 않으니 마침 이 소문을 가지고 홍심동으로 내려와 이대감을 알현했다. 법수의 말을 전해들은 이대감은 질겁하여 '홍심동에 이대로 살다가는 제 명대로 살기 어렵다' 싶어 황급히 제 발로 달려가 경상감사와 지례현감에게 충청도 영동 땅 밀골로 옮겨달라고 청원했던 것이다. 경상감사와 지례현감이야 앓던 이를 빼내는 심정으로 '얼씨구나 좋다'였다. 영동군수에게는 '죄인을 이첩한다'는 공문쪽지 한 장 달랑 보내주었을 뿐이다.

어쨌거나 경상도 지례에서 똥 떠넘기듯이 해서 받은 이대감 때문에 충청도 영동 황간 청산 보은 관아는 물론, 근동에 밥술 깨나 먹는 양반들은 모두 이대감의 뒷바라지에 등골이 휘어나는 판이었다. 바로 요전 앞에는 충청도 청풍 월악산 아래에 피난 궁터 공사가 벌어져 공사비를 충당하느라, 부역으로 양반들과 백성들의 허리가 휘었는데, 숨 돌릴 겨를도 없이 더 혹독한 쇠갈쿠리가 나타난 것이다.

"이 사람아! 이대감이 어디 사람 잡아먹는 호랭이라도 되던가?"
법수가 '마다리 법'을 불쑥 내놓고 나서 슬그머니 먼산바라기를 하였다. 제아무리 시골구석에 처박혀 사는 김사과라도 요즘 세상에 떠도는 '마다리 법'을 모를 턱이 없었다. '마다리 법'이란 재물 좀 있는 집 아무개를 콕 찍어서 '너 이번에 어느 고을 군수 벼슬 나가게 되었으니 준비하라'고 통보를 하는 것이다. 그러면 그것이 곧 큰 재물을 달라는 말과 같아서 '나는 벼슬도 마다'면서, 더 큰 재물을 빼앗기기 전에 미리 작은 재물을 바치는데, 이를 두고 '마다리 법'이라는 것이다. 그래서 마다리법은 호미로 막아야 할 곳을 얼른 호미로 막아야지, 자칫 잘못하다가는 가래로도 막지 못해서 패가망신을 당한다는 것이다.

제아무리 땡중이라도 명당자리를 말할 때는 도사 흉내를 내어 눈 지긋이 감고 점잖게 앉아서 말하는 법인데, 법수는 먼저 부지깽이로 불쑥 찔러 보는 식이었다. 이로써 두 사람이 수석 마을에 나타난 이유가 명백해진 셈이었다. 김사과가 아주 딱한 얼굴빛을 지어 말했다.

"대사님! 제발, 여기가 명당이 아닌 걸로 해주시오."

"허! 이런 등신 같은 새끼 봤나?"

법수가 대뜸 욕지거리를 내지르니 김사과는 아예 눈앞이 아득했다. 김사과가 넋이 나가 마냥 질린 얼굴을 하고 앉아 있으니 법수가 좋게 타일러 말했다.

"이보게, 김사과! 젊은 사람이 말이 좋아 사과지 언제 적 벼슬 쪼가리를 지금까지 뜯어먹고 산단 말인가. 이번 기회에 푹 죽어 있는 영산 김씨네 좆 한번 세워 봐. 또 아나? 감사 같은 벼슬 한 자리 뚝 떨어질지. 못 나가도 군수 벼슬은 내보내 줄 테니 걱정 말어. 군수만 나가면 손 하나 까딱 안 하고도 두어 달 만에 금송아지가 걸어 나올 테니 두 눈 딱 감고 한번 나가 봐. 사람에게 기회는 날이면 날마다 있는 게 아니야."

법수가 조근조근한 말로 달래니 김사과도 가만 듣고 보니 법수의 말이 그른 게 없었다. 더구나 생각도 못한 군수 벼슬이라니! 말대로만 된다면야 하루아침에 천하를 얻는 격 아닌가. 이대감이 이쪽으로 옮겨오겠다고 작정한 마당에 괜스레 버티다 패가망신할 것 같아 속으로야 하늘이 무너져도 겉으로야 좋은 척하기로 마음을 고쳐먹었다.

"헤헤헤. 오직 법수 대사님만 믿어얍지요. 헤헤헤."

법수가 사람을 어르고 뺨치는 데 도사라서, 내처 기분이나 좋게 해야지 작정하고 불쑥 말했다. 말할 때 돈이 들어가는 것도 아니고, 힘이 들어가는 것이 아니니 이보다 쉬운 일이 어디에 있겠는가.

"내 오형근 민영후 영동 황간 두 고을 군수에게 당장 돈 1만 냥을 만들어 주라고 할 테니 아쉬운 대로 집 장만하고 선산 장만은 할 테지?"

"헤헤헤. 그저 대사님만 믿는대두유."

"이봐, 이방! 지금 우리가 한 말 잘 들었지?"

"듣다마다요. 황간 관아에서 5천 냥, 영동 관아에서 5천 냥썩 농가서 합이 1만 냥이네유. 분부대로 할 팅께 염려 맙시오. 헤헤헤. 아예 치부책에 적을깝쇼?"

"우리 사이에 적긴 뭘 적나? 내가 인부印簿를 찍는 것보다 이방 자네를 더 믿네."

"분부대로 할 테니 염려 맙시오. 헤헤헤."

"그래도 몇 자 적는 것이 피차에……."

"에이! 우리 사이에 뭐 그런 걸 적나? 지저분하게시리……."

김사과야 몇 자 적었으면 싶었으나 끼어들 틈도 없이 저들끼리 북치고 장구를 쳐서 매조지를 지으니, 김사과는 눈 뜨고 도둑맞는 꼴이었다.

이렇게 법수가 남의 집 기둥뿌리를 흔들면서도 어디 뒷간 문고리흔들 듯하니 김사과는 아예 하늘이 무너지는 것 같았다. 마치 사나운 꿈을 꾸고 있는 것만 같았다.

12. 동학교도와 이대감

　호랑이 같은 법수가 다녀가고 과연 며칠 아니 되어 수석리에 큰 역사가 벌어졌다. 원래 높은 벼슬살이를 하다 늙은 것은 권력이 있을 때의 버릇이 있어서, 모든 것을 제 마음대로 해치울 수 있다고 생각한다. 그러니 제 욕심을 채우기 위해서는 농절기건 농한기건, 백성이야 죽거나 말거나 내 알 바 아니었다.

　이렇게 되니 나라의 허리 충청도에는 월악산 피난 궁터와 대궐 같은 이대감 집 두 개의 역사役事가 벌어진 셈이다.

　김사과네 식구들을 내쫓고 왕족 이대감이 살 집으로 뜯어 고쳐야 하니 공사판이 야단스러울 수밖에 없었다. 안 그래도 김사과네 집이 영산 김씨네 종가라 고래등같이 대단했는데, 옆에 있는 종가 정자각을 한 울타리에 넣고, 빙 둘러 서 있던 게딱지 같은 집들을 모두 헐어내고 마당을 널찍하게 잡아 성곽같이 담을 쌓았다. 너른 집터에 들여놓을 물건이 얼마나 많은지 곳간을 자별나게 크게 지었다.

집을 짓는 데 쓰는 그 많은 나무는 다름 아닌 빼앗은 영산 김씨네 종산에서 나왔다. 종산은 도끼에 톱질 소리로 온종일 시끄러우니 곧 영산 김씨네가 망하는 소리나 다름없었다.

너른 마당에는 열두 봉우리 석가산을 만들어 희귀한 나무와 꽃을 심었다. 집 앞에 알토란 같은 문전옥답을 파서 연못을 만들고, 네 다리 중 두 다리를 연못에 담근 정자각을 짓는 공사가 벌어졌다.

여러 공사를 한꺼번에 벌여놓으니 수석마을 안팎은 영동 황간 두 고을에서 불러들인 부역꾼들로 복작댔다. 이곳 수석리가 명당인 이유가 한 가지 더 있었으니, 개울을 사이에 두고 영동 황간 두 고을의 경계여서 두 고을 백성들을 부역으로 동원시킬 수 있어서였다.

외지 사람들이 들끓는 큰 공사장에 말 많고 탈 많은 것이야 당연한 이치였다. 강변에는 집을 떠나온 부역꾼들이 먹고 자는 수십 채의 초막이 들어섰는데, 웬만한 마을 몇 곱절이 되었다. 부역꾼들이 먹을 한 끼 밥을 짓는데도 하루에 쌀과 보리 몇 가마니가 들어갔다. 밥 짓는 아낙이 득시글대고, 집 나온 남정네들의 뜨거운 눈길을 받게 되니 풍기문란도 심히 근심이었다. 실제로 밤이면 돗자리를 안고 댕기는 논다니 계집까지 들끓어서 풀섶이나 보리밭 고랑 여기저기서 희학질 소리가 넘친다고 하였다. 그러니 '누구누구가 구멍 동서'라는 말이 돌았고, 때로는 멱살잡이에 주먹다짐까지 벌이는 일도 있었다. 게다가 한창 농절기라서 제 집 일거리도 산더미 같은데 끌려

나와 남의 일을 하려니 불평불만이 넘쳐나고, 분노한 이들의 말다툼이 일상이 되었다.

제법 길어진 늦봄 해가 기울고, 백화산 그늘로 어둠이 스멀스멀 기어들 무렵이었다. 그날은 갑이가 이대감댁 공사판 부역을 마치고 막 집으로 들어서는데, 대장간 앞에 보따리를 둘러멘 노인이 서 있었다. 막 짙어가는 어둠 속에서도 흰 두루마기와 얼굴빛이 형형하게 빛났다.

"뉘시유?"

"김갑이인교? 내는 군의 부친 김봉남을 잘 아는 사람입니다."

그제야 갑이는 동학교주 법헌 최시형을 알아보았다. 최시형의 말 마디마디가 낮았지만 마치 천둥처럼 들렸다. 그것은 비명에 세상을 뜬 아버지의 말이 나와서이기도 했지만, 최시형의 얼굴에 감도는 서기瑞氣 때문이었다.

"법헌 어른!"

갑이가 엎드려 절하자 최시형도 엎드려 맞절을 했다. 이런 맞절은 김개남 대접주로부터, 동학교도였던 아버지가 살아 있을 때부터 종종 보아오던 모습이었다.

"아이고! 어젯밤 꿈에 백화산에 훤한 무지개가 걸렸덩만 어른께서 납시려고 그랬던갑소이."

남원댁이 쪼르르 달려 나와 주저앉아 절하였고, 최시형은 엉겁결에 일어나 다시 맞절했다. 남원댁이 일어나면서 말 대신 먼저 평평 울음부터 내었다. 최시형이 잠시 난감해하며 서 있다가 틈을 내어 말했다.

"그동안 평안하셨능교?"

"하늘 같던 지아비 잃고 우째 평안허겄소? 그저 숨이 붙어 있응께 살아가제, 어디 산 목심이겠소?"

남원댁이 눈물 바람으로 원망과 불평 섞인 말을 내니 최시형은 말 없이 눈을 감았다. 한동안 어정쩡한 시각이 흘러갔다.

"야가 시방 뭣 허냐? 어른을 싸게 안으로 모셔야제."

남원댁이 소매로 눈물을 씻으며 채근하자 최시형이 손사래를 치며 말했다.

"아입니더. 여기 대장간에 머물다 갈랍니더. 그래야 뒷날에도 두루 평안합니더."

최시형은 집 안으로 들어가지 않고 대장간에서 갑이의 아내가 된 새색시 나비의 인사도 받고, 밥상을 받았으며, 솜씨 좋게 새끼도 한 타래를 꼬았다.

밤이 이슥해지자 최시형은 갑이와 함께 초막이 들어선 개울가로 나갔다. 초막이 어스름 달빛 아래에 무더기로 흩어져 있었다. 같은 마을에서 부역을 나온 사람들이 어울려 지내기 때문에 초막이 무리를 지을 수밖에 없었다.

어느 초막으로 들어가니 많은 사람들이 빽빽하게 들어앉아 소리 없이 심고를 드리고 있었다. 심고가 끝나자 황간 영동 고을 조재벽 김선달 백학길 손해창 등 여러 접주들이 반겨 맞았다. 초막 안 흐린 불빛 속에서 청수를 모셔놓고 접주들과 새 동학교도들이 맞절하는 입도식이 있었다. 입도식 끝에 최시형의 강론이 있었다. 비록 말소리는 낮았지만 힘이 있었다.

"수운 스승님의 말씀에, 지금은 선천 개벽 후 오만 년이 지나 다시 개벽을 맞이하는 때라 캅니더. 당장이야 사람들마다 살아가기 어려운 때라 캐도 다시 개벽하는 날이 올 낍니더. 그렇다고 날더러 그날이 언제냐 카는데 그것이사 아무도 모릅니더. 마음을 닦으민서 때를 기다리다 보모 우리가 모르는 새에 다시 개벽의 좋은 날이 다가와 있을 낍니더……."

초막 안에서 흘러나오는 최시형의 낮으나 또렷한 강론을 듣고 서 있던 사람들은 모두 무엇에 붙들려 있었다. 최시형이 강론을 하는 동안 소문이 어떻게 퍼졌는지 초막 밖에는 많은 사람들이 몰려와 있었다. 마치 무엇에 홀린 듯, 이끌리 듯 발걸음을 한 것이다.

최시형이 강론을 마치고 초막 밖으로 나오자 밖에 서 있던 사람들이 한꺼번에 엎드려 절하고, 최시형이 마주 절하니 다름 아닌 입도식이었다. 이른바 마당 포덕이었다.

그날 밤 최시형이 잠깐 다녀간 뒤부터 수석리 공사판에 이상한 소문이 돌기 시작했다. 밤마다 초막 안에서는 동학교도들의 '시천주조화정 영세불망 만사지'라는 13자 동학 주문이 새어나온다는 것이다. 부역을 나온 사람들이 처음에는 동학교도가 아니었는데, 하나둘씩, 너도나도 동학에 들기 시작하여 지금은 동학교도 아닌 사람이 없게 되었다는 것이다.

그리고 보면 천하에 큰 도둑놈 이대감 집은 동학교도들이 지어주는 꼴인데, 이를 두고 성질 급한 동학교도 사이에서 불평하는 말들이 많았다.

"우리가 뭐 할 짓이 없어서 양반 놈들의 집을 지어준단 말이여?"

"세상이 다시 개벽한다는데, 까짓 때를 기다릴 거 뭐 있나? 당장 때려 뿌시고 엎어 버리믄 개벽 세상이 올 거 아니여?"

"맞어! 이대감인지 땡감인지 하는 놈 잡아다 모가지 한번 비틀어 뿌리믄 그만이지."

그렇지만 황간 조재벽 대접주가 나서서 이들을 타일렀다.

"모든 일에는 앞뒤가 있고, 때가 있는 법이오. 본래 이 세상에 밥은 한울님이 골고루 먹게끔 했는데 남의 밥까지 빼앗아 먹는 양반이 생긴 거요. 이제 개벽된 세상에서는 양반 상놈 층하가 없는 세상이 올 것이오."

제아무리 성질 급하고 사납던 사람도 동학에 들면 순한 사람이 되었다. 이런 변화는 뭐랄까, 사납게 광란하던 기나긴 밤의 바람이 자고 화평한 대지의 아침을 맞이하는 것과 같았다.

13. 갑이, 공주 삼례를 다녀오다

가을이 되자 밤낮없이 매달려 부역꾼들의 등골이 휘어나는 이용
직 대감의 대궐 같은 집짓기 공사가 끝났다.

이대감이 수석리로 이사를 들어오자 수석리 마을길은 하루아침
에 맨드리한 '양반 길'이 되었다. 영동 황간 청산 보은 심지어 백화산
너머 상주 고을 수령이나 양반 토호들이 아침저녁으로, 이도 아니면
사흘돌이로 찾아와 '대감! 기체후일향만강 하옵시오니까?' 하고 내
시 계집의 목소리로 땅에 엎드려 문안 인사를 하느라 마을길이 반들
반들하게 되었다.

이렇게 많은 사람들이 제 것을 지키기 위해, 또는 제 앞날을 위해
아첨하느라 앞을 다투는 중에 석탄백탄 속이 타들어 가는 사람이 있
었다. 이대감에게 하루아침에 집과 땅, 종산까지 고스란히 빼앗기고
게딱지 같은 집으로 나앉은 김사과였다. 종산을 빼앗기자 영산 김
씨 종친들이 처음에는 벌떼같이 몰려와 감영에 발고를 해야 한다느

니, 위에 상소문을 내야 한다느니 길길이 날뛰었다. 잠잠히 듣고 있던 김사과가 '그럼 누가 나설꺼?' 하니 모두 '깨갱!' 하고 꼬리를 내렸다. 잘못 나섰다가는 된서리를 맞을 판이라 하늘이 무너지는 한숨이나 내쉬고 돌아서는 처지가 되고 말았다. 그러니 목마른 놈이 샘을 판다는 식으로, 김사과 홀로 더 납짝 엎드려 기거나 싸울 수밖에 없었다.

어쨌거나 김사과도 양반 축에 끼었으니 날이 밝기가 무섭게 누구보다도 먼저, 또 빈번하게 이대감을 찾아가 문안 인사를 올렸다. 부디 상감한테 편지 한 장 써 올려서 하루빨리 군수 자리 하나 내려오기만을 기다리는 딱한 처지가 된 것이다.

그런데 더 속을 끓게 하는 것은 이대감이 이러저러한 말이 없을 뿐만 아니라, 전날 법수가 두 고을 군수에게 말해서 마련해 준다던 돈 1만 냥도 깜깜 무소식이었던 것이다. 하긴 영동 황간 두 관아에서도 뭐 맡겨놓은 돈도 아니고, 임기가 언제 끝날지 모르니 서로 입을 맞춰 미적대고 있었다. 김사과는 당장 벌거벗고 나앉아 조정에서 벼슬 소식이 내려오기만을 기다리는 딱한 신세니 하루하루 속이 까맣게 타들어 가고 있었다.

그러거나 말거나 말이 귀양살이지 이대감 팔자는 오뉴월 소불알 늘어지듯 늘어졌다. 정자각에 앉으면 앞에 백화산이 병풍같이 든든하고, 그 아래 푸른 개울과 왜가리 떼 유유자적 노니는 눈부시게 흰 모래밭이 꿈속같이 아득했다. 무릉도원이 따로 없었다.

어디 그뿐인가. 뭐니 뭐니 해도 날마다 쏠쏠하게 불어나는 재물을 구경하는 것도 이만저만한 낙이 아니었다. 김사과네 집을 빼앗아 집이 거저 생긴 데다, 날마다 빈 곳간이 채워져 가는 것이다. 백화산 자락에 있는 가래재는 영남이나 호남에서 한양으로 올라가는 길목이라서, 조정으로 올라가는 공물이 반드시 이 고개를 넘어야 했다. 공물의 반을 덜어내고 나서 공물표에다 '이용직이 배가 고파 좀 덜어 쓴다'고 쓰고 얄궂게 생긴 도장 하나 콕 찍어 주면 그만이었다. 무거운 공물을 지고 올라가는 쪽에서야 합법적으로 짐을 반 덜어내고 가니 '얼씨구나 좋다'였다. 짐꾼들 사이에 이런 소문이 나게 되니 서송원이나 황간 역말에서 잠을 잘 것 없이 아예 가래재까지 와서 제 손으로 반을 떼어놓고 올라가게 되니 날마다 이대감네 집 뒤주에는 차곡차곡 재물이 쌓여갈 수밖에 없었다. 이대감댁 집안에 재물이 불어가는 추세가 마치 초승달이 보름달로 부풀어 가는 것과도 같았다.

이런 기막힌 꾀는 법수의 잔머리와 이대감의 배짱에서 나왔다. 먼저 민비에게 금두꺼비를 올려 보내고, 월악산 피난 궁터 공사 부조로 10만 냥을 올려 보내 민비의 노기를 미리 다스려놓았다. 이렇게 공물의 반을 갈라놓고 가는 고개라고 해서 붙여진 고개 이름이 바로 '가래재'가 되었다.

날이 흘러가니 가래재에 대해서는 또 다른 내력이 따라 붙었다.

신혼 가마가 고개를 지나가면 새색시가 탄 가마를 열어 자색이라도 반반하면 이대감이 먼저 데려다 가랑이를 들춘다고 해서 '가래재'라는 것이다. 그래서 이를 안 새댁은 아예 언청이 같이 입을 삐뚤게 돌리며 침을 흘리거나, 숯검뎅이로 자색을 가리고 고개를 넘는다고 했다.

아침저녁으로 서늘한 기운이 감돌던 동짓달 이른 아침녘이었다. 그날은 갑이가 무슨 마음이었던지 화덕에 불 넣을 생각도 않고 대장간 안을 어정대고 있었는데, 황간 조재벽 접주가 아침 안개 속에 정령처럼 불쑥 나타났다. 뒤에 동학교도 몇을 달고서였다.

"우리랑 바람이나 쐬러 가지 않겠나?"

조재벽 접주가 싱글벙글 웃고 섰는데, 아주 오랜 동무처럼 스스럼이 없었다. 갑이의 대답도 별 망설임 없이 나왔다.

"그러지유 뭐."

갑이가 마치 거름지게 지고 밭에 나가다가 동무 따라 장에 나서듯, 유람을 떠났다. 손님들이 따뜻하게 지은 밥을 먹는 동안 남원댁과 나비가 손을 맞춰 찹쌀을 푹 삶아 절구에 콩콩 찧어 콩가루에 굴려서 인절미를 만들어 쌌다.

갑이가 나비와 내외의 연을 맺고 처음으로 오랫동안 떨어지게 되니 이별이 서운할 수밖에 없었다. 갑이가 부엌에서 얼른 나비의 손을 한번 잡은 뒤 딴사람같이 눈을 피했고, 나비는 저고리 옷고름 입에 물고 먼눈으로 배웅하였다.

그렇게 떠난 갑이가 충청감영이 있는 공주와 전라감영이 있는 삼례 전주를 두루 거쳐 두어 달 만에야 집으로 돌아왔다. 갑이가 돌아오니 절기가 깊은 겨울로 바뀌어 있었다.

충청 전라 두 감영에다 '동학 창도주의 억울한 누명을 벗겨줄 것이며, 동학교도를 무단으로 탄압하는 일이 없도록 조치해 달라'는 문서를 올려놓고 장터에 모여서 대답이 나오기를 기다렸었다. 감영에서는 동학 무리를 향해 눈을 부라리다가 동학도들이 흩어지기는 커녕 날로 숫자가 늘어가니 안 되겠다 싶었던지 눈치를 보아 꼬리를 내려 말했다.

"창도주 신원 문제는 조정에서 하는 일이라 감영에서 어찌할 수 없는 권한 밖의 일이고, 각 관아에서 동학교도를 무단으로 탄압하는 일이 없도록 조치하겠다."

그렇지만 이는 속임수였다. 동학교도는 뒷날을 기다리기로 하고 집으로 돌아왔지만 교도에 대한 무단이나 탄압이 한층 가중되었고, 관아치들의 수탈은 더욱 심해졌다. 아니, 괘씸하게 여겨 더 혹독하게 데려다 빼앗고 팼다.

새 세상이 올 거라는 기대는 마냥 아득하기만 했다.

14. 갑이, 아내를 빼앗기다

갑이가 제 어미 말대로 밤에 별 따기를 잘했던지 나비의 배가 차츰 불러오기 시작했다. 어째 배가 바가지를 탈싹 엎어놓은 듯이 뽈록하다 싶더니 낳고 보니 한 알 구슬 같은 계집애였다.

"워메! 이게 뭣이당가?"

아랫도리가 민둥한데다, 제 어미를 쏙 빼어 닮아서 목 아래로는 시커먼 뱀 비늘이 돋아 있었다. 남원댁이 눈앞에 있는 핏덩이의 탯줄을 끊고 뒤치다꺼리할 일을 까맣게 잊고 그만 맥이 탁 풀려 구완하던 손을 놓아버렸다.

"그러면 그렇제! 귀신이 귀신 새끼 낳제 사람 새끼 낳는당가."

남원댁의 콩 볶는 성깔이 도져서 휙 돌아앉았다. 그러니 갑이가 나서서 탯줄을 끊고 태를 받아다 뒷산 꼭지에 묻었다. 그리고 군불을 넣어 나비를 몸조리하게 했다.

시어머니 며느리 사이가 하루아침에 틀어져버린 것이다. 그래도 갑이가 이쪽 저쪽 편들지 않고 좋게 하려고 나섰다.

"양반 상놈 층하가 없는 새 세상에 사내 계집 구별이 어디 있시유?"

"얼랄라, 동학쟁이 집안에 인물 났네, 말말이 공자 왈 맹자 왈이네. 줄줄이 인물나부렀당게."

"하나둘 낳다 보면 어머이가 바라던 사내도 나오겠지유. 허허허."

갑이가 맞받아 성내지 않고 이렇게 사람 좋게 웃으며 말하게 된 것은 무엇보다도 나비를 얻고 나서부터였다. 동학 주문도 외고 동학 접주들을 두루 만나고 다니면서부터였다.

이른 아침 해가 찬 안개에 젖은 백화산 치맛자락을 말리고 있었다. 예부터 '개미는 세 절기를 일해서 겨울 한철을 먹고살고, 대장장이는 겨울 한철 벌어서 세 절기를 산다'고 했다. 갑이는 그해 봄 농사철이 시작되기 전 근동에 대장일을 다니느라 눈코 뜰 새 없이 바빴다.

"오늘은 어디 일 나간다냐?"

"저 우 금계마을에 가는구먼이유. 거기는 경상도 상주 모서 쪽에서도 대장 일거리가 넘어와 여러 날이 걸릴 것이구먼유."

"그려? 잘 댕겨 오니라."

"알었시유."

갑이가 남원댁과 아이의 젖을 물리고 있는 나비를 다독여놓고, 연장궤짝과 시우쇠를 얹은 지게를 지고 집을 나섰다.

갑이가 허옇게 찬 서리가 깔려 있는 방천 둑을 걷고 있었다. 옆으로는 백화산에 덮인 눈과 얼었던 개울물이 녹아 팽팽하게 불어나 와 자지껄 아우성치며 흐르고 있었다.

갑이가 등에 진 시우쇠가 무거워 잠깐 쉬어갈까 마음먹고 있을 때 바로 눈앞에 양반 가마 행렬이 다가와 있었다. 이런 한적한 시골 길에 나타난 가마라면 수석리 이대감에게 문안 인사를 가는 양반 행차가 틀림없었다.

"훠이! 비켰거라!"

가마 길라잡이도 미처 갑이를 보지 못했던지 바로 코앞에서야 허세를 부려 목청을 뽑아 올렸다. 갑이가 황급히 길가로 비켜서서 지게를 진 채 허리를 굽실 접었다.

"잠깐!"

가마 위에 올라앉은 양반의 명에 따라 가마가 멈춰섰다. 가마에서 아래를 내려다보는 이는 상주 고을에서 감역을 지냈던 김석중이었다. 길라잡이가 제 주인 김석중의 의중을 알아차려 시비거리를 찾느라 골몰했다.

"저만한 쇳덩이를 지다니! 기운 하나는 장하구마."

김석중이 먼저 기운 좋은 것을 찌거리 붙여 말했다. 이때 길라잡이가 가마 쪽으로 쪼르르 다가가더니 제 주인 김석중에게 속닥거렸다. 말없이 고개를 끄덕이던 김석중이 갑이를 노려보며 말했다.

"너는 어디 사는 누고? 어디를 가는고?"

"수석리 사는 대장쟁이 김갑이란 놈인디, 금계마을로 대장일 가는구먼이유."

"대장장이 김갑이라……그럼, 지난 동지 섣달에 공주 삼례를 다녀왔다는 그 동학쟁이 아이가?"

대번에 갑이의 등줄기로 서늘한 기운이 쓸고 내려갔다. 가마 위에서 김석중이 비죽이 웃음을 흘리며 아래를 내려다보고 있었다. 대체 이 고을 동학교도들과 공주 삼례 취회 다녀온 일을 어떻게 알았단 말인가. 갑이는 허리를 꺾고 동학쟁이가 아니라는 말도 못하고 넋을 놓고 서 있었다.

"너! 열 근짜리 칼 좀 하나 벼려 두거래이."

김석중이 마치 '나는 열 근짜리 칼을 휘두를 만큼 힘이 센 장사다'라고 뽐내듯 말했다.

"나리. 송구하오나, 저는 호미나 낫을 치는 대장쟁이라 그런 거는 못 맹그는구먼이유."

갑이가 '그저 나 죽었소' 하듯이 허리를 납신 접으며 말했다. 이 길이 동학쟁이 시비에서 벗어나는 길이다 싶었다.

"이놈! 어디 감히 양반 말을 거역하려 드노?"

"천부당만부당한 말씀이십니다유. 소인이 어찌 양반 말씀을 거역하겠시유? 한 번도 맹글어보지 않았응게 드리는 말씀입지유."

"이런 맹랑한 놈. 잔말 말고 내일까지 벼리도록 해라. 그저 돼지먹이나 따는 데 쓸 칼인게 솜씨 부릴 거 없다 아이가."

갑이가 꼼짝 못하고 걸려든 셈이다. 갑이가 뭐라 더 할 말을 찾지 못해 머뭇거리고 있을 때 머리 위에다 말을 툭 던져놓았다.

"내일 금계말 대장간에 들르겠다. 알겠노?"

"…… 알겠구먼이유."

갑이가 대답은 했지만 울분이 치밀었다. 영동, 황간 관아도 아닌 상주 양반 놈이 제 관할 밖의 동학교도를 참견한단 말인가.

"가자!"

김석중을 태운 가마가 훌쩍 지나갔다. 마치 잠깐 나타났다가 사라진 낮꿈처럼 사나운 일이었다.

갑이가 대장일을 떠나자, 남원댁은 미운 털이 박힌 나비를 마을로 품 팔러 내려보냈다. 일이 그렇게 되려고 그랬던지 연못 정자각에 아침햇살을 쬐고 앉았던 이대감의 눈에 박꽃같이 부신 나비가 눈에 번쩍 띄었다.

"애, 법수야. 저 계집이 누구더냐?"

이대감이 행여 나비가 헛것처럼 날아갈까 봐 조바심치며 법수에게 물었다.

"예. 저 산모퉁이 샘골에 사는 대장쟁이 계집입지요."

"그려? 대장쟁이 계집으로는 아깝다!"

법수가 이대감의 속을 약삭빠르게 들여다보고 말했다. 안 그래도 요즘 안마님이 깊은 속병이 들어 첩약 냄새가 집 안을 진동하고 있었다. 게다가 홍심동에 처박혔다가 밀골로 옮겨온 뒤에 종년 하나 잘못 건드려 피칠갑한 뒤 한동안 계집을 품어본 지 오래였다.

"아깝다마다요. 나리께서 가까이서 못 보아서 그렇지 웃을 때마다 쌍 볼우물이 깊이 패여 사내 애간장을 녹입지요. 안 그래도 나리께서 적적해하시는 것 같아서 주선하려던 참이었습지요. 헤헤헤."

"오냐, 어디 쌍 볼우물 맛 좀 보자."

이때 먼 방천 쪽에서 김석중이 탄 가마가 먼눈으로 보였다.

"해장버텀 저놈은 뭣이냐?"

이대감이 갑자기 끼어들어 썩 귀찮다는 듯 물었다.

"거드럼을 피우는 꼬라지를 본께 상주 고을 김석중이란 놈이올시다. 예전에 감역을 잠깐 지낸 놈인데 벼슬에 눈이 먼 놈이지요."

"야! 여기 드나드는 놈치고 벼슬에 눈멀지 않은 놈이 있다더냐?"

"그야 이를 말씀이오? 제 말은 집에 재물이 좀 있다는 말이지요. 대감마님, 저놈이 눈꼴시럽기는 해도 용맹스럽고 힘까지 갖춘 놈이라 가까이 두시면 뒷날 요긴하게 쓸 데가 반드시 있을 것입니다."

"오냐, 알았다. 내가 미처 챙기지 못해도 니가 잘 알아서 주물럭거려 두어라."

"염려 맙시오, 대감마님."

"어, 어째 날이 썽구름해서 안 되겠다."

집까지 수십 걸음인데, 푹신한 가마가 냉큼 대령되어 이대감이 가마에 올랐다.

이대감이 사랑에 자리 잡고 앉아 있으니 김석중이 성큼성큼 걸어들어와 큰절을 올린 끝에 과연 저 생긴 것같이 묵직하게 말머리를 내려놓았다.

"대감마님, 세상이 어지럽다 보이 덩달아 무리 지어 날뛰는 놈들이 많아 나라의 앞날이 걱정입니더."

대체 이놈이 무슨 말을 꺼내려고 이런 말머리를 내놓는지 얼른 헤아리기 어려웠다. 어쨌거나 이대감이 맞장구를 쳤다.

"그려? 나도 그게 근심일세."

"대감께옵서 하루 빨리 조정에 들어가서서 어지러운 나라를 바로잡으셔야지예."

"요즘 궁중에 인물다운 인물이 있어야지. 나도 나라의 앞날이 갑갑할 뿐일세."

이대감이 크게 한숨을 몰아쉬었다.

"시골에 처박혀 사는 소인도 갑갑한데 대감께서야 오죽 마음 아프시겠능교?"

이대감이 이런저런 말을 하다 보니 새삼스럽게 이런 옹색한 시골 구석에 박혀 사는 제 신세가 억울하기도 했다. 비록 죽을 고비에서 간신히 귀양살이로 살아나긴 했지만, 귀양살이가 수이 풀리지 않고 마냥 길어지는 것이 새삼 분하기만 했다. 홧김에 담뱃대를 화로에 탁탁 소리가 나도록 쳤다. 김석중이 잠깐 움찔했으나 얼른 품 안에서 두루마리를 꺼내고 나서 말했다.

"요즘 어지러운 세상에 부화뇌동하는 동학쟁이들의 움직임이 경향 조석으로 심상치가 않심더. 지난 동지섣달에 충청도 공주와 전라도 삼례에서 동학쟁이들이 모여 창도주를 신원해 달라고 소요를 일으켰다 안 캅니껴."

"까짓 맨손으로 까부는 놈이야 창과 칼을 들이대면 조용해질 것이고, 삼례라면 전라도 땅이고, 충청도 공주라면 먼 데서 일어난 일 아닌가?"

"대감마님, 그렇지 안심더. 경상도 김산 상주 성주 선산은 물론 이곳 영동 황간 옥천 청산 보은에도 동학쟁이들의 움직임이 심상치가 않심더. 대감마님, 이걸 좀 보시이소."

김석중이 품에서 두루마리를 꺼내어 펼쳤다. 김석중의 검지가 여러 이름을 죽 훑더니 한 뼘을 모아 짚고 말했다.

"바로 이놈들이 공주 삼례취회를 다녀온 근동의 동학 우두머리들입니더. 상주 김현영, 예천 최맹순, 김산 편보언, 선산 한교리, 성주 여성도, 영동 손해창 이판석, 황간 조재벽 김선달, 보은 김연국, 옥천 박석규 서오덕, 청산 김성원 등 헬 수 없이 많은데, 당장 이 마을에도 김갑이라카는 동학쟁이가 있다 아입니꺼."

이때 곁에 있던 법수가 무릎을 '탁!' 쳤다. 이대감과 김석중의 눈이 법수를 향했으나 법수는 아무것도 아니라는 듯 싱겁게 웃으면서 손사래를 쳤다.

이대감이 아까 비워놓았던 담뱃대를 물자 법수가 얼른 담배를 채워 불을 붙여주었다. 이대감이 연기를 몇 모금 뿜어낸 끝에 혼잣말처럼 뇌었다.

"온 나라에 동학교세가 들불처럼 번지고 있는데 조정에서는 이를 막지 못하고 있으니 참으로 한심하도다."

이때 김석중이 마치 기다렸다는 듯이 나서 말했다.

"대감마님께서 한시 급히 억울한 귀양살이에서 놓여나 입궐하시어서 국정을 바로 잡으셔야 하는데, 안타깝십니더."

말 마디마디가 이대감의 아픈 데를 쓰다듬어주고, 가려운 데를 시원하게 긁는 말이었다. 대신 이대감은 들을수록 울화가 치밀어 한숨도 내쉬고, 제 신세타령을 오직 나라 근심으로 꾸몄다. 실은 이대감도 김석중이의 말을 듣기 전까지는 동학교도 소식을 까맣게 모르고 있었다.

"장차 닥쳐올 환란이 심히 두렵도다."

"대감마님. 동학은 반드시 망하게 되어 있으니 너무 심려 마시이소."

김석중의 입에서 당찬 말이 튕겨나왔다.

"그대가 뭘 믿고 그리 장담을 하는가?"

"동학교도는 역도이고, 초야에는 아직도 왕명을 받드는 충직한 인물이 많으니 걱정없다 아입니꺼. 예로부터 전해오는 이 지역 도참圖讖에 '속리산중백의적俗離山中白衣賊 마고성하혈만지麻姑城下血滿地'라 했습지요. 무슨 말씀인가 하면, '속리산 흰옷 입은 적도들은 마고성 아래서 피가 땅에 가득하게 고인다'고 하였으니 역적의 필패가 분명합니더. 그도 아니면 신무기로 무장한 일본군이 동학 역도들을 토벌해줄 낍니더."

말 마디마디가 일목요연하고, 덩치만큼이나 말에 힘과 기개가 얹혀 있었다.

"보아하니 그대는 힘이 좋을 뿐만 아니라 천문지리에 밝은 무사인 듯하니 내 크게 쓰시도록 상감 아우에게 천거하겠네."

이대감이 에두르지 않고 곧장 찔러서 말하니 김석중 역시 옳거니 싶어서 맞받아 화답하였다.

"대감마님. 황공하옵니다! 소인이 일찍이 감역을 지낸 적이 있어 고을 하나 다스릴 만한 역량은 갖추었심더."

김석중이 말끝에 품에서 작은 염낭을 꺼내 이대감 앞에 내려놓았다. 작은 것일수록 값진 물건이라는 사실이야 삼척동자도 아는 일이다. 알맹이 흥정이 끝났으니 서로 낯 붉히고 오래 앉아 있을 필요가 없어 김석중이 자리에서 일어나 넙죽 절하고 하직하였다.

"그저, 대감마님만 믿겠심더."

김석중의 가마 꼬리가 사라지기가 무섭게 이대감이 아까 하다 만 말을 꺼냈다.

"이애, 법수야. 일이란 미루는 게 아니니라."

"상감에게 김석중이 벼슬자리 올리는 일 말씀이오니까?"

법수가 짐짓 능청을 떨어 물었다. 참수를 면하고 귀양을 내려온 중죄인 주제에 무슨 염치로 벼슬자리를 부탁한단 말인가? 아니, '참! 이놈이 살아 있었지. 당장 금부에 연락하여 사약을 내려라' 하면 꼼짝없이 죽을 목숨인데, 어디 감히 나서서 벼슬자리를 부탁한단 말인가. 전날같이 '안녕하시냐'는 안부와 금두꺼비, 피난궁터 공사비를 내는 것은 몰라도. 실은 김사과도 마찬가지고, 여기 드나드는 양반들이 다 속고 있는 것이다. 이대감이 그런 힘이 있는 줄 알면 법수가 이런 집사질이나 하면서 떡고물이나 주워 먹고 앉아 있단 말인가. 곧 죽어도 이대감은 기가 펄펄 살아 있는 말을 했다.

"그게 뭐 급하단 말이냐, 천천히 해도 되는 일이지. 아까 계집 일 말이다."

"알아서 모시겠습니다요. 그런데 갑이란 대장쟁이 놈 힘이 어찌나 좋은지 감히 당할 자가 없다지요?"

법수가 음흉스런 웃음을 내니 늙은 이대감이 오기를 내어 말했다.

"이놈아! 계집을 어디 힘으로만 후린다더냐?"

"헤헤헤. 하기야 이빨 빠진 호랑이도 고기 먹는 법이 따로 있기야 합지요. 헤헤헤."

"고얀 놈! 그러면 내가 이빨 빠진 호랑이란 말이냐?"

"그게 아니오라 이빨이 없으면 없는 대로 고기 씹는 법이 있다는 말씀입지요. 잇몸으로 잘근잘근, 물었다 놓았다, 히힛!"

"이놈아. 나는 아직 이빨도 성하다. 그래, 어쩔 셈이냐?"

"이 법수가 누굽니까요? 꾀를 내어 비린내 안 나게 드시도록 합지요. 헤헤헤."

"그래? 꾀가 뭣이더냐?"

"아까 김석중이도 말했지만, 갑이란 놈이 어수룩하게 보여도 충청 전라도를 휘젓고 댕기는 동학쟁이 두령이랍니다. 제가 알아서 주무를 테니 두고 봅시오. 마침 그놈이 여러 날 대장일 나갔다지요?"

"오냐. 나는 빨리 저 계집을 품어야지 안 그러면 숨이 넘어갈따."

"아무쪼록 나리께서 사시게끔 해얍지유. 헤헤헤."

과연 법수가 다음 날 아침 일찍부터 제 꾀대로 바로 행동을 시작했다. 발 빠른 종의 손에 서찰을 들려 영동 관아로 보냈고, 한나절 남짓 되어 검정 더그레에 벙거지를 쓴 말 탄 사령 둘이 마치 큰일이 나 난 듯이 갑이네 대장간으로 들이닥쳤다. 창을 꼬나들고 '동학쟁이 김갑이'를 찾다가 갑이가 없으니 부엌에서 당금이를 안고 떨며 서 있던 나비를 덜렁 묶었다.

"워메! 이 무슨 날벼락이당가?"

남원댁이 제 어미를 빼앗겨 울음을 터트리는 당금이를 끌어안으며 소리쳤다.

"동학쟁이 김갑이를 잡아들이라는 군수 나리의 엄명이시다."

"동학쟁이라니, 그게 뭔 소리당가? 잘못 들었겠제. 내 아들은 동학쟁이가 아니라, 대장쟁이여, 대장쟁이!"

"여편네가 뭘 안다고 지껄이는 겨?"

사령이 창대로 남원댁을 슬쩍 밀치니 남원댁이 뒤로 발랑 나자빠지며 언구럭을 떨었다.

"아이구머니! 이 양반들이 사람 잡네이. 멀쩡한 백성더러 대체 동학이 뭐다요?"

이때 법수가 불쑥 나타나 호령했다.

"이놈들아! 백주에 선량한 백성에게 무슨 행패더냐?"

이어서 나비를 가운데 놓고 사령과 법수가 흥정했는데, 미리 짜놓고 하는 짓이니 모두 법수의 뜻대로 되었다. 말인 즉, 동학쟁이 갑이가 대장일에서 돌아올 때까지 이대감 집에 나비를 잡아 두겠다는 것이다.

그렇다면, 볼모로 잡아둔 동학쟁이 계집을 목욕은 왜 시키며, 단장은 왜 시키느냐 말이다.

그날부터 이대감 집에 드나들기 시작한 나비는 한밤중에도 돌아오고 새벽에도 들어오곤 하였다.

이대감도 이번에는 나비를 대하는 것이 전날과는 달랐다. 어느 계집 같으면 하루 이틀이면 음식 물리듯이 물려서 심드렁해하는데, 몇 날이 지나도록 놓아 줄 생각을 않는 것이다. 남의 말하기를 좋아하는 사람들은 '나비가 제 팔자 고치려고 별의별 여시를 다 떨었다'고 했고, '나비가 사내를 단박에 기절시키는 천하의 명기를 가졌다'고 했지만 누구도 속을 곧이 아는 이가 없었다.

옆에서 지켜보던 법수도 처음에는 사나흘 지나 밥상을 물리면 이삭 밥 좀 먹으려고 숟가락을 들고 기다렸는데, 이번에는 그게 아니었던 것이다.

일이 이렇게 되니 장차 갑이가 돌아오면 무슨 일이 벌어질지 한 치 앞도 내다볼 수 없게 되었다.

15. 갑이와 나비의 결별

　금계마을은 백화산 바로 아랫자락인지라 겨울 찬 기운이 늦게까지 남아 있었다. 대장간에서 피워 올리는 굴뚝 연기가 아스라이 솟아오르고 있었다. 원래 대장간 일이란 묵은 연장을 담금질하거나, 시우쇠로 새로운 연장을 치는 일이다.

　갑이는 방천길에서 마주친 상주 김석중의 칼을 벼리느라 꼬박 하루를 보냈다. 동학쟁이라는 꼬투리를 잡고 있으니 칼을 만들지 않고는 버틸 재간이 없었다. 그리고 기왕 해줄 물건이라면 괜히 머뭇거릴 필요가 없다 싶었다.

　다음날, 제 말대로 김석중이 대장간으로 들이닥치듯 들어섰다. 늘씬한 말에 호피 안장을 얹고 긴 칼을 찼다.

　"나리! 어서 오시지유."

　갑이가 땅에 엎드려 절을 하니 말에서 내려 고깝게 내려다보던 김석중이 말대꾸는커녕 시빗거리를 찾듯이 대장간 안을 샅샅이 살펴고 서 있었다. 대장간 물건이라야 사람들이 맡겨놓은 낫이나 도끼, 작둣날, 쟁깃날, 호미 등속이 전부인데 뭐 수상하게 볼 것이 있을까.

갑이가 일어나 깊이 넣어 뒀던 칼을 꺼내와 장승처럼 서 있는 김석중에게 무릎을 꿇어 바쳤다. 김석중이 손을 뻗어 칼을 휙 낚아채더니 느닷없이 갑이의 가슴팍을 걷어찼다. 악! 외마디 비명이 토막쳐 나왔고, 갑이의 황소 같은 몸뚱어리가 뒤로 나뒹굴었다. 김석중의 가죽신이 갑이의 가슴팍을 밟고 금방 갑이에게서 낚아챈 칼을 목에 들이댔다. 단박에 갑이의 얼굴이 피범벅이 되어 있었다.

"이놈! 내가 나라에서 금한 역적, 동학쟁이 목을 딸라꼬 칼을 치라고 했다 아이가!"

갑이는 이거 일이 잘못되어가는구나 싶었지만 당장에야 성깔을 죽일 수밖에 없었다. 아버지같이, 바우덕이처럼 성질대로 덤벼들다가 허망하게 죽을 수는 없다고 다짐하고 다짐했던 갑이였다. 그리고, 이제 아내 나비가 있고 당금이가 있다.

"지는 동학쟁이가 아니라 대장쟁이구먼유."

전날에는 동학쟁이가 아니라는 말을 차마 입 밖으로 내지 못했지만 오늘은 굵고 또렷하게 나왔다.

"내가 상감으로부터 소모사 임명을 받아 나라에서 금한 동학쟁이 놈들을 초멸하라는 명을 받았다!"

"나리! 지는, 동학쟁이가 아니라니께유."

갑이의 콧속으로 피비린내가 스며들었고, 찝찔한 피가 입안으로 흘러들었다. 명을 구걸하는 갑이는 차마 김석중의 눈과 마주칠 수 없어 눈을 질끈 감았다. 눈물이 뜨겁게 솟았다.

"오냐, 오늘은 네놈을 살려 주마. 대신 동학 우두머리들에게 일러라. 경거망동했다가는 모조리 잡아서 죽여 버리겠다꼬!"

"아, 알았구먼유."

김석중이 칼을 들고 말을 되짚어 타고 돌아갔다.

갑이는 피칠갑이 된 몸을 일으켜 울음을 삼키고 분노를 삭였다. 아니, 동학 주문으로 울분을 삭였다. 오냐, 좋은 세상을 위해서라면 이런 아픔은 참고 기다릴 줄 알아야 한다. 이렇게 마음을 다스리자 차츰 마음도 편안해졌다. 개울로 내려가 아직 엷게 남아 있는 얼음을 깨고 피범벅이 된 얼굴과 웃옷을 벗어 씻었다. 아직 옷에는 나비가 먹였던 풀기가 남아 있었지만 핏기와 함께 씻겨 나갔다.

갑이는 웃통을 볕에다 널고 대장간으로 돌아와 그동안 미뤄뒀던 연장을 담금질하기 위해 불을 넣고 풀무질을 시작했다. 어차피 오늘은 마을 사람들에게 대장일을 못한다고 해두었기 때문에 시우쇠를 불 속에 집어넣었다. 그래, 묵직한 쇠스랑을 만들어 두자. 때가 되어 자루를 박고 날을 뻗치면 놈의 가슴을 단번에 찌를 수 있다.

갑이가 집으로 들어설 때만 해도 며칠 못 본 아내 나비와 당금이가 보고 싶어 가슴이 설레었다.

　그러나 나비가 갑이의 '동학교도 죗값'으로 이대감의 품에 들어간 일을 안 것은 금방이었다. 남원댁이 나비가 이대감 집에 가 있는 동안 당금이를 봐주고 있었으니, 참외 서리할 때 망을 보아 준 것이나 다름없었다. 갑이는 금방 전날의 바우덕이가 되어 있었다.

　"어머이는 알구두 가만있었단 말이유?"

　"뭐, 엄한 계집만 나무랄 것도 읎다. 동학쟁이라는 죄로 니 명줄이 끊길 판인디 워쩔 것이냐?"

　"으흐흐흐!"

　큰 덩치에서 뽑아 올리는 갑이의 울음이 어찌나 처절하던지 당장 몸이 터질 것 같았다. 어쨌거나 남원댁은 갑이를 잘 다독거려야겠다 싶어 타일러 말했다.

　"눈먼 달달 봉사같이 못 본 척하구 살자. 이대감은 자라 모가지가 떨어져 나갔다니께 웃방데기도 아니고 그저 둥글개첩이지 백날 밤을 데리구 잔들 뭔 흠이 나겄냐."

　"어머이가 모가지 떨어진 거 봤시유?"

　"저 썩을 놈이 서방 없는 에미한테 못하는 말이 없네. 들어서 알지 그걸 꼭 봐야 안당가? 괜히 나섰다가 니 아비나 바우덕이 짝 나지 말고 가만 자빠져 있어. 이대감이 어디 보통 양반이여? 왕족이여, 왕족! 나비 아니었으면 넌 동학쟁이란 죄로 벌써 니 애비 꼴 났어 이놈아!"

마침 당금이가 깨어 자지러지게 우는데, 오래 젖을 곯아서 허기져 있었다. 전날, 억수같이 비가 쏟아지던 날 이대감을 죽이겠다고 칼을 벼려 갔던 바우덕이의 속을 이제야 알 것 같았다. 전에 김석중에게 짓밟히던 날 만들어 두었던 쇠스랑을 들고 내려가 당장 요절을 내고 싶었지만 박덩이처럼 매달렸던 아버지의 머리가 눈앞에 불쑥 나타났다.

"갑이야, 때를 기다려라."

어디선가 아버지 김봉남의 목소리가 들려왔다. 그래, 아버지처럼, 바우덕이처럼 허망하게 세상 마칠 수는 없다. 그렇지만 애에게 물려야 할 젖을 지금 이대감이 가지고 논다는 생각에 이르자 갑이의 눈에서 불이 튀었다.

"으흐흐!"

갑이가 울부짖는데, 금방이라도 무슨 일을 낼 것만 같았다. 남원댁이 반 실성하여 막 방을 뛰쳐나가려는 갑이의 다리를 두 팔로 끌어안았다.

"야, 에미 말 좀 들어봐야."

"으흐흐흐!"

갑이의 울음에 금방이라도 하늘이 무너져 내릴 것만 같았다.

"이놈아! 이대감 집에 벌써 사령들과 포수들이 와 있어. 네놈도 바우덕이같이 개죽음 당할 것이여?"

갑이가 터진 보릿자루처럼 털썩 주저앉아 울부짖으며 분을 삭여
내다가, 눈을 스르르 감았다. 그래, 바우덕이처럼 허망하게 죽을 수
는 없다. 아니다. 바우덕이에게 '원수를 갚아주마'고 다짐하지 않았
던가. 전날 최시형의 말씀대로 '때'를 기다려야 한다.

한밤중에 나비가 들어왔다. 벌써 죄를 진 계집이라 겁을 집어먹
어 눈에 눈물이 그렁그렁했다. 나비가 배를 주리고 있는 당금이에
게 젖부터 물렸다. 꿀꺽꿀꺽 젖 넘어가는 소리를 듣고 있으니, 젖을
먹이는 년이나 먹는 년이 다 불쌍했다. 오냐, 계집이 무슨 죄가 있더
냐. 원수는 천천히 갚아도 된다 싶으면서도 갑이의 속에서는 연신
뜨거운 것이 치밀어올랐다.

"어떻게 된 거여?"

갑이의 물음에 나비가 말은 못하고 '흑!' 울음을 터트렸는데, 그게
바로 대답이었다.

갑이는 한숨만 내쉬다가 닭 울음이 잦혀진 뒤에야 깜빡 잠이 들었
다. 잠깐 꿈에, 나비가 갑이 앞에 나타나더니 말없이 돌아서서 눈부
시게 흰 모래밭으로 아스라이 멀어졌다. 나비의 등 뒤로 넋 같은 아
지랑이가 넘실댔다.

갑이가 퍼뜩 잠을 깨었다. 옆을 보니 당금이만 쌔근쌔근 잠들어
있고, 나비가 없었다. 방을 나와 손바닥만 한 집과 대장간 어디를 둘

러봐도 나비는 없었다.

이때 문득 스쳐 가는 데가 있었다. 동구 밖을 향해 정신없이 뛰었다. 마침 먼동이 터서 길에 깔린 흰돌들이 아침 동살에 희미하게 눈을 뜨고 있었다. 흰바위 모퉁이 회꼬배기를 막 돌아서자 갑이는 그만 몸이 굳어버렸다. 나비가 바위 벼랑에 붙은 산복숭아나무에 목을 맨 것이다.

"이게 뭔 짓이여?"

갑이가 정신없이 바위를 타고 올라가 복숭아나무에서 나비를 끌러 내렸다. 벌써 몸이 뻣뻣하게 굳어 있었다. 갑이가 나비의 뺨을 두들기고 몸을 흔들어대며 '나비야! 당금아!'를 정신없이 불러대도 깨어나지 않았다. 갑이가 나비를 떠메고 내려오면서 치밀어 오르는 울분을 삭이느라, 내 안에 한울님을 모시느라 정신없이 동학 주문을 외었다. 시천주 조화정 영세불망 만사지……. 눈물이 하염없이 흘렀다. 눈물 젖은 눈으로 바라본 세상, 붉은 자줏빛이 터져 나오는 동쪽 하늘이 곱기만 했다. 나비가 먼저 저 세상에 들어가 손짓하고 있는 것만 같았다.

"아이고! 이 무슨 날벼락이랑가?"

머리를 풀어헤친 남원댁이 뛰쳐나오고, 갑이가 입술이 달개비꽃 색깔로 죽어 있는 나비를 방에다 뉘었다.

"그러게 내가 뭐라고 했냐? 사람이 우선 살고 봐야 헐 거 아니여."

이때였다. 잠을 깬 당금이가 울음을 터트렸고, 그 소리에 화답이라도 하는 듯 시퍼렇게 죽었던 나비의 입술에 핏기가 돌기 시작했다.

"당금아……"

나비의 입술이 파르르 떨리며 간신히 말이 비집고 나왔다.

"썩을 것! 저승에 가서도 지 새끼는 알아보는구나!"

남원댁이 송장을 치우는 줄 알았다가 깨어났으니 안도의 한숨을 내쉬었다. 나비가 살아나자 그동안 갑이의 머릿속에 복잡하게 얽혀 있던 일들이 비로소 차분하게 자리잡았다. 나비의 죽음에서 시작하니 모든 것이 편안해진 것이다. 그래, 이제 내 계집이 아니다 싶어 말했다.

"갑이의 아내는 죽었고, 이제 새로 살아났응께 팔자소관으로 알고 그 집에 들어가 잘이나 살게."

나비가 얼굴을 감싸 쥐면서 '흑!' 울음을 쏟았다.

갑이가 더 미련 둘 것 없이 남원댁에게 말했다.

"이제 저나 내나 제 갈 길을 가야겠구먼이유."

남원댁이 그제야 안도의 한숨을 몰아쉬었다.

"그려라. 니가 참말로 마음 잘 먹었다."

"그러자면 우리가 먼저 여기를 떠야겠시유."

갑이는 별것 없는 살림살이와 대장간 물건 몇 개 주섬주섬 지게에 없고, 남원댁은 당금이를 들쳐 업었다. 두 사람에게 집을 버리고 훌쩍 길을 나서는 것은 너무도 쉬운 일이었다.

"으흐흐!"

등 뒤에서 나비가 울음을 터트렸다. 울 줄 알면 죽지 못한다고 했던가. 아니, 죽었다가 살아났으니 다시 죽을 일은 없을 것 같았다.

앞장선 갑이가 고갯마루에 올라섰다. 막 퍼지기 시작한 아침 해가 산그늘에 젖은 백화산 몸뚱어리를 씻어내고 있었다.

고개를 넘자 내내 입을 다물고 뒤따라오던 남원댁이 혀를 내두르며 말했다.

"너 참말로 생각 잘했다. 난 오늘 두 송장을 치르는 줄 알았다. 아니, 얼라까지 세 송장이지. 요즘 이대감네 사랑에 영동, 황간 관아에서 나온 사령 놈들에다 포수들이 텃구렁이같이 눌러 산다잖여."

또 한 고개를 넘어서자 남원댁이 이번에는 두고 온 나비에게 된욕을 퍼부었다.

"들어가 살라고 허니께 그년이 싫은 빛이 아니잖여? 그년이 사내를 보면 볼우물을 깊이 파고 웃는 게 여러 사내 잡을 년이랑께. 애초에 사람 년이 아니라 여시였당께."

이는 아무래도 남원댁이 갑이에게 정 떼기를 시키려고 하는 말 같았다.

다시 한 고개를 넘자 이번에는 남원댁이 인정스레 말했다.

"그년이 말을 안 혀서 속은 모르지만 호락호락한 년이 아니랑게. 두고 봐라. 앞으로 아흔아홉 칸을 들었다 놓았다 헐 년이랑게. 하기야 종년으로 눈물 건더기로 살았응께 한번 팔자 고쳐 사는 것도 나쁘지는 않제라."

한참 동안 잠잠하다 싶더니 남원댁이 이번에는 무슨 생각이 났는지 설움이 북받쳐 금방이라도 울음을 쏟아낼 듯이 말했다.

"나라고 왜 속이 없었냐? 해가 뜨고 달이 떠도 내 가슴속에는 늘 무뚝뚝한 니 아버지가 살아 있다."

"……저두 알어유."

16. 청주 초정리

갑이가 멀리 옮겨간다고 간 곳이 전에 살던 청주성 밖 율봉역에서 북으로 30리 쯤 떨어진 초정리였다.

머리만 들면 상당산성이 바라보이는 곳이다. 그렇다고 무심코 자리 잡은 것이 아니다. 당금이를 동냥젖으로 먹여 살려야 하니 큰 마을이 멀지 않아야 하고, 사람들이 대장간을 오가기도 수월한 큰 길가라면 더 좋을 것이다. 이런저런 사정에 맞춰 마을이 멀리 보이는, 양지바른 바위 모퉁이에 기대어 움막을 지었다. 집을 짓고 나니 바위가 바람을 막아주고 샘도 가깝고, 개복숭아나무 그늘까지 적당히 지는 곳이었다. 집이야 얼렁뚱땅 지었으니 남이 보기에 키질 한 번으로 획 날아가 버릴 것같이 어설퍼보였지만, 그래도 집이 사람의 숨을 머금으니 사람 사는 집으로 보였다. 남원댁이 이쯤에서 뭐 짚이는 게 있었던지 먼저 입방정을 떨었다.

"아이고야! 화적이 내려와도 맨 먼저 손 타겠다이."

"화적이 뭔 등신들이유? 뭐 가져갈 게 있어야 달려들지유."

움막에 이어 대장간을 짓느라 한창 흙일을 하고 있을 때, 마을에서 장정 몇이 올라왔다. 밖엣 사람이라고 텃새 부리기는 그만두고 제법 인정어린 근심과 당부의 말을 함께 했다.

"요즘 산적은 가리지 않고 아무 집이나 덮친대유. 재물이 있는 집에서는 포수들을 숨겨놓다 본께 굶주린 산적이 겉보리 한 줌을 빼앗으려 아무 데서나 칼을 뽑는대유."

"산적이 나타나면 얼른 마을로 뛰어 들어와 힘을 합쳐서 물리치자는 말이유. 이래저래 없이 사는 사람들만 골짝나는 세상이유."

남원댁이 나섰다.

"참말로 인심 한번 곱소. 그나, 당장 이 애 어미가 세상을 뜨고 없는데, 이 마을에 젖 쪼까 얻어 먹일 아줌씨 좀 없겠소?"

"허! 사정이 딱하시네유. 우리 마을에 남정네가 각중에 세상을 떠서 하루아침에 과수댁이 된 아낙이 있시유. 가서 사정 좀 해 보시지유."

당금이가 너무 오래 젖배를 곯아서 남원댁은 미룰 것 없이 당금이를 들쳐 업고 마을 사람들을 뒤따라나섰다.

마을로 내려갔던 남원댁이 젖을 얻어 먹이고 돌아와서 마치 횡재를 만났다는 듯이 말했다.

"여기 터 잡고 살게 된 것이 뭔 인연이 닿으려고 그랬나벼이. 과수

댁 젖통이 어찌나 큰지 두 얼라가 먹어도 남겠고, 애어미가 생긴 것
도 달덩이같이 훤해서 천상 니 배필로도 십상이겠더라. 히히."

남원댁의 말이 끝나자 갑이가 여차하면 싸울 요량으로 버럭 성을
내어 말했다.

"행여 어디 가서 그런 말 한마디두 하지 말어유. 그 과부가 열녀라
면 자칫 멍석말이 감이고, 함부로 딴 말이 돌기라도 했다가는 이 마
을에 살지도 못하고 쫓겨날 건께유."

"아따, 저놈이 부처님 가운데 토막 같은 말만 허구 자빠졌네. 끼니
잇기도 바쁜 상것 처지에 대충 맞춰 살면 그만이지 뭔 놈에 얼어 죽
을 열녀 타령이당가? 이제 나는 동냥젖 먹이러 댕기는 것도 엉기났
응께 인자부터는 네 맘대로 혀라."

갑이가 제 어미의 성미를 잘못 건드리면 안 되겠다 싶어서 성질을
좀 누그러뜨려 말했다.

"참 어머이두, 사내가 어떻게 갓난애 젖 심부름을 한단 말이유?"

다음 날, 갑이가 한번 골이 나면 한동안 돌이킬 수 없는 제 어미의
성미를 잘 아는 터라 할 수 없이 배를 곯아 우는 당금이를 안고 젖통
크다는 과수댁을 찾아갔다. 과수댁이 당금이에게 젖을 먹이는 동안
갑이는 사립문 밖에서 먼산바라기를 하다가 들어가 당금이를 받아
들고 나왔다. 그러니 크다는 젖통이나 달덩이 같다던 과수댁의 얼굴
도 제대로 보지 못했다. 이는 갑이가 나비 아니면 어떤 계집도 마음

에 없다는 말이기도 하다. 다만 당금이가 트림을 크고 길게 해서 정말 젖통이 크긴 큰가 보다 했다.

길갓집이다 보니 길을 오가는 사람들이 샘물 한 바가지 얻어 마시고 나서 물값으로 세상 소문을 풀어놓았다. 처음 들었던 소문은 아니지만, 한양 도성에는 왜놈 되놈 양코쟁이들이 득시글댈 뿐만 아니라, 궁중에서는 벌써 크고 작은 변란이 여러 차례 일어났으며, 고을에서는 걸핏하면 민란이 일어나고, 화적떼가 시도 때도 없이 출몰하여 온 나라가 하루도 조용한 날이 없다고 했다.

날이 저물어 집집마다 매운 저녁연기가 굴뚝을 타고 오를 때였다. 남원댁이 당금이 젖을 얻어 먹이고 오다가 바위 모퉁이를 돌아설쯤에서 비명을 지르며 마을 쪽으로 뛰어갔다.

"화적떼다! 불이야!"

갑이가 대장간 밖으로 머리를 내밀고 보니 검정 물을 들인 옷에다 검정 두건을 쓴 화적 떼가 마당으로 들이닥치고 있었다. 갑이가 엉겁결에 지난 날 금계 대장간에서 만들어뒀던 쇠스랑을 집어 들었다가, 이건 아직 쓸 때가 아니지 싶어서 지게작대기를 꼬나 쥐고 뛰쳐나갔다. 화적들이 말싸움을 할 겨를도 없이 다짜고짜 칼을 뽑고 덤벼들어서 당장 대적하게 되었다. 몇 놈인지 얼른 헤아리기 어려웠지만 갑이가 몇 번 후려치고, 업어 치고, 딴죽을 걸어 버리니 단박에 쓰러진 여섯 놈이 헤아려졌다. 굴비 두름 엮듯 하나씩 묶을 것도 없이 한꺼번에 짚단같이 묶어서 앉혀놓았다. 결박된 화적의 머리에 쓴 검정 두건을 벗겨내고, 사방으로 흩어진 칼을 한쪽으로 모아놓았다. 이때 쇠스랑, 낫 등 농구를 든 마을 장정들이 우르르 몰려오고 당금이를 업은 남원댁이 뒤따라 들어왔다. 갑이가 벌어진 일 앞뒤를 말하기도 전에 마을 사람들이 벌써 사태의 전말을 한눈에 알아보고 입이 쩍 벌어졌다. 여기다 남원댁이 썩 나서서 제 자식 자랑을 아주 짧지만 굵게 했다.

"우리 아들은 맨손으로 호랭이도 때려잡는다우."

물론 갑이가 호랑이를 한 번도 때려잡은 적은 없었다.

"저렇게 흉악한 칼 든 화적 떼를 맨손으로 때려잡다니!"

한 사내가 겨우 정신을 수습하여 중얼거렸다. 그제야 이 사람 저 사람 나서서 관아에 기별해야 한다느니, 한 놈씩 멍석말이를 해서 혼꾸멍을 내줘야 한다느니, 여러 말이 나왔으나 갑이가 조용히 주장했다.

"요즘 세상 인심이 사나워서 너나없이 별바르게 살기 어려운 세상 아니유? 사람들이 모이면 적당이고 흩어지면 양민이라지 않소? 이 사람들을 보시유! 칼을 버리고 두건을 벗겨 놓은께 우리네와 다를 게 없는 딱한 백성 아니유? 그저 다시는 여기 나타나지 말라고 타이른 뒤 풀어주지유."

갑이의 말에 어느 누구도 딴 말을 내지 않았다. 실은 관에서 나오는 것이 두려웠던 것이다. 갑이가 화적들에게 '다시는 이 마을에 얼씬도 않겠다'는 다짐을 받은 뒤에 묶었던 끈을 풀어주니 화적들은 갑이를 향해 머리와 허리를 연방 굽실굽실 접고는 내려왔던 저문 산 어둠 속으로 스며들었다.

이 일이 있고 얼마 안 되어 두 패가 다녀갔는데, 기어코 사달이 나고 말았다. 한 패는 청주 병영에서 장교가 병졸 둘을 대동하고 나왔다. 처음에는 병졸들이 말없이 대장간을 훑어보다가, 갑이와 당금이를 업고 머리를 떨구고 서 있는 남원댁을 번갈아 바라본 끝에 '화적을 잡았으면 관에 발고해야 한다'느니, '화적을 발고하지 않고 맘대로 풀어준 것은 형률에 어긋난다' 하고 찌거리 붙을 말을 찾느라 고심을 했다. 갑이가 얼른 화적들이 놓고 간 칼 여섯 자루를 꺼내놓고 나서 말했다.

"소인이 배운 것이 없어서 몰랐지유."

장교가 다시 한 번 갑이의 위아래를 꼬롬하게 훑어보더니 온말 반말을 반섞기하여 말했다.

"보아 하니 화적을 잡았다가 풀어줬다지만 내통을 한 건지 그 속을 알 수 있나? 좀 조사할 것이 있응께 내일쯤 청주 영으로 들어오시우."

장교는 갑이가 맨손으로 호랑이를 때려잡는 장사라고 부풀려 소문이 났으니 잘못 호달궜다가는 우세를 당할 것이 두려웠는지도 모른다. 그러니 '내일쯤'이라고 날짜를 박아서 제집 안방으로 불러들여 제대로 혼뜨검을 내자는 것이 분명해 보였다.

"지가 지 목심 살기 위해 화적을 물리쳤는디 뭔 죄가 있시유. 관에는 뭣 땜에 들어가유?"

"조사할 게 있어서 들어오라는 것 아닌가? 자!, 가자!"

장교가 제 부하 영병에게 겨우 위엄을 갖춰 돌아갔다.

그렇게 한마디 똥파리 똥 싸듯이 툭 내질러놓고 들어간 것이 내내 갑이의 마음에 걸렸다. 괜스레 관에 들어갔다가 무슨 변고를 당할지 몰라서 이러지도 저러지도 못한 채 초조한 몇 날이 흘러갔다. 전날 아버지와의 연으로 조금 알고 지내던 청주 서장옥 음선장 접주를 찾아가 이 일을 상의할까 잠깐 고심하기도 했지만 괜스레 긁어 부스럼이 될까 싶어 그냥 버티기로 했다. 까짓 수틀리면 들이받고 달아나면 그만이지 싶은 배짱이었다.

그리고 며칠 지나지 아니하여 저물녘에 염소수염을 한 사내가 싱글벙글 웃음을 앞세우고 나타났다. 그저 영병 사령이나 군사가 아닌 것만도 반가웠다.

"요 위 한참 걸음 떨어진 대주리에 서우순이라는 이가 사는데, 그 집 사랑에 묵은 노인이 김갑이를 찾으시니 가보시우."

염소수염 사내는 말끝에도 연신 헤프게 웃음을 달았다. 갑이가 곧 누군 줄을 짐작하고 말했다.

"그 어른께서는 지엄하신 분인데, 지그시 밑을 누르고 있다가 밤이 깊어 길에 인적이나 재운 뒤에 가야 할 거 아니유?"

"그야 맞는 말이지유."

염소수염 사내가 돌아가고, 갑이가 고래에 불을 넣고 풀무질에 망치질 두어 바탕 한 뒤에, 밤이 이슥한 때 길을 나섰다.

사랑채 문을 열고 들어가니 부러진 다리에 버드나무를 대고 칭칭 감은 최시형이 아주 우스운 모양으로 앉아서 새끼를 꼬다가 갑이를 반겨 맞았다. 전날 공주 삼례 취회에 참가하려고 길을 나섰다가 낙마하는 바람에 참여하지 못했다는 말을 전해 들었던 터라 다리 부러진 사연을 듣지 않아도 알 것 같았다. 갑이가 최시형이 앉아 있는 모습이 우스워 그만 쿡쿡 웃음을 지리며 절하였다. 최시형이 다친 다리 때문에 맞절은 못하고 흐뭇이 웃으며 절을 받기만 했다.

건너 사랑방에도 방 하나가 잇대어 있었는데, 마침 갓에 두루마기 차림을 한 사람들이 차례로 나왔다. 그동안 갑이와 가깝게 지내던 조재벽 손병희 손천민 황하일 박광호 서장옥 서병학 정필수 접주가 반겨 맞았다. 갑이가 일어나 맞절을 마치고 나서 마주앉았을 때 손병희 접주가 말했다.

"요즘 이 근동에 김갑이 장사가 맨손으로 화적떼를 때려잡은 소문이 자자하네."

"지가 괜한 소문 때문에 병영에서 들어오라고 찌거리 붙는 바람에 요즘 마음이 편치 않구먼이유."

"그러면 이 참에 바람도 쐴 겸 우리와 한양을 좀 다녀오는 것이 어떻겠나?"

"안 그래도 허겁지겁 쫓겨 내려와 덧정 없는 한양은 왜유?"

"이런! 내가 잠시 깜빡했네. 자네는 맘이 언짢은 곳이지."

이 말 끝에도 갑이가 한양을 따라가는 일이 아직 매조지 되지 않았는데, 최시형이 조용히 웃으며 거들었다.

"이번 한양 과유科儒 길에는 갑이가 빠지는 것이 좋겠네."

"맞소이다. 어른 신상에 다급한 일이 닥치더라도 가까이서 업고 뛸 장정이 있어야 든든하지요."

이렇게 되어 갑이에게는 위급할 때 최시형을 호위하는 새로운 일이 맡겨진 셈이다.

동학교도들이 갓 망건에 도포 차림으로 과거를 보러 가는 유생으로 한양성으로 들어가서, 궁성 앞에 엎드려 동학 교조 신원을 호소하기로 했다는 것이다. 갑이가 조재벽 접주에게 안부 인사를 부탁했다.

"한양 가시거든 최창한 접주에게 안부나 전해 주세유."

"안 그래도 최창한 접주 집에 도소를 차리기로 했으니 잘되었네."

갑이가 대주마을을 다녀오고 한 사나흘 더 지난 날이었다. 이번에는 병영에서 장교가 군사 다섯을 데리고 나왔다. 갑이는 가슴이 철렁 내려앉았다. 이놈들이 끈질기다 싶었다. 갑이와 남원댁이 허리를 굽실 접어 맞이했는데, 이번에는 죄명이 분명하니 장교가 대뜸 윽박부터 질렀다.

"출두하라는 관의 영을 어겼으니 네 죄를 알렸다?"

"대장간 일이 바빠서 발걸음을 못했구먼이유."

"맞어라우. 농절기를 앞두고 있어서 대장 일이 눈코 뜰 새 없이 바빴지라우."

남원댁이 옆에서 거들었다. 다행히 장교가 전날보다 강하게 엄포를 놓기는 했지만 오늘도 어쩌지는 못했다.

"내력을 조사할 것이 있으니 며칠 내루 감영으로 들어오게. 이번에는 영장 나으리까지 아시는 일이니 꼭 출두해야 하네."

"알었구먼이유."

또다시 덜렁 가슴에 무거운 짐 하나를 던져놓고 가는 것 같았다. 갑이와 남원댁은 어차피 관에 들어가면 무슨 일을 당할지 모르니 때를 보아 여차하면 여기를 뜨겠다는 생각으로 매듭지었다.

한양으로 떠났던 사람들이 대주마을을 떠난 지 한 달 남짓 되어 아침저녁으로 꽃을 시샘하는 추위가 들고 날 무렵이었다. 갑이가 서우순의 집에서 급한 기별이 와서 달려가니 사랑에는 부황 뜨는 연기가 자욱하고, 의원이 혼자서 여기저기 신음하는 사람들에게 부황을 뜨고 침을 놓느라 분주했다. 전날 점잖은 갓 망건에 반듯한 유생 차림이던 동학교도들이 초라한 행색으로 돌아온 것이다.

"대체 무슨 일이 있었시유?"

갑이의 물음에 서우순 접주가 슬쩍 갑이의 옷깃을 당겨서 서우순의 방으로 옮겨와 그간 일어난 사연을 들었다.

한양으로 올라간 동학지도부는 계획했던 대로 동대문 밖 남소동 최창한 접주의 집에 도소를 차려놓고, 예산 박광호를 소두로 삼아 2월 11일부터 사흘 동안 광화문 앞에 동학교도 수십 명이 상 위에 상소문을 올려놓고 엎드려 통곡했다. 이때 통곡소리가 어찌나 우람했던지 온 장안을 진동하고, 백악과 인왕산에 메아리쳤다. 조정에서는 아예 상소문을 거들떠보지도 않다가 이틀 뒤에야 거두어 들여갔다. 조정은 동학교도의 상소에 대꾸도 않고 버티려다 점차 수가 늘어가자 '각자 집에 돌아가 그 업業에 편안便安하면 소원에 의하여 실시하리라'는 칙령을 내렸다.

동학지도부는 임금의 칙령을 믿고 흩어졌으나 한강을 건너자 뒤따라온 사령들이 육모방망이를 휘둘러 뜻하지 않은 봉변을 당하게 된 것이다. 물론 육모방망이 소나기를 피한 동학교도도 있었지만 다친 이들을 부축하고 내려오느라 지칠 대로 지쳐 몸져누운 것이다.

최시형이 자욱한 부황 연기 속에서 말없이 새끼를 꼬았지만, 양

미간에 흐르는 분기는 감출 수가 없었다.

　그러고 며칠이 더 지난 날, 갑이는 청풍 성두한 접주에게 서찰을 전해주는 심부름을 떠나게 되었다.

　성두한 접주가 반겨 맞았다. 갑이가 전한 최시형의 서찰에는 장차 동학 교단 일에 앞장설 두령의 이름을 적어 보내라고 적혀 있었다. 갑이가 까막눈이라 글은 모르지만, 관의 기찰에 걸리게 되면 서찰을 버려야 할 때를 대비하여 서찰 내용을 말로 알려주기 때문이다.

　성두한 접주가 곧 붓을 들어 두령 이름을 한 사람씩 적어 가면서 중얼거리듯 말했다.

　"법헌 어른께서 장차 큰일을 도모하시려면 사람이 필요하시겠지······."

　성두한 접주가 서찰을 접으면서 갑이에게 고을과 스물다섯 두령들의 이름을 또박또박, 천천히 일러 주었다. 그리고 그 말끝에 다른 종이를 펼치더니 그 뒤로 성두한의 붓이 한참을 달렸다. 그 끝에 성두한이 분기 섞인 말을 이었다.

　"지금 월악산 아래 송계 골짜기에는 민 중전의 명으로 '피난 궁 공사'가 한창인데, 동원된 인부가 수천이라 시장이 설 정도라네. 사방에서 사람과 물자가 밀려드는데 남한강 아래쪽에서는 한양 경기에서, 강 웃녘에서는 강원도에서 온갖 물자가 내려오고 있다네. 영남에서 조달한 인명과 물자는 하늘재를 넘어오고, 충주 쪽에서는 충청 내륙의 물자가 들어오는데, 공사가 밤낮이 없을 정도라네."

"그 백성들 등골을 빼먹는 공사를 영동에서도 들었는데 대체 언제까지 벌인대유?"

"지난해 봄에 시작되었는데, 앞으로도 얼마나 많은 사람과 물자가 들어와야 하는지 그 끝을 알 수가 없네. 벌써 권상하라는 이 고을 양반 하나가 재물 강탈에 울화병이 나서 저세상 사람이 되었지. 양반 토호들이 돈을 대고 근동 백성들은 부역에 동원되어 원성이 하늘을 찌르고 있다네."

"하필 피난 궁터가 월악산이유?"

"전날 민비가 충주에서 피난살이로 목숨을 연명했으니, 진령군이 여기가 숨을 만한 땅이라고 천거했나 부다."

갑이가 성두한 두령의 집을 떠나기 전에 궁금한 것이 있어서 물어보았다.

"지난번 마포에서는 어떻게 내려오셨시유?"

"응, 한 사날 지나 잠잠해져 내려왔지."

"동대문 약재상에서 마포나루까지 옮긴 물건은 어디에 쓰는 물건이유?"

성두한 접주가 한동안 갑이를 찬찬히 바라보던 끝에 말했다.

"왜놈들을 단번에 콩가루로 만들어 날려버릴 떡, 화약이여. 너그 아부지가 살아생전에 주선하신 일이지. 만일 네 아버지가 살아계셨 더라면 더 요긴하게 쓸 물건이었는데."

갑이는 갑자기 튀어나온 아버지 말에 잠시 가슴이 먹먹했다. 갈 길이 바빠서 서찰을 가슴에 품고 막 일어서려는데, 성두한 접주가 갑이를 불러 앉히고 말했다.

"법헌 어른께서 깜깜하게 모르실 일은 아니겠지만, 지금 말한 떡 말씀은 어른께 드리지 않는 것이 좋겠네."

"알겠시유. 이 고을에는 왜놈들이 어디에 얼마나 있시유?"

"경상도에서 하늘재로 넘어오는 길목인 수안보와 문경, 그리고 목계나루 부근 가흥에 진을 치고 있다네. 장차 어느 놈의 머리가 깨 지든지 필시 싸움이 나야겠지."

17. 작은 장안으로

아침저녁으로 찬 기운이 뼛속으로 스며들기는 해도 절기는 벌써 3월을 넘긴 터라 산수유 진달래가 멀고 가까운 산을 노랗고 붉게 색칠하고 있었다.

갑이가 고래에 불을 넣어 화덕을 달구고 있는데, 먼눈으로 당금이를 들쳐 업은 남원댁이 소쿠리를 안고 잰걸음으로 돌아오는 것이 보였다.

"야, 당금 애비야! 싸게 나와 봐라. 과부댁이 쑥떡을 했다는데 식기 전에 함 먹어봐라."

갑이가 대장간에서 나와, 마치 자다 일어난 사람같이 꾸역꾸역 입에 쑥떡을 밀어 넣고 있을 때, 남원댁이 상머리에서 신명나서 말했다.

"큰길에는 연일 보은 장안으로 가는 동학도 행렬이 끝없다더라. 이제 새 세상이 온다고 난리도 아니랑게."

남원댁이 더 들떠 난리였다. 남원댁의 말이 아니더라도 갑이의 마음은 벌써 콩밭에 가 있었다. 서우순의 집 사랑에 묵고 있는 최시형을 태운 가마를 메고 보은 장안으로 들어갈 날을 기다리는 중이었다.

"과부댁, 참말로 알뜰하더라. 요즘은 쑥떡이며 인절미를 만들어 큰길에 내다 팔아서 돈도 수월찮게 벌었나보더라. 장차 집안 살림을 크게 불려놓을 복덩거리라고 마을에 치사가 자자허당게."

남원댁이야 과부댁을 당장 데려다 살자고 말하고 싶은데, 갑이의 성깔을 알아서 요즘은 주위를 맴도는 말만 했다. 갑이가 자리에서 일어서며 남원댁의 말대답이 아닌 딴 말을 툭 던졌다.

"어디 가만 앉아 있어도 새 세상이 와유? 새 세상이 오도록 사람이 움직여야지유."

"그려, 너 말 한번 잘 혔다. 암말 안 하는데 과부댁이 마음을 움직일 수야 없지. 하다못해 눈이라도 마주쳐야 뭔 일이 되든지 말든지 헐 거 아니겄냐."

남원댁이 숙맥같이 모른 척하고 동문서답하였다.

그 다음 날, 아침 일찍이 염소수염 사내가 찾아와 함께 길을 나서 대주리로 갔다. 전날 득시글대던 사랑은 텅 비었고, 손천민 최시형 두 사람만 남아 있었다. 갑이가 손천민으로부터 받은 일은 최시형이 탄 가마를 메는 일이 아니라 딴 일이었다.

청주 병영에 들어가 오일상이라는 장교를 만나 서찰을 받아서 보은 장내리로 들어오라는 심부름이었다. 갑이는 하필 전날부터 켕기는 일이 있는 청주 병영으로 가는 심부름인가 싶었지만 어차피 보은 장안으로 튈 배짱으로 아무 말 않고 길을 나섰다.

갑이가 율봉역을 지나 청주성으로 들어서자 병영 안에서 군사들 조련하는 함성이 터져 나오고 있었다. 청주 관아로 들어서니 창을 든 군사들이 마당을 가득 차지하고 함성을 지르며 포위하여 덤벼들었다가 물러나는 조련을 하고 있었다. 갑이가 관아문 들어서는 것을 먼저 알아보고 장교가 다가와 슬쩍 옷깃을 당기더니 빠르게 병영 건물 모퉁이를 돌아갔다.

"내가 오일상이오! 서찰 없이 말로 전하겠소! 조정에서 어윤중을 양호도어로 임명하여 보은으로 파견했고, 장위영 홍계훈에게 병사 6백을 주어 청주목으로 급파했답니다. 그리고 전보 명령에 따라 이곳 영병 군사들에게 동학 두령들을 체포하는 훈련을 하고 있다오."

장교 오일상의 말은 낮았지만 급하고 빨랐다. 갑이가 병영 마당을 서둘러 빠져나오려 할 때였다.

"저놈 잡아라! 동학 세작이다!"

병졸들을 조련하던 영장의 고함이 터졌다. 전날 화적을 잡았다가 풀어준 일을 두고 시비했던 장교놈이었다. 그제야 전날 대장간을 찾아왔던 장교가 갑이를 동학교도로 엮기 위해 불러들였다는 사실을 알아차렸다. 이거 일이 잘못되어가는구나 싶어서 갑이가 급히 몸을 담 쪽으로 옮기려 할 때 마당에서 조련하던 군사들이 창을 앞세우고 갑이를 둘러싸고 포위망을 좁혀 들어왔다. 금방 조련하던 동작 그대로였다. 갑이가 다가오는 병졸의 창을 발로 걸어질러 창을 빼앗은 뒤 한바탕 휘둘러서, 한 무더기를 일시에 쓰러뜨린 뒤, 잠시 주춤한 틈에 창을 짚고 병영 담을 훌쩍 뛰어넘었다.

"저놈 잡아라!"

등 뒤에서 병졸들의 함성이 뒤따랐지만 이는 잠깐이고 점차 멀어졌다.

갑이가 밤새 걸어서 보은 장내리에 당도했을 때는 아침 안개가 걷힐 무렵이었는데, 옥녀봉 아래 삼가천변이 온통 흰빛 차일에 덮여 있었다. 마치 꿈에서나 봤을 법한 밝은 세상이었다. 도소 아래 천변으로 반 장 높이의 돌담을 쌓았고, 동서남북 중앙에 오색 깃발이 휘날렸다. 한가운데엔 '보국안민輔國安民' '척양척왜斥洋斥倭'의 깃발을 나란히 달았다. 각 포는 자신들의 고을 이름을 쓴 깃발을 달아 만장처럼 장하게 펄럭이고 있었다. 포마다 접주가 질서정연하게 교도를 통솔하여 단정하게 앉아 동학 주문을 묵송하고 있었다. 장안은 지금까지 보지 못했던 새 세상처럼 보였다.

갑이가 옥녀봉 아래 대도소로 들어서면서 먼저 눈에 들어온 것은 최시형의 형형한 눈빛이었다. 눈부시게 흰 도포 바람에, 부러졌던 다리가 이제는 다 아물었는지 도소 마루에 우뚝 서 있었다. 그 곁에는 손병희 박광호 서병학 서장옥 손천민 서우순 황하일 정필수 등 든든한 동학지도자들이 호위하듯 서 있었다. 갑이의 말을 전해들은 최시형의 낯빛이 잠깐 긴장되었으나 곧 화색이 돌았다.

갑이가 장내리로 들어오고 이틀이 더 지났을 때, 보은군수 이중익이 도소를 찾아왔다. 수만 명의 동학교도 속이어서 그런지 낯빛이 허옇게 질려 있으면서도 동학지도자들과 마주 앉은 자리에서는 헛기침을 연신 뱉으며 위엄을 세우고 엄하게 꾸짖듯 말했다.

"창의를 내세우면서도 조정의 지엄한 영칙을 듣지 아니하고 계속 무리를 불러 모으니 이 취회를 어찌 창의 무리라 할 수 있겠는가?"

이에 서장옥이 대답에 나섰다.

"우리 동학은 그동안 수차례 교조 신원을 호소하고, 동학도 탄압을 금해 줄 것을 요구하였으나 조금도 시정되지 않았소이다. 이 집회는 보국안민과 척양척왜 말고 다른 뜻이 없소이다."

그로부터 닷새 뒤인 3월 28일에는 청주 병영 오일상의 말대로 조정에서 임명한 양호선무사 어윤중이 임금의 윤음을 가지고 동학 수뇌부와 마주앉았다. 어윤중은 보은 선곡리 출신인데, 9세에 어머니를, 16세에 아버지를 여의었으나 낮에는 농사짓고 밤에 글을 읽어 20세 때 칠석제에서 장원급제하여 관리가 된 이였다. 양산군수와 전라우도 암행어사로 임명되어 탐관오리들을 징벌한 이로 유명했다. 조정에서 어윤중을 보낸 것은 어떻게든 보은 취회를 서둘러 조용히 마무리 짓겠다는 뜻이 들어 있었다.

어윤중 역시 수만의 동학교도의 위세에 가위가 눌린 듯했다. 그렇지만 말은 차분하고 무거웠다.

"일찍이 조정에서는 민당民黨이 주장하는 바가 무엇인지 그동안 공주 삼례 취회를 통해서, 그리고 광화문 앞 복합상소에서 상소문을 보아 잘 알고 있소이다. 관리의 탐학과 약탈 행위는 차후 엄벌할 테니 안심하고 각자 돌아가 가업에 종사할 것이며, 교敎의 일은 조정에 아뢰어 소원을 풀도록 하겠소이다."

어윤중이 동학교도를 일러 '민당'이라 칭한 것부터 좀 달랐다. 어윤중의 말을 이번에는 서병학이 열기 섞인 말로 되받았다.

"지금까지 지방 관아나 조정이 앞에서는 백성의 뜻을 헤아려주겠다고 안심시켰다가 흩어지면 등 뒤에서 육모방망이를 휘둘렀소이다. 이러고도 조정이 백성을 자애롭게 대한다고 할 수 있겠소?"

어윤중이 서병학의 말을 차분하게 듣고 뭘 헤아리듯 잠잠히 앉아 있다가 나지막하게 말했다.

"조정에서도 공주 삼례 취회와 광화문 상소 뒤에 있었던 동학교도에 대한 무단을 낱낱이 알고 있소이다. 분명히 민당의 자존을 밟는 적절치 못한 행위였소이다. 이번에는 절대 그런 일이 없도록 조치할 터이니 안심하고 무리를 흩어주시오."

어윤중의 말은 자못 차분했다. 다시 서병학이 말했다.

"선무사 나리께서는 잘 들으시오! 이번에도 조정에서는 따로 전보를 내려 청주병영 영장과 영병군관에게 동학 두령들을 체포하는 조련을 하였고, 이와는 별도로 장위영 홍계훈에게 병사 6백을 주어서 보은 장내리로 급파하였소. 이러고도 선무사 나리께서는 우리에게 화평을 요구하시오?"

말은 서병학이 했지만 동학지도부가 한입으로 한 말과 같았다. 어윤중이 이윽히 눈을 감았다. 감았던 눈꺼풀이 파르르 떨리더니 눈을 뜨고 천천히 입을 열었다.

"조정에서 군사를 움직이려 했다면 그것은 분명히 그릇된 일이오. 이는 조정에서 이곳 동학의 위세를 전혀 모르고 한 일이오. 만일의 사태를 대비하자는 것뿐이지 무턱대고 동학지도부를 체포하거나 진압하겠다는 뜻이 아니오. 6백의 군사가 여기 수만의 성난 무리에 뛰어든다면 그 행위는 섶을 지고 불 속으로 뛰어드는 것과 같은데, 누가 그런 어리석은 일을 벌이겠소? 지금 청주 병영 군사나 홍계훈의 장위영 군사는 1백 리 밖에서 명을 기다리고 있소. 당장 파발을 보내 군사들의 발길을 돌리게 하겠소!"

어윤중은 동학지도자들의 말을 들을 틈도 없이 대동한 관리에게 명했다.

"어명이오! 당장 진영으로 달려가 모든 군사들을 제자리로 돌아가도록 하시오!"

"분부 받들어 모시겠소오이다!"

분부를 받은 관리가 물러갔다. 동학지도부도 조금은 어안이 벙벙하여 서로를 바라보는 분위기가 되었고, 결국 모든 눈은 법헌 최시형을 향하게 되었다. 최시형이 말없이 고개를 끄덕이는 것으로 매듭지어졌다.

보은 장내리 '사람의 바다'는 그날 밤부터 갑자기 분위기가 바뀌었다. 다음 날 아침이 되자 먼 지역에서 온 동학교도들부터 각 포별로 순서대로 떠나는데, 여러 날을 함께 지낸 터라 서로 정이 들어서 작별 인사가 좀 야단스러웠다. 가령 아랫녘 해남 포접이 떠나면 반대쪽 황해도 해주 포접 사람들이 찾아가 작별 인사를 하고, 더 가까운 경기 포접 사람들이 그다음 인사를 했다.

이렇게 옥녀봉 아래 삼가천변에 펼쳐졌던 '사람의 바다'가 하루 이틀 사이에 썰물처럼 빠져나갔다.

18. 달집태우기

청주성을 먼발치에 두고 있는 솔뫼마을. 골은 그리 깊지 않아도 사방으로 낮은 산들을 끼고 있어서 주발 속처럼 아늑하여 안에는 평퍼짐한 양지 들판을 끼고 있었다. 원래 솔뫼마을은 진주 강씨들의 못자리인데, 윗대에 오위장 벼슬을 산 강오위장댁이 양지 한가운데를 차지하고 살았다. 여기에 청주목에서 이방살이를 하던 손천민이 굴러온 돌같이 마을 어귀에 터 잡고 살았다.

갑이의 집은 더 외진 곳으로, 솔뫼 낮은 뒷산 너머 새터에 대장간을 차려놓았다. 갑이가 지난번에 화적 떼를 잡았다가 풀어준 일을 두고 사달이 나기 시작하여, 청주 병영에 심부름을 갔다가 쫓기는 신세가 되어 초정리에는 돌아갈 수 없는 처지가 되어 있었다.

갑이는 알음알음으로 찾아오는 사람들에게 농기구를 벼려 주거나, 강오위장이 만들어두라는 창과 칼을 벼리고, 저녁으로는 군사 조련을 했다. 서장옥 손천민 강오위장은 머지않아 무기를 들어야 할 날이 올 것이라고 했다. 과연 갑오년 정초부터 아랫녘에서 난리 소문이 날아들기 시작했다. 전봉준이 고부군수 조병갑의 탐학에 반기를 들고 군아를 습격했다는 소문이 들렸다. 전라감사 김문현이 황급히 나서서 조병갑 대신 박원명으로 군수를 교체하여 당장 급한 불을 껐다는 것이다.

정월 대보름날이었다. 달이 뜨자 어둠 속에 엎드려 있던 만물들이 천천히 몸을 드러내기 시작했다. 초저녁에는 아이들이 논두렁 밭두렁에서 쥐불놀이를 하다가 들어가버렸고, 동학교도는 군사 조련을 마치자 달집태우기를 준비했다. 바지랑대를 세우고 솔가지나 짚단으로 채워서 노적가리를 만들었다. 노적가리를 다 만들고 나자 밖에서 들어온 서장옥과 이 마을 접주 손천민이 서로 주사를 미루다가 결국 굴러온 돌 서장옥이 나섰다.

"예상했던 대로, 갑오년 정초부터 세상 돌아가는 일이 심상치 않소이다. 어서 좋은 세상이 오기를, 세상에 온갖 부정한 것들이 깨끗이 불타 없어지기를 다 같이 한울님께 심고합시다. 일찍이 창도주 수운 선생께서도 이런 달밤에 칼춤으로 마음을 닦으셨다고 합니다. 사람이 사람답게 사는 대동세상을 고축告祝 합시다!"

심고 끝에, 노적가리에 불이 붙자 불꽃이 달을 향해 솟아올랐다. 상쇠의 꽹과리가 쾌자— 쾌자— 바람처럼 일어나니 삘니리— 날나리가 앞서고, 둥둥둥— 북소리, 쿠웅— 징소리가 뒤를 이어 노적가리를 따라 돌기 시작했다. 흥이 난 사람들이 뒤를 따라 돌았다. 풍악이 산자락을 뒤흔들고 낮은산 너머로 펼쳐진 달빛 깔린 들판으로 아스라이 퍼져 나갔다.

갑이는 타오르는 노적가리 불꽃을 올려다보면서 서장옥 접주의 말이 아니더라도 올해는 정말 각별한 세상이 열릴 것 같은 예감이 들었다. 서장옥 손천민과 강오위장이 이곳 깊은 새터에다 몰래 무기를 만들고 군사 조련을 하는 것도 같은 생각에서였을 것이다.

갑이가 집으로 돌아와 방으로 들어가자 남원댁이 당금이를 두고 궁시렁댔다.

"제삿밥도 떠놓지 못하는 조갑지는 키워서 뭣에다 쓴다냐?"

갑이는 한번 정 떨어지면 쉬이 돌아오지 못하는 남원댁의 성미를 알아서 화가 풀리기를 묵묵히 기다리는 중이었다. 초정에서 이곳 새터로 옮겨온 뒤로는 갑이가 재취를 얻어 여염집 살림을 할 가망이 없으니 더 열이 받치는 중이었다. 게다가 당금이는 시도 때도 없이 울어서 제 신세를 볶아댔다. 아니, 제 어미 품에 있어야 할 아이를 떼어놓았으니 오죽하겠는가. 갑이는 대꾸도 않고 건넌방으로 들어가 누웠다. 남원댁이 기어이 갑이 가슴에 못을 박았다.

"그동안 골골하던 이대감의 정실도 죽어불고, 나비 그년이 아예 정실로 들어앉아 이제 뒤주에 든 생쥐 신세라더라. 당금이 이년을 델다 주면 이년도 팔자가 활짝 펼 거이다. 날 밝는 대로 내가 이 지

접아를 그 집구석에 보낼 참인께 그리 알어라.”

남원댁이 홧김에 한 말이지 설마 그렇게 하랴 싶어 갑이는 대꾸도 하지 않았다.

다음 날 이른 아침이었다. 마을 앞 노적봉 망대에서 북소리가 연달아 들렸다.

“영병 군사들이 온다!”

북소리에 이어 다급한 말이 함께 들려왔다. 수상쩍으면 북소리가 한두 번이지만, 청주 병영 사령이나 군사들이 닥치면 연달아 울린다는 미리 약속된 군호가 있었다. 갑이가 허겁지겁 감발에 미투리를 꿰고 나오니 서장옥 손천민 강오위장이 산 쪽으로 달아나고 있어 갑이도 뒤따라 뛰었다. 동학교도들이 속속 모여들었다. 산 중턱에서 뒤돌아보니 검정 더그레를 걸친 군사들이 까맣게 몰려와 마을을 덮치고 있었다. 전에도 가끔 쫓기던 일이 몇 번 있었지만, 사령들 몇이 나와서 휘 둘러보고 가는 정도였던 것이다. 손천민이 말했다.

“아무래도 오늘은 심상치가 않네. 당분간 몸을 피해야겠네.”

갑이가 강오위장과 손천민을 향해 말했다.

“우리가 이런 날을 예상하고 무기를 준비해 둔 것 아닌가유?”

갑이가 말은 이렇게 했지만, 싸울 날이 정말 이렇게 빨리 닥칠 줄은 예상하지 못했다. 동학교도들이 달려들어 무기가 든 궤짝을 나눠지고 산길로 회덕 송촌으로 들어가 미리 들어와 있던 황간 조재벽 접주를 만났다.

며칠 뒤에 송촌으로 솔뫼마을 소식이 들어왔다. 병영 군사들이 남원댁을 잡아갔다는 것이다. 남원댁이 끌려가면서 이웃 아낙에게 당금이를 영동 수석리 이대감집에 데려다 주라는 말을 아이와 함께 떨어뜨려 놓아서 마을 머슴 하나가 하루 발품을 팔아 데려다 주었다는 것이다. 당금이가 바우덕이의 새끼처럼 이대감의 손주가 되었는지, 아니면 젖어멈을 딸려 주었는지는 알 수 없으나 이대감 집 울타리 안에 들어가 살게는 되었다는 것이다. 어쨌거나 남원댁이 당금이를 제 어미에게 보낸 것만은 말대로 된 셈이다.

갑이가 옥에 갇힌 제 어머니를 두고 근심하니 손천민 접주가 청주 병영에 가까이 지내는 오일상 장교에게 각별히 부탁하여 옥에 갇힌 남원댁이 석방되도록 힘쓰겠다고 안심을 시켜주었다. 손천민은 한때 청주 관아 아전살이를 한 적이 있어 여전히 줄을 대고 있었다.

갑이가 서장옥 손천민 조재벽 등 동학지도자들과 회덕 송촌에 머물면서 전라도 고부에서 올라온 새로운 난리 소식을 들었다.

조정에서는 장흥부사 이용태를 안핵사로 임명하여 고부 관아로 파견했다. 이용태가 사흘을 굶긴 역졸 8백 명을 이끌고 고부 관아로 들어가 전날의 민란 주동자들을 닥치는 대로 잡아들이고, 재물을 탈취하고, 부녀자들을 겁탈하는 등 만행을 저지르자 전봉준 김개남 손천민 김덕명 등이 다시 들고 일어났다는 것이다. 동학도들이 여러 고을로 무리지어 다니면서 동학에 입도하는 원민들이 늘어 바야흐로 전라도는 하루아침에 동학교도의 세상이 되었다고 했다.

이 소문과 통문 끝에 손천민 서장옥은 송촌에 남고 갑이와 조재벽 접주가 금산으로 들어간 것은 이월 그믐이 가까울 무렵이었다. 금산으로 들어가자마자 이미 이야면 접주와 민영숙 군수가 서로 몇 차례 만나 팽팽하게 대치하고 있었기 때문에, 조재벽 접주가 민영숙 군수를 뒤이어 만났다.

조재벽 접주와 민영숙이 자리에 마주앉자마자 새로운 기 싸움이 시작되었다. 두 사람이 동헌에 마주앉아 주고받은 말 싸움은 다음과 같았다.

"동학은 나라에서 금하는 잡학이니 다스릴 수밖에 없소."

"동학은 잡학이 아니라 예부터 우리 조상들이 지녀오던 것을 모아놓은 조선학, 곧 동학이오니다."

"학을 가장한 사학邪學일 뿐이오."

"학이면 학이지 사학은 대체 무엇이오? 이는 무단으로 재물을 수탈하려는 탐관오리들의 농간에서 비롯된 말이오."

서로 목청을 돋우어 팽팽하게 맞섰다. 두 사람은 결국 열이 뻗쳐서 헤어졌는데, 그 다음 날 민영숙 군수가 사령들을 풀어 금산 접주 이야면과 김영지 황평집 이지화 등의 동학교도를 잡아들여 옥에 덜컥 가둬버렸다.

조재벽 접주가 이에 맞서 동학교도를 즉시 풀어주지 않으면 관아를 들이치겠다는 최후 통첩을 보내어 바야흐로 일촉즉발의 긴장감이 감돌았다.

전라도에서도 연일 긴박한 소식이 올라오고 있었다.

19. 갑오년 봄 난리

3월 10일은 동학 창도주 최제우가 순도殉道한 날이다. 이날 동학 교도들은 접주 집에 모여 창도주의 뜻을 기린다.

그날, 갑이와 조재벽 접주는 제원 역말 주막 평상에 앉아 있었다. 짧은 봄 해가 기울어가면서 금방 땅거미와 함께 냉기가 끼쳐들고 있었다. 마치 모닥불 불가로 몰리듯, 뭔가 큰 작정을 감춘 듯, 수상쩍은 사람들이 소매에 두 손을 묻은 채 하나둘씩 모여들기 시작했다. 대개는 빈손이지만, 등에는 봇짐을 메고 패랭이를 쓴 장꾼 차림이었다.

이때 느닷없이 박능선 금산 접주가 이끄는 풍물패가 바람같이 나타났다. 상쇠잡이 꽹과리가 앞장서고, 북 장구 징 날라리가 뒤따랐다. 사람들이 풍물패를 순식간에 몇 겹으로 둘러쌌다. 대체 이 많은 사람들이 다 어디에 있다가 나온 걸까. 이때 조재벽 접주가 갑이에게 눈짓을 하고 나서 평상에서 일어섰다.

"여러분! 나 조재벽 접주올시다."

조재벽 접주가 말문을 열자 풍물패의 풍악이 멎었다. 1천여 명의 동학교도들이 갑이와 박능선 조재벽을 둘러쌌다.

"여러분! 우리는 지금까지 선량한 백성으로 관을 예와 도로 대하여 왔소이다. 하지만 관아가 무단으로 백성의 재물을 약탈하고 죄 없는 양민을 옥에 가두어 원성이 하늘에 닿으니 이제 가만 앉아서 당할 수 없는 지경에 이르렀소이다. 당장 군수 민영숙이와 아전을 징치하여 그릇된 것을 바로잡아야 합니다! 이야면 접주와 동학교도를 옥에서 구출합시다!"

"옳소!"

"옳소! 당장 쳐들어갑시다!"

일시에 1천여 동학교도들의 함성이 터졌다. 조재벽 접주가 손에 들었던 칼을 옆에 선 갑이에게 넘겨주며 말했다.

"지금부터 김갑이 창검대장이 앞장설 것이오!"

칼을 받아 든 갑이가 칼로 금산 관아를 겨누며 소리쳤다.

"모두 준비한 무기를 드시오!"

동학교도들이 흩어져 주막 한쪽에 미리 준비 해 둔 죽창과 횃불과 농구를 들었다.

"모두 나를 따르시오!"

갑이를 앞세운 성난 무리가 제원역을 떠나 금산 관아를 1백여 보앞둔 곳에 이르자 창을 꼬나 쥔 사령 몇이 우르르 몰려 나오다가 기세를 보고 놀라 달아났다. 갑이가 단숨에 군아로 쳐들어갔다. 군수와 아전들은 이미 뒷문으로 달아나고 없었다.

옥문을 부수고 갇혔던 이야면 접주와 동학교도들을 풀어냈다.

"민영숙 군수와 아전을 찾아라!"

갑이가 외치자 동학교도들이 관아 옆 골목으로 달려가 군수와 아전의 집 방문을 활짝 열어젖혔으나 역시 달아나고 없었다. 대신 관노들이나 아녀자들을 마당으로 끌어냈다.

"여자와 하인들에게는 해코지하지 마시오!"

갑이가 말했고, 무리 중에 누군가가 횃불을 쳐들면서 소리쳤다.

"도둑놈들의 집을 불태워 버리자!"

"옳소!"

동학도들의 성난 기세를 감히 말릴 수 없을 것 같은데, 그래도 위의 명을 기다렸다. 조재벽 접주가 힐끗 박능선 금산 접주와 갑이 쪽을 바라보자 갑이도 좀 난감하여 다시 고개를 조재벽 접주에게 향했다. 조재벽 접주가 잠깐 망설였지만 바로 고개를 끄덕였다. 아마 박능선 접주도 고개를 끄덕였던 모양이었다. 갑이가 소리쳤다.

"도적놈들의 소굴을 불태워 버리시오!"

횃불을 든 동학교도들이 달려들어 불을 붙이자 순식간에 화염이 어두운 하늘을 향해 치솟았다. 하기야 이런 분노를 삭이는 일조차 없었더라면 1천여 동학교도들의 가슴에 더 무겁고 큰 한이 자리했을 것이다.

그날 동헌 객방에 머물고 있을 때, 진산 쪽에서 최공우 접주가 호응하여 5백여 동학교도가 기포하여 진산 관아를 점령했다는 소식이 들어왔다. 임실 장수 진안 등 이웃 고을에서도 동학교도가 넘어와 합세를 했다는 것이다.

조재벽 접주가 금산 동헌을 점령한 뒤 청산 동학교단과 전라도로 보내는 서찰을 마련했다. 갑이는 서찰을 전할 사람으로 자신을 지목할 줄 알았는데, 뜻밖에 다른 사람을 불러들였다.

"청산이라면 바람도 좀 쐴 겸 지가 가지유."

아무래도 이대감댁 당금이 뒷소식이 궁금하기도 했다. 갑이 말에 조재벽 접주는 빙그레 웃으며 말했다.

"김갑이 창검대장은 여기 남아 있어야 하오. 당금이 소식이 궁금한 모양인데, 잘 있다는 전갈이 왔잖은가."

그래서 딴 사람이 청산으로 떠났다.

며칠이 더 지나서 전라도 고창에서 전봉준 김개남 손화중 김덕명 최경선 등 동학지도자들이 동학농민군을 이끌고 기포하였고, 전라도 여러 고을을 점령했다는 소식이 올라왔다. 그리고 갑이가 금산으로 들어오기 전에 묵었던 회덕에서도 서장옥이 기포하여 회덕 관아를 점령했으며, 진잠 옥천 청산 영동 황간 관아도 동학농민군의 손에 떨어졌다는 소식이 연이어 들어와 금산읍을 점령한 동학농민군의 사기가 하늘을 찌를 듯했다.

전라도 동학농민군이 고부 고창 태인 정읍 부안 금구 고을을 장악하고 백산에다 진을 쳤는데, 그 위세가 온 산을 덮을 태세여서 '서면 죽산竹山 앉으면 백산白山'이라는 말이 돌고 있다고 했다.

금산 동헌을 점령하고 며칠 더 지났을 무렵이었다. 그동안 수탈을 일삼던 아전들을 잡아다 응징하고, 고을 사람들의 억울한 송사를 공평하게 풀어주었다. 각별히 인삼 장터 안팎에서 행패를 부리던 보부상대 우두머리 김치홍 임한석을 잡아다 죄를 묻고 다시는 무단으로 상인을 수탈하고 행패를 부리지 않겠다는 다짐 끝에 풀어줬는데, 이것이 실수라면 실수였다. 이에 앙심을 품고 제 편 보부상대를 모으고, 권세 있는 양반들에게 붙어 반격 준비를 하고 있다는 소식이 들어왔다. 도망친 군수 민영숙이 숨어서 보부상대를 조정하고 있다는 것이다.

이에 조재벽 접주는 박능선 이야면 두 접주에게 금산읍 진지를 굳게 지킬 방도를 찾도록 지시하고, 진산에 진을 치고 있는 최공우 접주에게 통문을 보내 민보군 공격에 대비하게 했다.

금산 동헌을 점령한 지 한 이레가 지난 21일이었다. 조재벽 접주가 급히 갑이를 불렀다.

"오늘 진산 쪽에서 민보군 1천여 명이 진산 동학농민군 공격에 나섰다고 하오. 김갑이 창검대장이 금산 읍성 군사 1백 명을 데리고 응원하여 적을 물리치시오!"

"알겠구먼이유."

갑이가 1백의 동학농민군을 이끌고 아침 일찍 출발하여 금산과 진산군의 접경인 소라니재松院峙에 당도했을 때는 점심 무렵이었는데, 이미 치열한 공방전이 벌어지고 있었다. 벌써 몇 합의 싸움이 벌어졌으며, 민보군보다 동학농민군의 희생이 더 큰 것 같았다. 갑이가 이끄는 동학농민군이 소라니재 아래에서 싸울 태세를 갖추니, 민보군 쪽에서 보면 포위된 형세였지만, 위협을 주기에는 갑이가 이끄는 1백의 동학농민군의 군세가 너무 약했다. 급히 금산 조재벽 접주에게 증원군을 요청하고, 진산 쪽 동학농민군의 전세가 계속 불리해 보여서 당장 전투에 뛰어들어야 할 처지였다.

갑이는 1백 군사를 총포대를 중심으로 세 대로 나눠서 민보군이 진산 동학농민군을 공격해 나갈 때마다 총포를 쏘면서 등을 공격하되, 접전보다는 엄포를 놓고 교대로 물러서도록 했다. 첫날은 서너 차례 공방전을 벌이고 밤이 되었다. 첫날 이쪽의 피해는 전혀 없었다. 민보군이나 진산 동학농민군 양쪽 모두 진영에 드러내놓고 횃불과 모닥불까지 지피고 진을 지켰다.

다음 날 아침에 금산읍에서 김영지 황평집 대장이 이끄는 응원군 2백 명이 도착했다. 갑이가 나누었던 군사들을 합치고 1백 명씩 세

대가 교대로 공격에 나서니 비로소 민보군에게 위협적인 군세가 되었다.

점심때쯤 되어 민보군과 진산 동학농민군이 공방전을 벌였지만, 서로 몸을 사리는 듯했다.

다음 날 새벽이었다. 진산 쪽 최공우 접주가 아침 일찍부터 대대적인 공격에 나설 테니 때맞춰 호응해달라는 전갈이 왔다. 이틀 동안 지지부진하던 전투가 24일 아침나절에 동학농민군이 민보군의 앞뒤에서 총공세에 나섰다. 이번에는 민보군의 등 뒤에서 세 대가 한꺼번에 몰아치자 민보군이 뿔뿔이 흩어져 달아나기 시작했다.

점심때쯤 금산 진산 양쪽 동학농민군이 합진하여 싸움에서 이긴 기쁨을 나눴으나 이는 잠깐이고 곧 침울해졌다. 점고하니 민보군은 64명의 전사자를 내고 도망쳤으나 동학농민군은 배에 가까운 114명이 죽었다. 대부분 갑이가 응원 왔던 첫날 싸움에서 희생된 이들이었다.

"김갑이 대장이 아니었더라면 이기지 못했을 뿐만 아니라, 더 큰 희생을 치를 뻔했소!"

최공우 접주가 작은 말로 갑이를 치하했다.

"싸움에서 누구의 공이 있겠시유? 다 잘 싸운 덕분이지유. 특별히 오른쪽 왼쪽에서 김영지 황평집 대장이 잘 싸워서 이긴 걸이유."

동헌 창고를 헐어 동학농민군 가족들에게 장례미와 포를 풀어서

위무했지만 사기는 어쩔 수 없이 처질 수밖에 없었다.

4월 12일, 전라 감영의 위와 아래를, 그리고 충청 감영을 동시에 압박하기 위해 갑이와 조재벽 접주는 금산읍에 머물던 동학농민군 주력을 진산 방축리로 옮겼다.

이즈음, 한양에서도 연일 긴박한 소식이 내려오고 있었다. 4월 2일, 홍계훈을 양호초토사로 임명하여 동학농민군 토벌에 나섰고, 청나라에 원군을 요청했다는 것이다. 이 소식을 접한 최시형은 크게 노했다.

"조정이 아무리 썩었기로 제 백성을 죽이겠다고 딴 나라 군사를 불러들이다니! 이는 장차 왜군을 불러들이는 꼴이 될 것이다!"

최시형이 통탄하였고, 길게 한숨을 내쉬었다.

전라도에서 올라오는 소식은 그나마 위안이 되었다. 4월 6일, 전봉준이 이끄는 동학농민군이 정읍 황토현에서 전주감영 관군 700여 명과 포수 및 보부상대 6백여 명을 상대로 전투를 벌여 격파했으며, 남쪽으로 내려가면서 전라도 고을을 차례로 점령하니 함평에 이르렀을 때는 그 기세가 실로 엄청나게 불어나 있었다.

아랫녘을 향하던 동학농민군이 함평에서 웃녘인 장성으로 방향을 틀었다. 동학농민군은 장성 황룡촌에서 이학승이 이끄는 경군과 접전을 벌였다. 동학농민군은 미리 준비해 둔 비밀 병기 '장태' 수십 개를 산꼭대기에서 굴리며 내려와 경군을 크게 격파했다. 동학농민군은 적의 진중에서 왕의 윤음을 가지고 내려왔던 초토영 종사관 이효응과 배은환 등 관원을 사로잡았다.

전봉준이 기치를 내처 북으로 돌려 4월 24일에는 장성 노령을 넘어 전주로 향했다. 동학농민군은 25일 정읍을 거쳐 그날 밤 태인에 머물고, 26일 금구 원평에 이르렀다.

전봉준이 원평에서 관군을 위로하기 위해 한양에서 효유문을 가지고 내려온 선전관 이주호와 수행원 2명을 체포했다. 동학농민군은 전날 장성에서 체포한 이효응 배은환 등 5명을 원평 장터에서 동학농민군 앞에서 참수하고, 내처 전주성을 점령했다는 소식이 들어왔다.

최시형의 청국 왜국 군대의 움직임에 대한 예측은 적중했다. 민비의 요청에 따라 4월 초순에 청군 선발대가 충청도 아산에 상륙했고, 이에 맞서 5월 초에는 일본 군함 2척이 인천에 상륙하여 바야흐로 조선 땅이 전쟁터가 될 위기에 놓였다. 일본군이야 조선에 출병할 구실을 찾던 참이었으니 '옳거니, 이때다!' 했던 것이다. 이에 당황한 조정에서는 청나라와 일본에 동시 철군을 요구하는 한편, 전라 감영에는 동학농민군을 한시 급히 회유하여 해산시킬 것을 종용했다. 그렇지만 나라에서 군대를 들여보냈다가 빼가는 것이 어디 아이 장난질같이 쉬운 일인가.

이렇게 되자, 동학농민군 지도부의 입장도 다급해졌다. 전주성에 무혈 입성했지만, 그 뒤로 수차례 전개된 전주성 싸움에서 동학농민 군과 성 안 백성들의 인명 피해가 워낙 컸던 데다, 보리 베기와 모내 기에 한창 바쁜 농번기라서 동학농민군들의 농삿일 걱정이 앞설 때 였다.

이에 동학지도부는 홍계훈에게 각종 폐정의 개혁과 탐관오리의 징치를 주장하는 27개조의 폐정개혁안을 제시하고, 각 관아에 집강 소 설치를 요구했다. 다급해진 조정이 동학지도부의 제의를 받아들 여 휴전 화약이 성립되어 전주성에서부터 동학농민군이 철수를 시 작했고, 동학교도는 각 고을로 돌아가 집강소를 설치하기 시작했다.

이로써 동학교도를 무단 침해하는 일이 줄었을 뿐만 아니라, 관아 일을 동학교도들이 간섭하게 되니 반나마 성공이라 할 수 있었다.

금산 관아에서는 6월 중순에 집강소 업무가 시작되었는데, 처음 집강에 임명된 이는 용담현에 사는 김기조였었다. 업무 처리는 무 난했으나 읍내 사정을 잘 아는 금산읍에 사는 조동현으로 교체되었 다. 동학농민군의 집강소 업무가 관찰사의 명이었으니 양반 유림 세 력의 저항이 일시에 꺾였다.

갑이와 조재벽 접주가 관아 일을 조동현 접주에게 넘기고 금산을 떠나기로 하고 객방으로 나와 잠을 청하려 할 때였다.

"김갑이 대장님, 밖에서 어짠 사람이 찾아오셨구먼이유."

"누가 나를 찾는단 말이유?"

갑이가 방문을 여니 봇짐을 달랑 지고 패랭이를 쓴 고리백정 을동개가 서 있었다.

"아니! 을동개 아니여?"

"갑이 형님! 줄곧 형님 소식을 들어왔지만 여기서 이렇게 보게 될 줄은 몰랐소."

"한양에서 고리장사나 착실히 하고 있을 을동개 니가 여기는 어짠 일이여?"

"돈 버는 것보다 좋은 세상 만드는 게 먼저 아니오? 만사 젖혀놓고 최창한 접주의 서찰을 전주로, 보은 장안으로 바삐 전하고 다녔지요. 지금은 전주에서 올라와 청산 문바우로 들어가는 길입니다."

"그려? 을동개 니가 중한 일을 하고 다니는 것을 내가 모르고 있었구나."

"저야 정신없이 사방으로 뛰어다니기나 하지 실속이 있겠습니까? 형님이 충청도 전라도를 넘나들면서 큰일을 한다는 소문을 듣고 있었습니다."

"무슨 소리여, 궁중에서 일어난 일을 전한 네 일이 중하지."

갑이와 을동개가 객방으로 들어와 마주앉았지만 을동개는 봇짐을 맨 채 마주앉았다.

"금방 날아갈 새꼍이 그렇게 앉았냐? 갈 때 가더라도 짐 좀 닐카 놔라."

"아닙니다. 밤을 도와 낼 아침까지 청산 문바우에 대야 합니다."

"그려? 대동계 일은 우짜고?"

"그 일 때문에 내려왔습니다. 올라가면 한바탕 난리 벌일 준비가 끝났습니다. 대동계 두령들이 모두 23명인데, 한양 도성 경기도 전라도 경상도 충청도 평안도 등 조선팔도에서 모인 사람들입니다. 조정에 쳐들어가 왜놈 뙤놈을 불러들인 관료를 제거하고 대원위 대감을 옹위하기로 했습니다."

을동개는 말을 하는 동안 신이 나 들떠 있었다.

"그려? 이번 거사가 참말로 긴하구나. 꼭 성공해야지!"

"저 이만 일어나 봐야겠습니다."

을동개가 자리에서 일어섰다.

"갈 길이 바쁘다니 다음에 또 보자. 청산 문바우에 들어갔다가 어디로 갈 거냐?"

"모르기는 해도 청풍에 들러 남한강 뱃길로 한양으로 들어갈 요량입니다."

"그려? 암튼 뒷날 또 보자. 부디 몸 보중 잘 하거라. 어쨌거나 살아남아야 뭘 해도 할 거 아녀?"

갑이가 비명에 간 아버지와 바우덕이 생각이 나서 한 말이었다.

"명심하겠습니다. 갑이 형님도 이제 장개도 들고 했다니 몸 보중 하시오."

"그래, 알았다."

갑이는 나비와 당금이가 갈라지고, 어머니마저 옥에 갇힌 사연을 말하기에는 너무 길어서 입을 다물기는 했지만, 갑이 제 처지가 새삼 처량하기도 했다.

을동개는 방구들에 진득하게 엉덩짝을 붙일 여가도 없이 바람같이 떠났다.

갑이가 다음 날 제원 역말에 이르렀을 때 흉한 소식을 듣게 되었다. 서장옥 서병학 장두재 등 여러 접주가 회덕 관아에 집강소 설치를 주장하다가 도리어 청주 영병 군사들에게 잡혀 들어갔다는 것이다.

20. '노인 난리'의 여름

갑이가 새로 머물게 된 곳은 청주성 밖에서 이십 리쯤 떨어진 은적산 아래 궁평마을 정필수 접주의 집이었다. 전에 살던 솔뫼마을은 청주 병영에서 쑥대밭을 만들어놓은 것이다. 정필수 접주는 원래 손병희 서우순 접주와 같은 대주리 사람이었다. 몇 해 전에 이쪽으로 옮겨와 포덕을 일으켜 근동의 여러 마을 사람들이 정필수 접주를 따르는 동학교인들이 되었다.

오뉴월 햇살이 뜨겁게 퍼부어 사람과 들판에 곡식이 함께 늘어질 때였는데, 그나마 청주 옥에 갇힌 남원댁의 안부를 쉽게 들을 수 있는 곳이었다. 이곳은 손병희 대접주가 알선한 집이었는데, 사랑에 최시형이 짚신을 삼고 있었다. 최시형이 갑이를 보자 먼저 위로의 말을 했다.

"백성들이 당하는 고초가 이만저만이 아닌데 우짜겠노? 머지않아 좋은 날이 안 오겠나."

가뭄이 들어 천하가 타들어가는 가운데 보리베기와 타작이 끝나고 물이 닿는 논에 모내기가 끝나갈 무렵이었다. 최시형이 한낮 더위가심으로 대청마루에 앉아 있었다. 매미 울음이 뜨거운 해를 향해 한껏 목청을 돋우고 있었다.

뜨거운 한낮 매미들의 야단스러운 풍악 속에 졸음이 엄습하고 있을 때, 뜻밖에 손병희 대접주가 을동개를 뒤에 달고 나타났다. 을동개가 안부 인사를 내놓기도 전에 '흐흑—' 하고 울음을 내비치더니, 말이 끝나자 왈칵 울음을 내려놓았다.

"지난 6월 21일, 청나라 군사와 왜놈 군사들이 경기도 성환에서 싸움을 벌였는데, 한나절 만에 청군이 패하여 아랫녘으로 달아났다고 합니다. 바로 그다음 날, 도성에서는 대동계 계원 23명이 포졸들에게 붙잡혀서 포도청에 잡혀갔습니다. 왜놈의 앞잡이 김홍집 박영효가 앞세운 관리 두 놈을 죽인 것으로 원통하게 끝났다고 합니다. 저는 그날 늦게 배를 대는 바람에 무사했지만, 앞으로 무슨 염치로 세상 살겠습니까?"

"그게 무슨 말이여? 남은 사람들이 그 일을 대신해야지."

손병희가 침통하게 말하고, 을동개가 소리 내어 흐느껴 울었다.

최시형이 두 눈을 감고 앉았다가 조용히 눈을 뜨고 말했다.

"뙤국이나 왜국 누가 이기든 어차피 조선에서 전리품을 챙기려 들 낀데, 이 노릇을 우짜면 좋겠노? 그라고 한양 도성의 대동계 일은 시운이 아니었던 기다. 쪼매 기다려 보자."

을동개가 다음 날 전라도로 전봉준 장군을 만나러 내려가고, 세상은 마치 아무 일도 없었던 듯 뜨거운 해 기운이 다시 세상을 뒤덮었다.

아니나 다를까, 며칠이 지나자 조치원 쪽에서 청주로 들어가는 길에 청나라 군사 행렬이 까맣게 이어졌다. 청군은 충주를 거쳐 장차 평양으로 올라간다고 했다. 비록 일본군에 패했다고는 하지만 청군의 행진은 아직까지 군병다운 위엄이 있었다. 청나라 군사들의 눈에 조선 관리나 백성들은 모두 저들의 하인이나 다름없어, 가는 곳마다 소나 닭을 마음대로 잡아먹고, 옷감을 빼앗는 등 그 피해가 이만저만 아니었다. 청나라 군사가 지나간 자리는 마치 한바탕 전쟁을 치른 듯 어지러웠다.

여름 내내 가뭄이 들어 미처 모를 내지 못해 갈라진 논밭에는 온통 메밀 천지였다.

이런 여름에, 나라에서는 아주 그럴 듯한 정책을 내놓아서 고을마다 기괴한 일이 벌어지고 있었다. 이는 금송아지 아홉 마리를 바쳐서 가까스로 저승의 문턱에서 살아난 민영준 대감이 내놓은 계책이었다. 민영준은 민비의 명에 따라 청국 공사를 만나 밤새도록 술을 대접하여 그 자리에서 전보를 치게 하여 동학농민군을 토벌할 청국군을 조선에 불러들이는 공을 세웠다. 그런데 제 공을 뽐내기도 전에 청군이 일본군에 패하여 예상했던 일이 배배 꼬여가는 중이었다. 아니, 머지 않아 일본의 혹독한 보복이 따를 것이다.

올 초에는 지난 1884년 갑신정변甲申政變을 주도한 친일 세력의 우두머리인 김옥균을 상하이에서 죽이고, 시신을 청나라 전함에 실어 조선으로 들여와 다시 능지처참했다. 일본 공사는 이를 자신들에 대한 모욕으로 받아들여 복수의 칼을 갈았다. 그런데 조선 정부가 청나라 정부에 파병을 요청하여 청군이 들어오자, 마치 이를 기다렸다는 듯이 일본군이 들어와 마침내 전쟁이 벌어진 것이다. 기왕 일이 이렇게 되었으면 민비와 민영준의 바람대로 청군이 일본군을 보기 좋게 물리쳤다면 문제가 없었을 텐데, 일이 반대로 되었으니, 위기에 내몰리게 된 것이다. 이런 정신 없는 때에 민영준이 허둥지둥 꼴불견 대책을 내놓았다. 지방 관아에 아주 그럴싸한 통문을 내었다.

"동학의 무리가 들끓게 된 것은 예로부터 내려오던 조선의 아름다운 고례古禮가 행해지지 않아서 풍속이 퇴폐했기 때문이다. 영호남, 호서의 감사에게 신칙하여 호남 호서에서는 향약을, 영남에서는 향음주례를 행하도록 하라."

이게 무엇인가 하면, 날짜를 정하여 돌아가며 향음 주례를 시행하여 '백성들에게 바른 예의를 가르치라'는 것이다. 대체 나라 꼴이 이렇게 된 것이 백성들의 퇴폐한 도덕 탓이라니! 지방 수령들이 앞을 다투어 더운 여름철에 백성들을 불러내어 다른 것은 다 그만두고 '향음주례'를 내세워 수탈만 일삼았다. 돈을 갈취하여 먹고 마시느라 농삿일은 뒷전이고, 백성들은 땀을 줄줄 뿌리며 엎드려 절하니 가뭄에다 더위에 수탈까지, 더없는 고통이었다. 노인들을 뽑아 쌀과 고기를 내려주며 '수직壽職' '통정通政' '가선嘉善' 등의 해괴한 직첩 종이쪼가리를 주고 돈 30꿰미씩 거두어들였다. 돈이 없으면 자손을 닦달하거나 잡아 가두었다. 노인이 있는 가난한 민가에서는 빚을 내어 돈을 조달하니 노인이 되레 원수가 되었다. 이를 두고 마을마다 '갑오난리보다 노인난리가 더 무섭다'고 했다. 그래서 말 지어내기를 좋아하는 사람들이 말했다.

"죽을 놈이 죽지 않고 살아남으니 여러 목숨이 죽어나는구나!"

백중절 호미씻이가 끝나갈 무렵이었다. 이 절기가 되면 더위 속에 서늘한 바람을 한 가닥씩 섞어 넣는다고 했다.

갑이가 여름 내내 동학교단의 통문을 들고 여러 고을을 두루 오가면서 타들어가는 논밭과 함께 사나운 세상 인심을 함께 보았다. 목천 세성산 아래 대장간에도, 청풍 장자봉 아랫말 성두한 접주 댁도, 예산 목소리에 박인호 접주를 찾아 최시형의 통문을 전했다. 전라도 쪽으로는 금산 진산 집강소의 이야면 박능선 최공우, 김제 원평 김덕명, 부안 김낙철, 고창 손화중, 고부 전봉준, 남원 김개남 등 여러 접주들을 두루 만나고 올라왔다.

갑이가 김개남 접주에게는 각별히 아버지 김봉남과 어머니 남원 댁의 딱한 사연을 전하게 되었다. 김개남이 갑이의 말을 잠잠히 듣고 나서 길게 탄식하여 말했다.

"자네 아버지가 한양성에서 돌아가신 일은 일찍이 들어서 알고 있었으나, 어머니 소식 또한 안타깝구나. 아! 이는 모두 내 탓이구나! 차라리 종으로 살게 두었더라면 명이라도 길었을 것을……."

회덕 관아 점령을 주도했던 서장옥 서병학 장두재까지 석방된 마당에도 남원댁은 풀어주지 않고 있었다.

갑이가 태인 동곡리를 떠날 때 김개남이 눈물을 글썽이며 말했다.

"자네는 명을 보전하여 아비가 누리지 못한 좋은 세상 누리고 살게나."

김개남의 말에서 뜨거운 기운이 느껴졌다.

갑이가 궁평마을로 돌아왔을 때는 추석을 앞두고 있었다.

"갑이가 여름 내내 욕봤제."

"지 삭신 하나는 아무것두 아녀유. 온 나라에 가뭄까지 들어 백성들 살이가 더 걱정이지유."

"그래도 하늘은 죄 없는 백성을 맥없이 굶겨 죽이지 못하는 법이라, 산에서 도토리나무가 가뭄이 들어 허옇게 핀 메밀꽃을 내려다본다 카더라. 도토리나무가 '이런 흉년에는 내라도 있어야 백성이 명을 이어가겠구나' 해서 곡식 흉년에는 도토리 풍년이라는 말이 있다 아이가. 원래 가뭄에 먹는 구휼 양식이란 독한 법이다. 도토리는 열매에 독이 있어서 푹 삶아서 사흘을 물에 우려내고서야 겨우 먹을 수 있고, 메밀도 어린 싹을 솎아 물김치를 담아도 며칠을 곰삭혀야 먹는다 안 카더나. 흉년에는 백성들이 이런 독한 구휼 음식을 먹기 때문에 백성들의 눈에서는 너나없이 불이 켜진다 캤다."

갑이가 조용히 웃으며 말했다.

"지 눈에는 법헌 어른의 눈에 벌써 불이 켜져 있는 거 같어유."

"허, 그렇나? 내도 별수 없는 딱한 백성 아이가?"

21. 모두 일어서라!

추석을 한 달쯤 지나 첫 서리가 내리고, 아침저녁으로 싸늘한 기운이 감돌 때였다. 최시형은 청산 문바우 김성원의 집 사랑에 머물고 있었다. 최시형을 찾아온 접주들은 상면한 뒤로도 무슨 까닭인지 제 고을로 바로 돌아가지 않고 부근 마을에서 머물고 있었다.

접주들이 대놓고 말은 하지 않고 있었지만 초조한 기색이 역력했다. 가뭄이 들기는 했지만 무논 나락이나 밭 나락이 익어 군량이 나올 때가 된 것이다. 얼마 전에는 호남의 전봉준 김개남 김덕명 최경선 조준구 송일두 최대봉 등 지도자들이 모여 재기포를 논의한 끝에 동학 교단에 사람을 보내 의논하기로 하였다. 전라도에서 소식을 가지고 올라온 파발이 답장을 받아가기 위해 며칠째 사랑에 머물고 있었다.

한양에서 내려오는 소식들도 어둡고 갑갑하기만 했다. 청나라 군사들이 평양성에 진을 치고 있다가 일본군과 최후의 일전을 벌였으나 또다시 크게 패했다. 그것도 일본군에게 크나큰 타격을 주면서 패한 것도 아니고, 맥없이 무너졌다는 소식이었다. 일본군이 조선 국경을 넘어 달아나는 청나라 군사를 뒤쫓아 내처 요동반도까지 점령했다. 그곳에 깃발을 꽂았으니 이미 조선을 점령지라고 여기는 것은 당연했다. 그러니 일본 군사들이 경복궁을 무단으로 침탈하고 임금의 목에 칼을 들이대는 사건이 벌어지게 된 것이다. 이런 소문이 빠르게 퍼져나갔지만 유림들은 분개만하고 앉았고, 동학교도들이 동요를 시작한 것이다.

이런 중에 여러 고을에서 급박한 소식들이 속속 들어오고 있었다. 강원도에서 차기석이 기포하여 강릉 관아를 점령했고, 충청도 박인호가 이끄는 예산 동학교도가 기포하여 각 고을을 점령했다. 천안 전의 목천 동학교도들이 들고 일어나 지난 8월부터 세성산에 진을 치고 있던 동학농민군이 합류했다고 했다. 경상도 예천에서는 동학교도 11명이 고을 유림들로 구성된 민보군에게 붙잡혀 한천 모래밭에 생매장당했다는 비통한 소식이 들어왔다.

동학지도자들이 사흘돌이로 찾아와 최시형에게 동학교도가 다시 들고 일어날 때라고 청원했지만 최시형은 아직 때가 아니라고 고개를 저었다.

어제저녁에 문바우에서 강론을 마친 접주들이 작은뱀골로 내려가 잠을 자고 조반을 마치자 하나둘씩 모여들고 있었다. 충주 신재련 접주를 비롯하여 성두한 이헌표 이용구 손병희 손천민 서병학 서장옥 음선장 정필수 황하일 조재벽 장두재 등이었다. 한결같이 어두운 얼굴들이었는데, 이는 오늘 새벽바람으로 충청도 청풍에서 파발이 다급한 소식을 가지고 왔기 때문이었다. 파발이 오면 문바우 동네 어귀에서 묵었다가 사람을 보내 최시형에게 먼저 보고가 되어야 만날 수 있기 때문에 손병희 접주가 먼저 파발과 통문을 접하게 된다. 파발이 지니고 온 문서를 보고 나온 손병희의 낯빛이 한층 더 굳어져 있었다. 뭔가 긴박한 일이 벌어진 것이 틀림없었다.

접주들이 정좌하고, 최시형이 들어섰다. 오늘은 전날과 달리 그 뒤로 청풍에서 달려온 파발이 뒤따라 들어왔다. 모두 일어나 말없이 맞절을 하고 앉기가 무섭게 최시형이 입을 뗐다.

"오늘 청풍에서 가슴 짠한 소식이 들어왔십니더. 군이 접주들에게 직접 말씀드리도록 하이소."

최시형의 말에 따라 파발이 울먹이며 입을 열었다.

"지는 청풍 북진나루에 사는 남똥구리유. 사흘 전에 북진나루에 누런 옷을 입은 일본군들이 들이닥쳐서 충주 청풍 제천 지역에서 붙들어 온 동학 두령들 26명을 총으로 쏴 죽였구먼이유. 그나마 몇몇 접주님들은 여기에 와 계시는 바람에 화를 면했구먼이유."

파발 사내의 울음이 방 안으로 낮게 흘렀다. 두 눈을 감고 깊은 생각에 잠겼던 최시형이 눈을 번쩍 떴다.

"억울하게 세상을 뜬 동학교도들을 주문으로 조상하입시더."

—시천주 조화정 영세불망 만사지……

최시형이 동학지도자들과 함께 유명을 달리한 동학교도들을 위무하였고, 그 끝에 최시형이 가까스로 울분을 삭이며 입을 열었다.

"그동안 나는 많은 접주들이 기포해야 한다고 말씀들을 하셨을 때 아직 때가 아니라고 달래어 왔심더. 이 또한 시운이니 어쩔 수 없나 보오! 집 안에 호랑이가 들어왔는데 몽둥이라도 들고 일어나 대적해야지 가만 앉아 죽을 수는 없다 아입니꺼? 사방으로 통문을 내어 모든 동학교도는 일어나 관군과 일본군에 맞서 싸우도록 하이소!"

"알겠습니다!"

동학 접주들의 울분에 찬 대답이 있었고, 최시형이 말을 얹었다.

"손병희 대접주를 통령으로 명하니 동학교도를 이끌고 싸우도록 하이소!"

"명을 받들어 신명을 다하겠습니다!"

이어서 손병희가 마치 미리 준비라도 해둔 듯이 말을 이었다.

"모든 동학교도가 보국안민을 위해 일어나 싸우되, 관 왜놈들을 진멸하여 장차 동학의 개벽된 세상을 열겠습니다!"

최시형이 고개를 끄덕이며 울분을 토하듯 말했다.

"장하오! 꼭 그래 하시이소."

다시 손병희의 말이 이어졌다.

"사방으로 통문을 발하되, 경기 호서 관동 영남지역 모든 동학농민군은 기포하여 이곳 장내리와 작은 뱀골에 모여 논산으로 이동하겠소. 호남 지역 동학농민군과 논산에서 연합하여 대군의 기세로 공주성을 점령하여 한양으로 올라가 관 왜놈들을 몰아낼 것이오!"

그 말끝에 동학 접주들이 자리에서 일어서 제 고을로 급히 흩어졌다.

22. 갑오년 가을 난리

갑이는 청주성 밖 대주리로 들어가 서장옥 서우순 손천민 김자선 최동희 두령들과 함께 청주성 공격을 의논했다. 먼저, 쌍다리장터에서 기포하여 상당산성을 지키는 청주 영병과 싸움을 벌여서, 영병이 빠져나간 청주성을 동시에 공격하는 전략을 세웠다. 갑이는 이종묵 홍순일 정필수 두령들과 함께 청주성 공격을 맡았다. 청주성 공격을 앞두고 정필수 두령이 말했다.

"김갑이 대장은 이번에 꼭 옥에 갇힌 어머님을 구출하시오. 우리도 곁에서 힘껏 돕도록 하겠소."

"알었시유. 어쨌거나 싸움에서 꼭 이겨야지유."

그렇지만 앞서 벌어진 서장옥이 이끄는 동학농민군이 쌍다리장터 싸움에서 패하여 죽고 다친 희생자가 너무 많았다. 게다가 청주성 안의 일본군과 영병 군사들이 쌍다리장터 싸움을 응원하지 않고 성을 굳게 지켰다. 그렇지만 병영에는 장교 오일상이 호응하기도 했고, 미리 동학농민군이 장꾼으로 변복하여 잠복해 있었다.

성 안에 먼저 들어가 있던 동학농민군이 사방에서 불을 놓아 성 안이 어수선해지자 갑이가 앞장서서 서문으로 쳐들어갔으나 바로 난관에 부딪쳤다. 청주성 안에는 이미 신무기로 무장한 일본군이 들어와 있었던 것이다. 일본군이 신무기 무라타 소총으로 사격을 가하여 창과 칼로는 도무지 힘을 쓸 수가 없었다. 호응키로 했던 장교 오일상도 어쩌지 못하는 것 같았다. 무력이 열세이니 꼭 독에 든 쥐 꼴이었다. 마치 옴치고 뛸 수 없는 절벽 앞에 선 것 같았다.

남원댁 구출은커녕 비오듯 쏟아지는 총탄을 피해 갑이가 살아서 성을 빠져나온 것만도 천만다행이었다. 나중에 안 일이지만, 갑이와 함께 성 안으로 들어갔던 이종묵 홍순일 정필수 두령이 사로잡혔고, 죽고 다친 동학농민군이 너무 많아서 살아 나온 것이 부끄러울 지경이었다.

청주성을 빠져나온 갑이가 동학농민군 몇 명을 데리고 궁평 정필수 두령의 집으로 돌아오니 쌍다리 전투에서 패한 서장옥이 먼저 들어와 있었다. 한밤중인데도 정필수의 아내 손씨가 밥을 지어 밥상을 들여왔다. 지아비 정필수 두령의 안부가 궁금했겠지만 묻지 않았다. 하기야 정신없이 도망쳐 나온 터라 물어도 대답을 할 수 없었다.

다음 날, 좋지 않은 소식이 한꺼번에 들어왔다. 성 안의 연기가 채 가시기도 전에 승자의 잔치가 시작되었다는 것이다. 병마절도사 이

장회와 군관 이용정이 청주성 안팎의 백성들을 시켜서 동학농민군의 시체를 무심천변에 늘어놓고, 이어 체포된 동학 두령 이종묵 홍순일 정필수를 차례로 끌어내 목을 치고 머리를 장대 끝에 매달았다는 것이다.

갑이는 궁평마을 정필수의 사랑에서 이 소식을 들었다. 정필수의 아내 손씨는 부군이 처형되었다는 소식에도 표정 변화도 없이, 아니 매운 눈초리로 잠깐 먼 하늘을 건너다 보았다.

서장옥은 청주성 안으로 정탐꾼을 보내 시신 수습책을 지시해놓고, 갑이와 함께 새로운 싸움을 준비하고 있었다. 청주영 영관 염도희가 주력이 무너진 동학농민군을 소탕하기 위해 영병 군사를 거느리고 회덕 한밭 쪽으로 떠났다는 소식이 들어왔다. 진잠 회덕 쪽 동학농민군을 토벌하거나, 청주 쪽으로 넘어오는 동학농민군을 막을 목적 같았다.

갑이는 서장옥과 염도희가 거느린 군사들의 움직임을 보아가면서 보은 장내리로 들어가 손병희가 거느리는 동학농민군 주력과 합진하기로 했다. 먼저, 갑이와 서장옥은 청주성 전투에서 크게 다친 동학농민군들을 각자 집으로 돌려보내고, 가볍게 다친 군사들을 치료하면서 청주 병영 군사들의 동태를 살피고 있었다.

정필수 두령의 아내 손씨는 말을 잃은 중에 조용히 술을 걸렀다. 무엇을 위해, 언제 어디다 담갔던 술일까. 갑이는 정필수 두령의 장례에 쓸 술이라고 짐작했다. 그렇다면 부군의 죽음을 미리 예상하고 있었다는 말인가.

그런데 회덕 한밭 유성을 순회하던 청주 병영 군사들이 갑자기 발길을 돌려서 조치원을 향해 올라오고 있다는 긴박한 소식이 들어왔다. 오늘 아침 종천에서 올라온 소식이니 저녁 무렵에는 이곳을 거쳐 청주성으로 귀환할 것 같았다. 그렇다면 동학농민군이 먼저 마중하여 싸울 차비를 하거나, 아니면 병영 군사들이 이동할 길목을 예상하여 매복해야 한다. 하지만 어떤 전략도 당장에는 실천하기 어려운 것들이었다. 어쨌거나 서둘러 이곳을 떠야 한다.

다음 날 아침 일찍부터 근동에 흩어져 있던 동학교도들이 하나둘씩 모여들었다. 해가 푹 퍼졌을 무렵에 장대에 내걸었던 정필수 두령의 시신이 들어왔다. 갑이와 서장옥이 횟가루 칠해진 머리를 씻어 몸에 붙여 염을 했다. 아버지에 이어 두 번째 염이었다. 부패가 심해서 눈에서는 횟가루와 함께 썩은 살점이 떨어져 나왔다. 서장옥이 먹을 갈아 명정을 써서 관을 덮고 나서 바로 떠날 차비를 했다. 이때 마침 청주 병영에서 장교 오일상이 보낸 쪽지가 도착했다. 오늘밤에 병마산에서 숙영하고 세성산으로 들어가 동학군을 물리치라는 명을 수행한다는 것이다. 귀중한 정보였고, 다급한 전략이 필요했다.

갑이와 서장옥 일행이 장례를 치러주지 못하고 떠나게 된 것을 민망하게 여겨 잠시 머뭇거리고 있는데, 손씨가 다가와 조용히 말을 건넸다.

"술은 돌아가신 분을 위해 마련한 것이 아니옵고, 영병을 대접하고자 작정하고 담은 술입니다. 지금 마을 여러 집에서 국을 끓이고 밥을 지을 준비를 하고 있습니다."

갑이와 서장옥이 손씨의 말뜻을 알아차리기는 했지만, 상중이라 어떤 말로 위로해야 좋을지 몰라 난감해하고 있었던 것이다. 손씨가 이를 헤아려 조용히 말했다.

"지금 이 마을 사람들 누구도 바깥 어른께서 세상 뜨신 일을 아는 사람이 없습니다. 심지어 피난 가 있는 제 아이들에게도 알리지 않았어요. 마을 사람들의 손을 빌려 병영 군사들에게 술과 음식을 대접하겠습니다. 병영의 군사들이 점심을 부강에서 먹고, 이곳에서 저녁을 먹기로 하였으니 미리 조치원에 들어가서서 싸움 준비를 하시는 것이 어떨지요?"

갑이와 서장옥이 조치원으로 정탐꾼을 미리 보내어 싸울 계획을 세우기는 했지만, 손씨가 이렇게 치밀하게 전략을 세워뒀을 줄은 미처 짐작하지 못했다. 마치 손씨가 먼저 병영에서 나온 첩보를 알고 있었던 것 같았다.

"가히 박씨전의 박씨를 능가할 대단한 지략이십니다."

갑이와 서장옥이 동학농민군을 이끌고 조치원으로 이동을 시작했다. 병마산 건너 마을에 들어가 있을 때, 과연 병영 군사들이 궁평

마을에서 밥을 먹고 술을 마시고 있다는 보고가 들어왔다. 모든 것이 손씨의 예측대로 되어 가고 있었다. 그리고 염도희가 이끄는 영병 군사들이 장차 청주성으로 들어가는 것이 아니라, 천안 세성산 동학농민군을 칠 계획이며, 오늘밤은 병마산에서 숙영할 것이라는 정탐 보고가 들어와서 오일상의 병영 첩보 사실을 거듭 확인했다.

갑이와 서장옥은 병마산 맞은편 낮은 앞산에 진을 쳤다. 개울을 사이에 두고 있어서 맞서 싸우기도 하고, 기회를 보아 적진에 잠입하여 싸울 계략이었다.

해가 설핏해졌을 무렵, 청주 병영 군사들이 이동을 시작했다는 보고를 받았다. 거의 같은 때에 선발대가 병마산에 들어와 군막을 치고 있다는 정탐꾼의 보고를 받고 나서 갑이와 서장옥이 병마산 골짜기를 조망할 수 있는 뒤쪽 높은 산으로 올라갔다. 서장옥이 웃으며 갑이에게 말했다.

"지금 짓고 있는 저곳이 장군막일 것이다. 저곳을 먼저 치면 졸개들은 말 그대로 오합지졸이다!"

"장군막 공격은 제가 맡겠습니다."

갑이의 말에 서장옥이 고개를 끄덕이며 말했다.

"그야 당연히 김갑이 창검대장 몫이지."

10월 초사흘 밤 짙은 어둠 속에서 풀벌레 울음이 간간이 들리는 적막 속으로 말방울 소리와 병사들의 시끌벅적한 소리가 먼저 굴러왔다. 병영 군사들의 큰 어둠 덩어리가 잠깐 동안에 먹물 번지듯 병마산 골짜기로 스며들었다. 이는 마치 주둥이가 좁은 큰 자루 속으로 들어간 것과 같았다.

영병 군사들이 잠들기를 기다려 골짜기 입구로는 동학농민군 주력이 쳐들어갈 태세를 갖췄고, 골짜기 끝 꼭대기엔 포수들을, 양 옆으로는 창과 칼로 무장한 동학농민군을 배치했다. 갑이가 낮에 보아 둔 산허리로 질러 들어가 먼저 장군막을 포위하고, 군호에 따라 번을 서는 병졸을 먼저 처치하고 불화살을 쏘아 올리자 사방에서 동학농민군의 함성이 골짜기를 메아리쳤다.

"와!"

함성과 함께 동학농민군의 공격이 시작되었다. 함성에 놀라 잠결에 달려 나오는 병졸들을 문 앞에서 베었다. 갑이가 장군막으로 짓쳐 들어가니 장교들은 머리맡에 둔 총칼을 미처 수습할 겨를도 없이 쓰러졌다.

얼마 아니 되어 싸움이 멎고, 고삐에 매인 군마와 소들이 놀라 이리저리 날뛰거나 머리를 하늘로 솟구치며 울어대고 있었다. 횃불을 대낮같이 켜들고, 죽은 병사들을 일일이 모아 점고하고 병장기를 수습했다. 전리품 중에는 청총이 섞여 있어서 갑이가 총탄과 함께 챙겼다. 이를 본 서장옥이 말했다.

"이제부터는 창검대장이 아니라 총포대장이오!"

점고하여 보니 장졸 69명 모두 절명했고, 동학농민군 쪽에서는 손끝 하나 다친 사람이 없었다. 낮에 헤아렸던 장졸 수와 딱 맞아떨어지니 단 한 사람도 살아남은 병졸이 없었던 것이다.

동학농민군은 승리에 취하지도, 그곳에 오래 머물지도 않았다. 병마산을 나온 동학농민군은 두 갈래로 나뉘어 어둠 속으로 빨려들듯 사라졌다. 한 패는 대략 청주 근동의 동학교도들이었는데, 전의를 거쳐 목천 세성산으로 들어갔다. 청주에서 멀리 떨어진 곳에 사는 나머지 동학농민군은 갑이와 서장옥을 따라 보은 장내리로 향했다.

며칠 뒤, 등 뒤에서 들려온 청주병영의 보복 소문은 자못 섬뜩했다. 병영군사가 몰살당한 보복으로 청주 근동에 군사들이 새까맣게 깔려 상투 꼭지가 있는 사내는 모조리 잡아들여 물고를 내는 바람에 청주 성 안팎이 온통 신음으로 아수라장이고, 갑이 어머니 남원댁이 참수되었다는 소식이 들려왔다. 영장 이장회는 병마산 전투를 주도한 이가 틀림없이 김갑이가 이끄는 동학농민군이라고 단정했기 때문이었다.

갑이는 보은 장내리 대도소에서 남원댁의 참수 소식을 들었다. 아! 기어코 세상을 그렇게 뜨고 말았구나! 갑이는 털썩 무릎을 꿇어 동학 주문을 묵송하고, 일어나 두 주먹으로 눈물을 씻어내는 것으로 설움을 홀홀 털어버렸다.

23. 나비, 동학농민군 대장이 된 오라버니를 만나다

호남 영남 호서 관동 도처에서 동학농민군이 기포했다는 난리 소문이 연일 날아들고 있었다. 동학농민군이 관아를 쳐서 병장기를 빼앗아 무장하여 곳곳에 진을 쳤다거나, 보은 장내리로 집결하고 있다는 소문이었다.

이런 소문 속에 영동 황간 관아 사령들이 동학쟁이들을 잡아들이겠다고 떼를 지어 다니더니, 무슨 일인지 하루아침에 자취를 감춰버렸다. 이어 근동의 영동 황간 청산 보은 고을 군수나 사령들이 동학농민군 움직임에 겁을 먹고 관아를 비우고 줄행랑을 놓았다는 것이다.

이런 세상이 되자, 죄로 말하면 첫째 가는 이대감이 갑자기 피난 준비로 분주해졌다. 가마를 꺼내어 궁둥이라도 배길까 봐 푹신한 왕골 방석을 깔아놓았고, 행여 다급한 일이 닥칠지 모르니 잘 달리는 말에 값비싼 호피안장을 알맞게 돋워놓고, 말을 매끈하게 솔질하여 달래어놓았다. 이대감은 보석붙이같이 값진 물건들은 누구를 시킬 것 없이 제 손으로 한 자루에 쓸어 담았다가 두세 자루에 나눴다 합치기를 수차례 하였고, 이 방 저 방 옮겨 다니다가 밤에는 머리맡에 놓고 잠을 잤다.

한동안 새벽 개같이 여기저기를 쏘다니던 법수가 불쑥 나타나 그간 사방에서 주워들은 '동학 난리' 소식을 전했다.

"호남의 전봉준이 이끄는 동학농민군이 공주를 향해 올라오고 있고, 충청도 동학농민군이 한양의 길목 천안 세성산에 진을 치고, 경기 경상 강원 충청도에서 수만 명의 동학농민군이 벌떼같이 일어나 보은 장내리와 청산 작은뱀골로 속속 모여들고 있다는구먼이요."

"오냐, 동학쟁이 편같이 자세하게도 들었구나. 보은이나 청산이라면 바로 요 너머가 아니냐?"

"오십 리 안짝이라 맘만 먹으면 한달음에 들이칠 수도 있지요."

법수가 이대감에게 겁을 주어 을러댔다. 그래야 법수 제 몸값이 올라가기 때문이었다. 아니나 다를까 법수가 엄포 놓은 효과가 바로 나타났다.

"너 이제 어디 가지 말고 내 곁에 꼭 붙어 있거라. 이렇게 역적놈들이 날뛰는 난세에는 너 같은 총명한 인재가 있어야 하느니라."

"제갈량 같은 인재도 뭐 먹을 게 든든해야 붙어 있지요."

"에라 이놈! 욕심은 되우 많다. 그렇다고 니가 여기서 밥을 굶기랴도 했느냐?"

"참, 나리도, 사람이 어디 밥만 먹고 삽니까요? 헤헤헤."

법수가 이렇게 눙치고 말았지만, 못된 양반 놈들을 잡아 족치는 세상이 오면 이대감은 물론이고, 법수란 놈도 첫 번째에 낄 놈이라 달라붙지 말래도 찰싹 달라붙을 수밖에 없었다.

그러던 어느 날, 새벽같이 이대감이 제 가족과 법수를 데리고 가마와 나귀를 내어 백화산 너머 상주 쪽으로 달아났다. 그제야 난리가 진짜인 줄 알았다. 전날 관직을 구걸하기 위해 사흘돌이로 쥐방구리 드나들듯 하던 상주 김석중에게 피난을 간 것이다. 김석중은 상주 관아와 양반 토호들을 앞세워 군사들을 모아 동학농민군을 토벌하는 소모장이 되어 있었다.

나비는 집 안 살림살이를 지켜야 한다면서 피난도 따라 나서지 않고 텃구렁이처럼 안방에 똬리를 틀고 앉아 있었다. 이런 나비를 두고 사람들이 말했다.

"옛적 낭군 갑이가 동학농민군 대장이 되었다니께 구하러 오기를 기다리는 거여."

"맞어! 계집이란 열 사내 품에 안겨도 못 잊는 사내는 하나밖에 없다잖여."

"아이고! 이제 이대감도 밥숟가락을 놓을 때가 되얐구먼."

"맞네. 이대감이야 당장 갑이한테 칼침을 맞아 죽어도 죽을 테니께."

"예끼! '계집 가질 테면 가져라' 하고 배포 좋게 던져주고 떠난 갑이가 쪼잔하게 계집 원수나 갚는단 말이여?"

"암튼 좋은 구경났네. 이제 양반 상놈 층하가 없는 좋은 세상이 온다고 하지 않던가."

과연 동학농민군들이 보이기 시작했다. 경상도 김산 상주 선산 예천 고을의 동학농민군이 떼를 지어 추풍령을 넘어 황간을 거쳐 솔티재 가래재를 넘어와 청산 보은을 향해 지나갔는데, 그 행렬이 며칠 동안이나 이어졌다. 그러던 어느 저물녘이었다. 안서방이 조용히 들어와 나비에게 아뢰었다.

"아씨 마님, 동구 밖 회꼬배기에서 누가 잠깐 보자고 합니다유. 경상도 김산 봉계마을에서 왔다고만 전하래유."

나비는 그 말을 듣는 순간 오라버니 만득이인 줄 알았다. 나비가 치마를 감아쥐고 다급한 걸음을 놓을 때, 눈물이 앞을 가렸다. 과연 훤칠한 말 위에 이마에 검은 불도장이 찍힌 오라버니 만득이가 올라앉아 있었다.

"오라버니!"

나비의 울음 섞인 말에 만득이가 이윽히 내려다보며 말했다.

"그래…… 잘 산다 카이 다행이다. 이제 날랑은 잊고 잘 살그래이."

"오라버니!"

나비가 무슨 말을 하긴 해야 하는데, 차마 어떤 말도 입 밖으로 나오지 않았다.

"가입시더!"

만득이가 동학농민군의 긴 꼬리를 이끌고 저녁 어둠 속으로 멀어졌다. 마치 꿈속처럼, 눈 깜짝할 새에 일어난 일이었다. 나비는 떠나간 서방 갑이와 오라버니 만득이가 바라는 새 세상, 양반 상놈 층하가 없는 좋은 세상이 오기를 고대했다.

며칠이 훌쩍 지나갔다. 이번에는 청산 쪽에서 죽창을 든 동학농민군들이 새까맣게 떼를 지어 넘어왔다. 청산 문바우와 보은 장내에 주둔해 있는 동학농민군들이 군량을 조달하러 나왔다는 것이다.

먼저, 이대감네 집에 들이닥쳐서 곡간 문을 열어 소나 말에 바리바리 실어 내었다. 제아무리 흉년이라 해도 물이 철철 넘치는 문전옥답에서 소출된 나락에, 여기저기서 수탈한 나락이 곳간마다 넘쳐나 며칠 동안이나 실어냈다.

곡식 등 온갖 재물이 실려 나가는 동안 나비는 안방에 틀어박혀서 밖을 내다보지도 않았다.

동학농민군 대장이 되었다는 갑이도, 오라버니 만득이도 이대감 집에는 나타나지 않았다.

그러다 한 며칠 죽창을 들고 떼 지어 다니던 동학농민군의 자취가 하루아침에 딱 끊겼다. 보은 장내리와 청산 문바우에 초막을 치고 둔취해 있던 동학농민군이 옥천을 거쳐 논산으로 내려갔다는 것이다. 장차 호남의 전봉준이 이끄는 동학농민군과 합진하여 한양을 향해 올라간다는 소문이었다.

이때 상주로 피난을 갔던 법수와 이대감이 소모영장 김석중의 호위를 받으며 집으로 돌아왔다.

"동학 도적놈들이 재물을 몽땅 도둑질해갔구나!"

집 안으로 들어서자 이대감이 얼굴을 잔뜩 찌푸리고 말했다. 원래 큰 도둑놈은 누가 도둑놈인지 잘 모르는 법이었다.

24. 효포 널치 싸움

이른 아침에 공주 곰나루에 나갔다가 돌아온 갑이는 초조해지는 마음을 가눌 수가 없었다. 날은 한결 차가워져 바깥에서 잠을 자야 하는 동학농민군이 견디기 어려워질 것이다. 동학지도부에서는 겨울이 오기 전에 모든 것이 판가름 난다고 예상하여 미처 겨울옷이 준비되지 않았다. 오늘따라 짙은 안개 때문에 한눈에 들어오던 강 건너 공주 공산성도 보이지 않아 갑갑했다. 안개 속에 곰나루의 풍경이 적막하기만 했다. 아니, 모든 일이 긴박하게 돌아가고 있었지만, 너무 조용한 것이 도리어 무서웠다.

이때였다. 강 건너 공주 동쪽 효포 널치 쪽에서 포격 총격 소리가 울리기 시작했다. 비록 안개에 젖어 소리가 더 크게 가까이 들릴 테지만 어젯밤보다는 훨씬 더 가까워진 게 분명했다. 그렇다면 동학농민군이 공주성에 더 가까이 진격해 들어왔다는 뜻이다.

갑이는 손병희의 명을 좇아 공주성 안 봉황산 아래 윤상오 접주와 성 밖 곰나루 부근 달동 장준환 접주의 집을 번갈아 드나들면서 공주성 안팎에서 일어나는 크고 작은 일들을 장군막에 알리고 있었다. 그동안 을동개가 몇 차례 드나들면서 한양 도성 소식을 전했지만, 한 결같이 갑갑하고 어두운 소식들이었다.

지난 10월 21일부터 일본군이 인천을 통해 다시 물밀듯이 밀려 들어왔다. 청일전쟁에서 청군을 물리친 일본군은 조선과 청나라 국경 지대 곳곳에 주둔했으며, 이번에 새로 들어온 후비보병 독립 제19대대는 이미 전역한 군인들 중에서 '조선에서 동학군을 토벌할 지원자'를 명시하여 지원한 군사들로 편성되었다. 대대장 미나미 고시로는 훈련을 할 때부터 "닥치는 대로 사살하라!"는 명령을 구호로 반복했다는 것이다. 이들 동학농민군 토벌대는 동, 중, 서 세 길로 나누어 남하를 시작했는데, 이는 조선 전역의 동학교도를 포위하여 전라도 땅 끝에서 몰살하겠다는 전술에 따른 것이라고 했다. 게다가 반일 세력을 결집하여 일본군을 내쫓으려던 대원군의 계획이 사전에 발각되는 바람에 모든 권좌에서 물러나게 되었다고 했다. 을동개가 들었던 대동계 계원의 계획도 그중의 하나였던 셈이다.

동학교단이 대원군의 힘에 의존하려 한 것은 아니지만, 어쨌거나 경복궁 침탈 사건이 나고부터 이제 일본은 조선 정부에 무소불위의 권력을 휘두르게 된 것이다.

동학 초기 포덕시절부터 충청도 단양과 강원도 원주, 홍천으로 최시형을 만나러 다녔던 공주 윤상오 대접주의 지인 이관동이라는 동학농민군이 관동 지역의 동학 소식을 가지고 들어왔다. 차기석 접주가 이끄는 동학농민군이 동창을 습격하고, 강릉 관아를 점령했다가 민보군의 반격을 받아 대관령을 넘어 물러나 있었다. 이번에 차기석 접주가 이끄는 동학농민군이 홍천 자작고개에서 관 민보군과 대접전을 벌여 1천여 명의 동학농민군이 희생되었다는 소식이었다.

이어, 10월 21일에 세성산에 진을 치고 있던 세성산 동학농민군이 대패했다. 공주 북서쪽 유구에서 진을 치고 있던 최한규 부대가 패했고, 어제는 여기서 아주 가까운 공주 동쪽 한다리에 진을 치고 있던 영동 옥천 동학농민군이 패했다는 소식이 연달아 들어왔다. 어젯밤에는 유구와 대교 싸움에서 이긴 이규태 부대가 급히 곰나루를 건너 공주성으로 들어갔다.

그런 중에 반가운 소식이 들어왔다. 전날, 박인호가 이끄는 서산 태안 예산 덕산 등 내포의 동학농민군이 당진 승전곡 예산 역말 신례원 전투에서 연달아 관군 일본군 유회군과 싸워 물리쳤다는 소식이 그나마 위안이었다. 박인호가 이끄는 동학농민군 대군이 홍주성쪽으로 이동하고 있다고 하니 어쩌면 한양으로 올라가는 길이 홍주쪽에서 먼저 열리게 될지도 모른다.

이로써 동학지도부가 관 일본군의 힘을 분산하려던 계획이 모두어긋난 셈이다. 어젯밤에 곰나루는 횃불을 대낮같이 밝혀 놓고 모든 배를 동원하여 밤새도록 관군과 일본군이 강을 건너갔고, 군수물자까지 건너갔다. 밤늦게 나루에 도착한 안성군수 홍운섭이 이끄는 부대도 초막을 치는가 싶더니 곰나루를 건너 성 안으로 들어갔다.

이제 공주성 안이 관군 일본군으로 가득 찼으니 갑이가 성 안에 들어가 정탐하기란 쉽지 않을 것 같았다. 이제 동학농민군에게 남은 방책이라면 관 일본군이 합진하기 전에 힘을 모아 공주성을 압박하는 전략밖에 없을 듯했다. 아까 한동안 다급하게 들리던 총포 소리가 지금은 멎었다.

아침을 먹고 갑이가 무료하게 앉아 있을 때, 심부름하는 아이가 와서 장준환 접주가 갑이를 급히 찾는다는 말을 전해 주었다. 오늘 댓바람에 관군과 일본군의 군세를 적은 쪽지를 동학농민군 군진에 보냈는데, 다른 다급한 일이 생긴 걸까. 아까보다 한층 더 다급한 총포 소리가 들려오고 있었다.

"효포 널치 쪽에서 전투를 벌이는 전봉준 장군이 김갑이 대장을 급히 찾는다는 전갈이오. 이곳 정탐 일을 접고 급히 진영으로 들어오라시는군요."

"전 장군께서요?"

"그렇소."

전봉준이 갑이를 찾는다는 말은 뜻밖이었다. 여태까지 갑이와의 모든 연락은 공주 서쪽 이인에 있는 손병희 통령의 장군막에 들여보내고 있었기 때문이다. 연합군진을 형성한 마당에 공주 동쪽을 맡은 전봉준 장군이나 공주 서쪽을 맡은 손병희 통령 누구의 명도 따를 수는 있지만 좀 뜻밖이었던 것이다.

지난 10월 20일, 논산 소토산에 지휘소를 둔 동학연합군은 두 갈래로 나누어 공주성 진격에 나섰었다. 전봉준 부대는 논산 초포에서 노성과 경천점을 거쳐 공주 동쪽 효포를, 손병희의 부대는 이인을 거쳐 공주 서쪽 봉황동을 바라고 진격하는 중이었다.

이곳 지리를 누구보다 잘 알고 있는 장준환 접주가 말했다.

"전봉준 주력부대는 노성에서 들어오는 길목인 월암리 봉명리 널치를 점령했고, 어제는 우와리 앞산에서 싸움을 벌여 아직까지는 순조롭게 공주성을 향해 접근하고 있는 셈이오. 지금은 화은리(가마울) 갈미봉에서 전투를 벌이는 중이랍니다. 갈미봉은 오른쪽으로 우금치와 왼쪽 널치 두 갈래로 갈라지는 산인데, 오늘 이곳 싸움이 공주성 공략의 최대 고비가 될 거요."

그렇다면 오늘 벌이는 싸움이 중대 고비가 되는 셈이다. 갑이는 말을 몰아 강가를 달리면서, 어쩌면 어제와 오늘 포성이 크고 가깝게 들려온 것이 그나마 좋은 징조일지도 모른다고 생각했다.

갑이가 당도한 곳은 의병소였는데, 다치거나 병이 깊은 동학농민군이 묵는 집이었다. 전장은 여기서 10리쯤 떨어져 있는데, 전령들이 연락부절로 드나들고 있어서, 갑이는 여기서 전령이 전봉준 장군의 전갈을 가지고 나오기를 기다리기로 했다. 의병소에서는 임시 치료 끝에 걸을 수 있는 사람은 성한 사람을 딸려서 즉시 고향으로 보내고 크게 다쳐서 걸을 수 없는 대여섯 사람이 누워 있을 뿐이었다.

산 아래쪽에는 논밭이 섞여 있는데, 이미 곡식을 거둬들여서 텅 빈 들에 산그늘과 함께 싸늘한 바람이 불어가고 있었다. 멀리서 들려오는 총포 소리만 빼면 적막하기 짝이 없었다. 마침 의원이 총상을 입은 어느 사내의 다리에 고인 피고름을 짜는 중이었다.

"에구구, 사람 죽소이!"

"안 죽을 만큼이니 걱정 붙들어 매씨요!"

생땀을 흘리는 것은 환자나 의원이나 마찬가지였다. 한바탕 울부짖음 끝에 이내 조용해졌다. 두 다리를 무명천으로 둘둘 감아서 앉은뱅이 신세가 되어 있는 사내가 넋을 잃은 듯 빈 들판을 내다보다가 푸념을 하듯이 말을 흘렸다.

"애구, 집에 나락은 잘 거둬들였으며, 들깨는 쏟아지기 전에 베어 넘겼는가 모르겠네. 그보다 과부라면 환장하여 잡아먹는 그 똥개 새끼는 내 마누라 찝쩍거리지 않고나 있는지 모르겠네."

이때 고름을 빼느라 진땀을 흘리던 사내가 엉뚱한 데다 화풀이하듯 핏대를 올려 말했다.

"그럼, 우리가 그런 개새끼들을 위해 죽을 고생이란 말이어라우?"

"허, 왜 나한테 승질을 낸당가? 난 과부 덮치는 개새끼가 아녀라우."

앉은뱅이 사내가 찔끔하여 슬그머니 말꼬리를 내렸다. 피고름을 빼며 생땀을 흘리던 사내가 곧 울듯이 말했다.

"뭔 개꿈같이 뜬금없는 말로 멀쩡한 사람 염장을 지른당가?"

"정 못미덥거나 억울하면 당장 달려가면 되제, 말리는 사람이 있당가?"

"그만들 하시우. 지금 전쟁터에서는 한창 죽고 사는 싸움을 벌이고 있는데 별의별 것을 가지고 싸움질이우. 그러고 우리가 애초에 집을 나선 것이야 뒷사람들이 잘 사는 세상을 만들자고 나선 것 아니오?"

의원이 나서 매듭을 지었다. 이때 마침 전쟁터에서 파발이 도착했다. 갑이와는 서로 안면이 있는 파발이었다.

"오늘은 다친 동학농민군이 부지기수라 여러 소달구지에 나누어 실려 오는 중이라오. 오다가 죽는 이들도 많아요."

파발이 의원에게 다급히 말을 전하고, 갑이를 향해 말했다.

"전봉준 장군께서 김갑이 총포대장을 장군소에서 급히 보자고 허시네요."

갑이가 바로 전장으로 말을 몰았다.

동학농민군의 진은 산 능선 40리에 걸쳐 사람으로 병풍을 두른 듯 위세가 대단했다. 총과 창이 숲을 이루고, 온갖 깃발이 능치에서 금

강가에 이르는 넓은 뜰까지 뒤덮고 있었다.

　전봉준은 홍색 덮개의 큰 가마에 올라 오색기를 흔들며 동학농민군을 지휘하고 있었다. 동학농민군 진영에서는 연신 대포를 쏘고 있었고, 그 틈으로 총포대가 산을 기어오르고 있었다. 그 뒤로는 깃발과 창을 든 군사들이 따르고 있었다. 갑이가 전봉준의 가마 뒤를 따르면서 상면할 틈을 엿보고 있었다. 그렇지만 긴박한 전투 중이라 좀처럼 틈을 내기 어려웠다. 이때 갑자기 '와!' 하는 함성과 함께 총포대가 적의 능선 진지 공격을 시도하고 있었다. 완고하게 버티던 적의 진지가 마침내 무너졌다. 건너편 산으로 관군이 새까맣게 후퇴하고 있었다.

　"돌격! 공격하라!"

　전봉준이 오색 깃발을 한꺼번에 흔들어대며 소리쳤다. 산불이 번지듯 하얀 동학농민군이 산을 덮었다. 동학농민군이 그대로 산을 넘나 싶었는데, 갑자기 좀 더 높은 산봉우리에서 누런 복색의 일본군 총포대가 나타나 총을 쏘아대자 동학농민군들이 짚단처럼 쓰러졌다. 동학농민군의 공세가 잠시 주춤했으나 다시 꼭대기를 향해 달라붙었다. 이때 또 한 떼의 일본군 총포대가 나타나 두 겹으로 총을 쏘자 곱절의 동학농민군이 쓰러졌다. 동학농민군은 한번 쓰러지면 다시 일어나는 법이 없었다. 동학농민군의 시체가 점점 산처럼 쌓여가고 있었다.

"아!"

갑이의 입에서 탄식이 절로 터져 나왔다. 엎친 데 덮친 격으로 미처 포를 앞으로 옮기지 못해서인지, 아니면 대포를 너무 많이 쏘아 열을 받아서인지 아군 진으로 포탄이 떨어져 더 많은 인명 피해가 났다. 바야흐로 손에 땀을 쥐게 하는 긴박한 순간이었다. 여기서 포가 일본군 사격대만 제대로 짓뭉개 준다면 바로 동학농민군이 이길 수 있는 절박한 순간이었다.

"포 사격 중지! 앞으로 돌격하라!"

포사격을 멈추게 하고, 동학농민군의 육탄 진격 명령이 이어졌다. 일본군의 사격이 더 정확하게 진행되면서 동학농민군의 시체가 점차 쌓여가고 있었다. 이때 전봉준이 실성한 듯이 소리쳤다.

"누가 가서 산봉우리 쪽 왜놈을 쳐라!"

"제가 가겠습니다!"

갑이가 말을 몰아 전봉준 장군 앞으로 나갔는데, 바로 곁에서 말을 탄 을동개가 뛰쳐나왔다.

"저도 가겠습니다!"

"두 사람이 같이 가라!"

전봉준 장군이 가마에 있는 총을 갑이와 을동개에게 하나씩 던져주었다. 갑이와 을동개가 쏜살같이 건너편 산 쪽으로 말을 달렸다. 능선에 당도하여 갑이와 을동개가 일본군의 등 뒤에서 총을 쏘자 일본군들이 쓰러지고, 드디어 일본군들이 주춤주춤 물러나기 시작했다.

"와!"

동학농민군의 함성과 함께 관군과 일본군이 일제히 후퇴하기 시작했다.

"윽!"

이때 옆에서 을동개가 가슴을 감싸 안으면서 말에서 툭 떨어졌다. 달아나던 일본군이 을동개를 쏜 것이다. 갑이의 총이 그 일본군의 머리를 정확하게 명중했다. 갑이가 을동개에게 달려갔다.

"을동개야!"

몸을 안아 일으켰을 때 을동개는 가쁜 숨을 몰아쉬고 있었다.

"난, 틀렸어. 이제부터 형이 우리 불쌍한 동학농민군이 더 죽지 않게 지켜줘. 그리고 꼭 좋은 세상을 만들어야 해."

"무슨 소리여, 네가 살아서 같이 싸워야지! 좋은 세상에서 같이 버들고리 장사를 해서 부자도 되고 같이 잘 살아야지!"

"형이 내 대신 좋은 세상에서 살면 되었지."

을동개의 얼굴에 반짝 웃음기가 보이는가 싶더니 몸이 축 늘어졌다. 사방에서 동학농민군의 함성이 귓전을 울리고 있었다.

날이 저물면서 비마저 추적거리고 있었다. 미처 수습하지 못한 동학농민군의 시체에서 물기 섞인 피비린내가 진동하고 있었다. 시체를 대충 치우고 그 자리에 새로운 진지를 구축하고 있었다. 갑이가 을동개를 땅에 묻어주고 장군소로 돌아왔다.

을동개를 비롯한 많은 동학농민군의 죽음 때문인지 장군막에 모인 두령들의 얼굴이 하나같이 어두웠다.

"장하다! 갑이와 을동개가 아니었더라면 오늘의 값진 승리가 없었을 것이다!"

전봉준이 두령들 앞에서 두 사람을 낮은 말로 치하할 수밖에 없었다. 그나마 을동개도 죽었다.

전봉준이 다시 말을 이었다.

"모두 수고들 하셨소이다. 오늘 우리가 싸움에서 이겼지만, 희생이 너무 컸소! 하지만 우리는 눈앞에 더 큰 싸움을 앞두고 있소! 두령들이 침울해한다면 동학농민군들의 사기에도 문제가 있으니 돌아가 군사들을 위무하고 내일 싸움을 준비하도록 하시오. 아까 전투 중에 새로운 소식이 들어왔소. 남원에 진을 치고 있던 김개남 장군이 1만 군사를 이끌고 올라오고 있다고 하오. 여러분이 아는 대로 김개남 장군 휘하의 동학농민군은 막강한 부대요. 지금부터는 내일 전투에 대해 상의토록 합시다."

전봉준 장군의 '김개남 응원군' 말에도 두령들은 별반 반기는 반응이 없었다. 아무래도 오늘의 희생이 너무 큰 탓일 듯했다. 할 수 없이 갑이가 조심스럽게 나서서 말문을 열었다.

"저는 어젯밤부터 오늘 아침까지 적의 이동을 지켜보다가 들어왔시유. 내가 보기에 아직 관군과 일본군의 모든 병력이 투입되지 않았시유. 오늘 밤 안으로 진지 구축이 완료되면 저쪽은 더욱 막강해질 것이오. 우리가 여기에 대비해야 한다는 뜻이유. 더구나 비가 내리면 우리가 가진 화승총은 화약이 젖어서 막대기에 불과할 것이고, 관 일본군의 총은 비에 젖어도 끄떡없는 신무기요. 오늘 밤에 비가 그치면 모르지만 만일 비가 온다면 물러나 뒷날을 도모하는 것만 못할 거유."

갑이의 말도 역시 결코 밝지 않은 전망이었다. 두령들 모두 고개를 끄덕일 뿐, 누구도 말을 내지는 않았다. 그러자 전봉준 장군이 입을 열었다. 여전히 무겁고 침통했다.

"내일 우리 동학농민군 싸움은 김갑이 대장 말대로 할 수밖에 없을 것이오! 먼저, 내가 김갑이 총포대장을 달동에서 급히 불러들인 것은, 손병희 통령에게 들어가 김개남 부대가 어느 쪽에 합류해야 좋을지 급히 상의하려던 참이었소. 이는 온전히 김개남 장군의 판단에 따르겠지만, 내 생각은 반씩 갈라서 투입하는 것이 좋을 것 같소!"

이때였다. 밖에서 파발이 급박하게 들어와 전봉준의 말이 잠시 끊겼다. 파발의 귀엣말이 끝나자 전봉준 장군이 고개를 끄덕이고 나서 계속 말을 이었다.

"김갑이 총포대장은 급히 손병희 통령의 장군막으로 들어가 김개남 장군이 이끄는 부대의 향방에 대해 논의해보시오. 이와 별개로 우리는 내일 새벽에 싸움을 다시 시작하고, 관 일본군의 가마울 방어선을 뚫고 공주성으로 진격해 들어갈 것이오!"

다른 말이 없어서 참모들이 모두 제 진지로 돌아갔다. 갑이가 장군막을 나오자 전봉준 장군이 마치 갑이를 배웅하듯이 뒤따라 나왔다. 비는 기분 나쁘도록 추적거리고 있었다.

"조심해서 가게. 그보다……."

전봉준이 갑이에게 가까이 다가와 귀엣말을 했다.

"아까 파발이 전한 소식인데, 김개남 장군이 장수 무주 쪽으로 방향을 잡았다고 허네. 그렇다면 진잠 회덕을 거쳐 청주로 들어갈 모양일세. 아까 참모들에게는 사기 때문에 굳이 말하지 않았네."

"지도 그건 예상했시유."

갑이가 아무렇지도 않은 듯 말했지만 뭔가 불길한 예감이 닥치듯 앞이 막막했다. 청주성 안에 들어갔다가 독안에 든 쥐꼴이 되었던 오싹한 기억이 되살아났기 때문이었다. 전봉준 장군도 김개남 장군이 청주성 공격에 나선 것에 대해서는 어떤 말도 하지 않았다. 한동안 눈앞이 아득했다.

"김개남 장군이 청주로 들어갔으니 이제 손병희 통령과 더 상의할 일은 없어졌네. 오늘 아침에 손병희 통령 진영에서 전령이 와서 덕포 박덕칠 예포 박인호 대접주가 동학농민군을 이끌고 홍주성으로 향했다고 했으니 김갑이 총포대장은 홍주성 전황을 둘러보고 손 통령에게 들어가는 것이 어떻겠나?"

갑이는 금방 전봉준의 속을 읽었다. 예산 쪽에서 관 일본군을 격파한 여세를 몰아 홍주성을 강하게 압박하면 공주성을 방어하던 관 일본군 병력이 홍주 쪽으로 옮겨갈 것으로 예상하고 있었다. 지금 동학농민군 진영에서는 눈앞에 있는 공주성만큼이나 홍주성 함락이 절실하다는 뜻이기도 하다.

"예산으로 가지유. 그럼 담에 뵙겠구먼이유."

갑이가 보슬비 속에 터벅터벅 말을 몰았다. 물기와 함께 코끝으로 독한 시신 썩는 냄새가 섞인 피비린내가 한층 더 짙게 스며왔다. 날씨조차 동학농민군 편이 아닌 것 같아 야속했다.

길을 나서자 희끗희끗 길을 가는 사람들이 보였다. 다친 동학농민군들이었다. 다리가 성한 이는 걷기라도 하지만 심하게 다쳐서 걸을 수 없는 사람은 들것이나 달구지에 실려 나가고 있었다.

갑이가 군진 경계를 벗어나자 비로소 을동개의 죽음에 대한 슬픔이 한꺼번에 밀려왔다.

"을동개, 등신 같은 놈아! 으흐흐!"

눈물이 비 오듯 쏟아졌다. 복도 지지리도 없는 놈! 좀 더 살아서 좋은 세상 좀 보다가 죽지 왜 그렇게 허망하게 죽는가 말이다.

25. 갑이, 내포로 들어가다

동짓달 찬비의 기운으로 하늘이 무겁게 내려와 있어서 낮인데도 들녘은 짙은 회색을 머금고 있었다. 멀리 들이 끝나는 낮은 산 아래 마을에서 개 짖는 소리가 들려왔다. 희미하고 어렴풋한 개 울음이 마치 딴 세상으로 연결된 듯이 느껴졌다.

까마귀 떼가 까맣게 날아오르면서 매운 시체 썩는 냄새가 코끝으로 와락 덤벼들었다. 갑이는 비로소 세상의 모든 것들이 눈에 잡혀 제자리로 돌아와 있었다. 들에 널린 시신들이 눈에 들어왔는데, 검은 철릭이나 벙거지로 보아 지방관아 군사들이고, 흰옷은 민보군의 시신으로 보였다.

갑이는 말에서 내려 터벅터벅 걸었다. 갑이의 짐작대로 지금 이곳은 동학농민군 세상이다. 관 일본군이 홍주성으로 쫓겨갔을 테고, 지금 동학농민군이 뒤쫓고 있을 것이다. 지금쯤 서로 대치하고 있거나, 아니면 한창 싸움이 벌어지고 있을 것이다.

읍내로 들어서자 송장 썩는 냄새가 여전한데다, 불타다 만 집들이 음흉스럽게 서 있고, 길에는 지푸라기들이나 불타다 만 나무들이 이리저리 어지럽게 흩어져 있었다. 갑자기 뜯어먹을 것이 많아져서 포식한 개들이 꼬리를 내린 채 슬금슬금 눈치를 보며 사람들을 피해 달아났다.

갑이가 주막집으로 들어서자 월하할멈이 툭 튀어나와 갑이의 손에 들린 말고삐를 받아 사립문에 걸더니 주막 뒷방으로 끌었다.

"별일 없으셨지유?"

월하할멈은 지난여름에 덕포 박덕칠 에포 박인호 두 접주를 만나러 왔을 때 함께 들러서 알고 있었다.

"난리판에 일이 왜 없겠어? 저 방에 홍주 군관 김병돈의 여편네가 시신을 거두어가려구 와 있어. 혹시 그짝 집안 사람들과 시비될까 봐 얼릉 이쪽으로 오게 한 겨. 내 국밥을 좀 말아올 팅께 좀 기달려."

갑이가 급히 말을 떨어뜨려놓고 나가려는 월하할멈을 잡았다.

"지금 여기 동학군은 어디 있시유?"

"홍주성으로 들어갔지. "

월하할멈이 나가더니 금방 국밥 한 그릇을 올린 밥상을 들여왔다. 갑이가 잊고 있던 시장기가 와락 덤벼들기도 했지만, 이런 잿더미 속에서 국밥을 뚝딱 들여온 것이 신기했다.

"밥을 먹여 얼른 내쫓을 요량 같어유."

"이런 난리통에 엉덩짝 오래 붙이고 있을 여가가 있겄어? 금방 떠야겄지. 이런 때는 주먹밥이나 뜨끈한 국물이 있는 국밥이 제일여."

월하할멈의 말에 갑이는 괜히 어깃장 놓는 말이 툭 튕겨 나왔다.

"저, 오늘 여기서 묵고 갈 참이우."

"그렇게 햐. 여긴 동학쟁이 세상인께."

월하할멈이 엉덩이를 붙이고 앉더니 이야기를 늘어놓았다.

"태안 서산 관아에서 두 군수의 목을 치고 몰려온 동학군이 면천 승전곡에서 왜놈들과 관군을 크게 물리쳤어. 그날 왜놈들은 홍주성으로 쫓겨들어가고, 이승우가 델구 싸우는 군사들이 요 우 삽다리 역말 기럭재에다 진을 쳤어. 관군이 역말 사방에다 대포를 숭가놓고, 우물에는 독약을 풀고, 풀숲에는 쇠꼬챙이 마름쇠를 숭가났지. 그래 놓고는 밥을 쌂아내라, 술을 내놔라 캐서 씨키는 대로 다 했지 뭐. 초저녁에는 이놈들이 번을 서다가 밤이 깊어지니께 술에 취해 저들끼리 번을 서로 미루다 한꺼번에 잠들었지 뭐여. 내가 물동이를 이고 가서 대포 구멍에다 물을 들이부어 놓았지 뭐. 다음 날 아침 일찍 동학군이 밥을 먹을 때 한참 동학 주문을 외었는데, 관군 놈들이 이때다 하고 대포를 쏠 참인데, 대포에 물이 홍건한께 알맹이가 지대로 나가나? 피식피식 방귀만 뀌다 요 앞에 떨어지고 말았지. 이래 놓은께 저들끼리 '동학군이 주문을 외서 대포에 물 나오게 하는 조화를 부린다!'고 소리치더니, 꼭 큰 바람에 검불 날리 듯기 흩어져 달아나는 거라. 그래 지놈들이 풀섶에다 몰래 숭카놓은 마름쇠에 저들이 당했지. 여기다 동학군들이 들이친께 꼼짝 못하고 다 죽었지 머. 홍주 군관 김병돈 이창욱 조홍섭 한기경이 모다 여서 죽었어. 아매 김병돈이는…….”

월하할멈이 사뭇 허풍스럽게 말을 늘어놓다가 잠깐 말소리를 낮춰 말했다.

“홍주 군관 김병돈이는 칼을 빼들고 달아나는 군사들을 다스린다고 으름장을 놓다가 즈 부하들 칼을 맞고 죽은 거 겉어.”

갑이는 월하노인의 말을 들으면서 머리를 숙인 채 국밥을 퍼넣고 있었다. 갑자기 홍주성으로 들어가야 한다는 조급한 생각이 일어서였다. 월하할멈의 이야기가 이어졌다.

“동학군이 역말 싸움에서 이긴 여세를 몰아서 신례원 골짜기로 들어가 진을 쳤는데, 거서 또 싸움이 크게 벌어졌지. 서로 대포를 쏘아대민서 싸움이 시작되었는데, 이번에는 동학군 진에서 붉은 옷을 입은 열시 살짜리 아이 장사가 나타나서 적진에 뛰어들었는데, 총을 맞아도, 칼에 찔려도 툭툭 털고 일어나면 그만인 거라. 전날버텀 동학군이 주문을 외면 조화를 부린다는 소문이 떠돌던 때라 관군이 금방 무너져 달아나는 바람에 동학군이 또 크게 이겼지 뭐. 동학군은 신들린 거같이 여기 예산 읍내를 쑥대밭을 만들고 역말에 진을 쳤다가 그 다음 날 홍주성으로 들어갔어.”

월하할멈이 말을 마칠 때에 맞춰 갑이가 숟가락을 내려놓았다.

"난 이만 일어나야겠어. 시신 찾으러 간 김병돈의 여편네가 돌아올 때가 되얐어."

월하할멈이 상을 들고 나가고, 갑이는 아까 일었던 조급한 생각과 달리 느긋이 목침을 베고 누웠다. 따뜻한 방 기운에 녹아들듯 설핏 잠이 들었다. 잠깐 꿈에, 전봉준 장군의 붉은 가마가 나타나 붉은 대장기를 펄럭이며 어디론가 빠르게 달려갔다. 동학농민군의 함성이 바람처럼 살아났다가 순식간에 암흑 같은 정적으로 바뀌었다.

잠깐 문고리를 흔드는 소리에 갑이가 혼곤하게 빠졌던 꽃잠에서 깨어났다. 방문을 여니 바깥 찬바람이 와락 몰려왔다.

"참, 살다 본께 벼라별 일도 다 많네. 군관 김병돈의 아내 한씨가 염을 거들어 줄 동학도인 한 사람을 구해달라고 부탁을 하는데 어짜지? 내가 '동학도인들은 모다 쌈터에 나갔는데 누가 남었겄는가' 해도 막무가내로 부탁을 햐. 자네가 아까 자구 간다고 혔잖여. 바쁘지 않은 거 같은께 천상 자네가 좀 댕겨 오지. 동학군과 싸운 적이라고 해도 죽은 사람까지 척질 건 없지 않겄는가?"

"알었시유. 댕겨 오지유."

갑이가 엉겁결에 대답해버리고 말았다. 주막 앞으로 나오니 장옷을 쓴 여인이 상복을 입고 대지팡이를 짚고 선 두 아들과 구종 둘이 꾸부정하게 서 있었다.

주막 밖을 나와 큰길로 나섰다. 여인이 앞장서서 관아로 들어가니 안마당에 광목에 덮인 시신들이 널려 있었다. 그렇다고 일삼아 지키는 사람도 없었다. 싸움이 끝나고 뒤늦게 들어온 관군이 읍민들을 시켜 우두머리 시신만 대충 수습해놓고 급히 홍주성으로 들어간 모양이었다. 여인이 한 시신 앞에 이르러 큰 광목을 들춰내더니 부여안고 통곡을 했다. 뒤에서 대지팡이를 짚은 두 상주가 곡을 했다. 뒤에 멀뚱히 선 갑이는 마치 망자 앞에 원수를 데려다 놓고 한풀이 하는 의식 같기도 해서 이상한 기분이었다.

한바탕 소나기 같은 울음이 지나가자 광목을 덮고 구종을 시켜서 준비해온 관에 시신을 담아 지게에 얹게 했다.

구종이 진 지게행상이 앞서고 상주들이 뒤따랐다. 갑이는 맨 뒤에 따라나섰는데, 여전히 할 일이 뭔지 내내 궁금했다.

읍내를 벗어나 산 아래에 이르자 먼저 온 구종들이 장작더미를 반장 높이만큼 쌓아놓고 기다리고 있었다. 반장返葬이라 하여, 객지에서 죽은 사람의 시신을 거두어 고향으로 옮겨 장사를 지내는 줄 알았는데 화장火葬이라니. 여인이 종을 시켜 관 뚜껑을 열게 하고 장작 위에 얹고 나서 종들을 모아놓고 말했다.

"어른께서 전장에 나가시기 전에 내게 집안의 모든 종을 면천하라 이르셨네. 내가 지금 어른의 유언을 받들고자 하니 각자 이 돈을 가지고 오늘 안으로 가솔을 데리고 내 집을 떠나도록 하게."

장옷을 쓴 여인이 돈 한 꿰미씩 나눠주었는데, 종들은 돈을 받고 나서 꿈인지 생시인지 몰라 한동안 머뭇거리고 서 있을 뿐이었다. 여인이 엄한 얼굴로 '어서 떠나라'고 호통을 치니 비로소 하나둘씩 뒷걸음치듯 물러갔다.

이어 상주 두 아이를 좀 뒤에 서 있게 한 뒤 여인이 갑이를 관 가까이 불렀다. 뚜껑을 열어 광목을 들춰내더니 손수 염을 할 참인지 철릭 앞섶을 풀어헤쳤다. 여인이 그 안에서 자수를 놓은 부적 같은 정표를 찾아 움켜쥐더니 흑 흐느껴 울었다. 이어 고인의 허리춤을 풀자 묵직한 전대 하나가 나왔다. 전대 입을 풀어내니 뜻밖에 아녀자의 금가락지 옥비녀 패옥 금향갑노리개 백옥잠이 쏟아져 나왔다. 그 안에는 작은 궁낭이 들었는데 아이의 작은 금가락지 여러 개가 들어 있었다. 대체 이게 뭐란 말인가. 여인이 슬그머니 전대 입을 도로 묶더니 갑이를 향해 말했다.

"여인네의 좁은 소견에도 제 백성을 토벌하자고 나서는 지아비의 싸움이 애초부터 옳지 않다고 여겼어요. 그렇지만 이것이 오늘 조선의 실정입니다. 그렇다 하더라도 하늘을 우러러 부끄럼 없이 싸우다가 적의 창칼에 장렬하게 삶을 마쳤어야 할 내 낭군이 이렇게 돌아가셨으니, 어쩌겠어요? 선산에 부끄러운 유산을 함께 묻을 수는 없습니다. 동학농민군이 새 세상을 위해 일어섰다니 비록 적은 재물이지만 부디 좋은 세상 만드는 데 쓰시오소서."

갑이는 아까부터 뭔가에 홀린 듯했지만, 조금 전 돈 꿰미를 받고 종의 속박에서 풀려났을 때의 사내들처럼 잠시 어리둥절하여 서 있었다. 여인이 다시 갑이를 일깨우듯이 말했다.

"누가 뭐래도 이 재물의 임자는 우리가 아닙니다."

그제야 갑이는 무슨 뜻인 줄 알아서 묵직한 염낭을 받아 얼른 품에 넣고 그 자리를 떠났다.

갑이의 등 뒤에서 단출하게 남은 식구들의 통곡이 들려왔고, 한참을 와서 뒤돌아보았을 때는 한층 저물어진 들 끝에 한 다발의 연기와 불꽃이 아스라이 보였다.

갑이가 주막으로 돌아오자 마당 옆에 새로운 말 한 마리가 매여 있었다. 갑이가 방으로 들어오자 월하할멈이 한 사내를 달고 급히 뒤따라 들어왔다. 갑이가 품에서 묵직한 전대를 철렁 내려놓아도 월하할멈이 웬 거냐고 물을 틈도 없이 먼저 급한 말을 부려놓았다.

"이를 어떡햐. 금방 홍주성에서 사람이 왔는데, 동학군이 크게 패해 사방으로 흩어졌디야. 공주 손병희 통령한테 급히 들어간다는 사람을 내가 붙들어놨어."

파발 사내가 소매를 가져다 눈물을 씻으며 말했다.

"빙고치와 홍주성에서 싸움이 벌어졌는디, 왜놈들이 쏘는 대포와 총을 당해낼 재간이 없었시유. 어젯밤에 크게 싸웠고, 오늘 아침나절부터 종일 싸웠는디, 동학군이 엄청나게 죽구 흩어져 달아났시유.

으흐흐흐……."

갑이는 그 말을 듣는 순간 맥이 탁 풀렸다. 마치 끊긴 길 위에 망연히 서 있는 것 같았다.

갑이는 바로 길을 나섰다. 날은 어느새 말끔하게 개어 있었지만 빠르게 어둠이 밀려와 세상의 모든 것을 집어삼키고 있었다.

26. 통곡의 우금치 싸움

경천은 등 뒤로 산이 시작되고, 앞에는 들이 시원하게 펼쳐진 곳이다. 들에는 동학농민군의 흰 차일이 바다처럼 펼쳐졌고, 군사들을 조련하는 함성과 각종 깃발들이 나부끼고 있었다. 그것들이 한 덩어리가 되어 성난 물결처럼 밀려왔다가 썰물처럼 밀려나갔다. 식전에는 동학 심고가 이어지고, 나머지 시간에는 깃발 신호에 따라 들고 나는 군사조련이었다.

갑이가 만득이와 트게 된 것은 조재벽 접주의 주선 때문이었다.

"그래도 처남매부간인데, 서로 알고 지내는 것도 나쁘지 않지."

조재벽 접주의 말에 이마에 검은 불도장이 찍힌 만득이가 활짝 웃으며 먼저 손을 내밀어서 갑이도 엉겁결에 손을 잡았다. 갑이는 만득이가 나비의 오라버니이고, 김산 봉계마을 조승지댁 종, 지금은 김산 고을의 동학대장이라는 사실을 한꺼번에 알게 되었다.

"김갑이 대장의 말은 많이 들었심더. 용맹시럽고 신출귀몰한 재주뿐만 아니라, 발걸음이 빨라 하루에 천 리를 간다고 들었심더."

"나도 만득이 대장 소문을 잘 알고 있시유."

서로 칭찬을 주고받은 말 끝이라 두 사람이 같이 얼굴을 붉히게
되었다. 그렇다고 딱히 할 말이 없어서 서로 어색한 낯을 짓고 있을
때 마침 장군막에서 두령 회의를 알리는 북소리가 들렸다. 갑이와
만득이는 조재벽 접주를 따라 장군막으로 들어갔다.

안으로 들어가니 장군막에는 손병희 전봉준 두 장군이 나란히 자
리해 있었고, 앞자리에는 여기저기 흩어져 있던 참모들이 돌아와 자
리를 잡았다. 전날 경천으로 물러나기 전 효포의 가마울 장군막처럼
밝지 않은 얼굴들이었다. 먼저 입을 연 것은 손병희 통령이었다.

"회의를 계속하겠소. 이제 우리 동학농민군의 진도 안정되었지만
공주성에 있는 관 일본군의 진도 안정되었소. 이제 마지막 결전이라
고 해도 과언이 아닐 게요. 우리도 최고의 전략으로 맞서야 할 것이
오. 부디 좋은 계책들을 많이들 내주시오."

전봉준 장군이 입을 열었다.

"내가 오랫동안 궁리했던 계책을 말하겠소. 지난봄에 정읍 황토
재에서 관군을 물리치고 나서 고창 영광 함평 관아를 차례로 칠 때
는 홍의동자紅衣童子를 태운 가마를 앞세워 전법을 하달한 일이 있
었소. 관을 상대로 한 번도 싸워 본 적도, 싸울 생각조차 못했던 우
리 동학농민군에게는 반드시 싸움에서 이긴다는 신심이 필요했던

거요. 그러나 지금은 일본의 신무기 앞에 속수무책으로 쓰러지는 마당이 되자 이제 그 전술은 무용지물이 되었소. 그렇지만 지금도 우리 동학농민군에게는 관 왜놈들을 반드시 이길 수 있다는 신심이 필요하오! 누가 어떻게 동학농민군들에게 신심을 불어넣을 수 있겠소? 바로 여러 두령들이 정세를 바르게 알고, 반드시 이길 수 있다는 자신감이 필요하다는 말이오!"

전봉준 장군이 매서운 눈매로 두령들을 둘러보았다. 그리고 말을 이어갔다.

"지금까지 밝혀진 적의 형세는 일본군 200명과 관군 2,500명, 모두 2,700여 명에 불과하오. 우리는 지금 수만 명의 군세로 소수 병력을 깔아뭉갤 수 있는 험한 산악전을 앞두고 있소. 수만 명이 한꺼번에 몰아치는 인해전술과 함께 소수 정예 별동대가 번개치기로 신무기로 무장한 적진을 교란하는 두 가지 전술이 적절할 것이오. 번개치기란 험한 산 여기저기에서 신출귀몰하여 소수의 적을 혼란에 빠트리는 교란 전술이지요."

갑이는 전봉준 장군의 전략을 금방 알아차렸다. 전날 효포 널치 싸움 때 갑이와 을동개를 별동대로 보내 불리했던 전세를 단숨에 뒤집었다. 이번에는 이를 미리 계획해두자는 것이다.

다른 두령들이 말이 없자 손병희 통령이 매듭을 지었다.

"그러면 전봉준 장군께서 미리 계획해두셨을 테니 각별히 별동대를 준비해주시오. 별동대는 포접이나 고을을 막론하고 젊고 날랜 사람들을 골라야겠군요."

"알겠소이다. 그러면 별동대는 제가 따로 요량해두겠습니다. 별동대장은 여럿을 둘 수 있습니다. 각 포별로 총포를 잘 다루는 젊고 날랜 군사 다섯 사람씩 천거해주시오!"

초조한 몇 날이 흘러갔다. 연이어 긴박한 소식이 들어오고 있었다. 다행히 김개남이 이끄는 동학농민군이 금산 진잠 회덕 신탄진을 파죽지세로 점령하고 청주성을 향해 진격 중이라는 것이다. 동학농민군의 사기가 다시 하늘을 찌르고 있었다. 날이 더 추워지기 전에, 공격 날짜를 서둘렀다.

11월 8일, 동학농민군이 다시 진격에 나섰다. 주된 공격로는 한마루를 거쳐 대실, 삿대울(반송리) 발양 옥고개 오실 막골을 거쳐서 우금치를 넘겠다는 계획이었다. 산꼭지 요새마다 동학농민군의 공격을 엄호할 포대를 설치했고, 포를 발사하면서 전면 공격에 나섰다. 말 그대로 흰옷 입은 동학농민군들이 거센 파도와 같은 기세였다.

동학농민군이 경천 무너미 고개에서 구상조 부대를 격파하여 적이 능치까지 물러났다. 이인 쪽에서는 성하영 백낙완 부대를 포위, 공격하여 물리치고 나서 주 표적인 우금치 쪽으로 방향을 틀었다. 첫날 동학농민군의 공격이 성공을 거두어 목표로 삼았던 주미산 아래 오실 막골까지 진출하여 진을 쳤다. 이런 기세라면 한달음에 공주성을 함락시킬 수 있을 것 같았다.

첫날의 세찬 공세에 기가 눌린 관 일본군은 최후의 방어선을 우금치 진막골(금학동) 곰티 효포 봉수대 개좆봉, 감영 뒷산인 두리봉(주봉)으로 이어지는 방어선을 구축했다.

11월 9일, 동학농민군은 밤새도록 산 위에서 횃불을 밝히고 대치하다가 날이 밝자 일제히 공격을 시작했다.

갑이는 전봉준이 친히 이끄는 별동대에 속하여 전봉준의 홍색 덮개의 가마 앞뒤를 호위하여 따르고 있었다. 주력을 지도하는 깃발은 높게 매단 붉은색 큰 깃발이고, 별동대는 가까이에서도 볼 수 있는 낮은 깃대의 붉은색 깃발이었다.

둘째 날엔 초반부터 동학농민군이 승기를 잡는 듯했다. 적의 저항이 예상보다 거세지 않았다. 곧 마지막 고개 우금치를 넘을 듯했다. 급기야 별동대 깃발이 앞으로 나가라는 신호에 따라 갑이가 별동대원을 거느리고 산꼭대기를 향해 내달렸다. 그러나 산꼭대기에는 뜻하지 않은 일본군의 신무기인 회선포(카틀링식 기관총)가 숨어 있었다. '두두두! 두두두!' 하고 끊겼다 이어지는 총소리와 함께 바로 옆에서 붉은 띠를 두른 별동대원들이 짚단처럼 쓰러졌다. 그 위로 새로운 별동대원이 내달았다. 이는 적이 보면 마치 총을 맞고도 불사조처럼 살아 움직이는 것처럼 보이게 하는 전법이었는데, 별동대원들이 움찔움찔 뒤로 물러나면서 애초의 계획이 수포로 돌아간 것이다. 오히려 총을 든 일본군 10여 명이 일시에 나타났다가 총을 드르륵 갈기고 물러나고, 새로운 10여 명이 나타나 드르륵 총을 갈기고 물러나니 동학농민군의 시체가 쌓여가고 있었다. 저번 날 효포 널치 싸움 양상과 비슷했다. 전세가 일시에 뒤집어진 것이다.

총포대가 뒤로 물러나 재편성되었다. 아침부터 시작하여 점심때가 휘딱 기울도록 이어진 공격에서 동학농민군의 시체가 온 산에 쌓여가고 있었다. 동학농민군의 형세는 마치 불을 향해 덤벼드는 불나방 같았다. 동학농민군의 기세가 만만치 않아서 한꺼번에 고개 마루를 넘으면 적의 방어선이 금방 붕괴될 것만 같았다. 전봉준과 손병희 두 장군의 눈에는 핏발이 서 있었다. 드디어 전봉준이 마지막까지 곁에 두고 있던 별동대를 지휘하는 붉은 깃발을 뽑아들었다.

"별동대 앞으로!"

갑이와 만득이가 포함된 다섯 대의 총포대였다.

"전세는 여러분의 행동에 달렸다. 꼭지에 있는 왜군을 초멸하라!"

홍색 띠를 두른 날랜 군사 50명이 한꺼번에 산꼭대기를 향해 달라붙었다. 누런 복색의 일본군이 바로 눈앞에 들어왔다. 일제히 총을 겨누어 일본군을 사살하자 그 자리에 새로운 일본군이 뛰어들었다. 참호로 뛰어들었던 일본군이 다시 쓰러졌다. 이렇게 되자 일본군의 공격이 주춤했다. 동학농민군의 기세가 일시에 살아났다. 한 떼의 동학농민군이 우르르 우금치를 넘었다. 이때였다. 두두두! 어디서 나타났는지 모를 일본군의 회선포 사격으로 우금치를 넘었던 동학 농민군이 허수아비처럼 쓰러졌다.

아! 탄식이 절로 흘러나왔다. 바로 갑이 앞에서 사격하던 만득이 가 푹 꼬꾸라지자 갑이가 달려가 만득이를 능선 아래로 끌어내렸 다. 만득이의 머리에 둘렸던 붉은 댕기가 벗겨져 불도장이 찍힌 검 은 이마가 드러났다. 한이 맺힌 이마의 검은꽃이었다. 가슴에서 흘 러내린 피로 만득이의 온몸이 피범벅 되어 있었다. 만득이가 거친 숨을 몰아쉬며 눈을 부릅뜨면서 분해했다.

"우짜노! 쪼매만 버티면 될 낀데……웬수 놈들을 두고 죽다이!"

"죽긴 왜 죽어유? 살아야지유!"

갑이가 피가 흐르는 만득이의 가슴을 틀어막으며 소리쳤다. 만득 이의 불타는 눈이 갑이의 눈과 마주쳤다.

"나, 먼저 가오! 부디 좋은 세상 맹글어서 잘 사시이소!"

"한 많은 세상 끝내고 좋은 세상에서 살아봐야지유! 왜 죽어유!"

갑이의 말이 채 끝나기도 전에 만득이의 몸이 축 늘어졌다.

갑이의 눈앞에 다시 저승사자 같은 누런 일본군복이 나타났고, 등 뒤에서 후퇴하라는 명이 내려졌다. 그렇지만 갑이는 어떤 소리도 듣 지 못한 채 늘어진 만득이를 끌어안고 망연자실하여 앉아 있었다.

27. 갑이와 나비의 상봉

그해 섣달은 장물 독이 터져나가도록 추웠다. 동학 난리에 너무 많은 사람들이 죽어서 미처 저승으로 들어가지 못한 원통한 혼들이 구천을 떠돌고 있기 때문이라고 했다.

공주 우금치 전투에서 살아남은 동학농민군은 후퇴를 거듭했고, 바로 관 일본군의 추격이 시작되었다. 전봉준이 이끄는 동학농민군은 금구 원평에서 마지막 전투를 치르고 패배를 거듭하며 뿔뿔이 흩어졌다. 전봉준이 이끄는 동학농민군은 고향이 아래쪽이라 뿔뿔이 흩어졌지만, 손병희가 이끄는 동학농민군은 쫓길수록 고향과 멀어지게 되니 흩어질 수가 없었다.

청주성을 진격했던 김개남군도 일본군의 신무기에 밀려 처참하게 패해 흩어졌다는 말을 들은 것도 그 무렵이었다.

손병희가 이끄는 동학농민군은 남원을 지나 임실 새목터까지 후퇴했다.

임실에서 최시형과 합류하여 추격전을 벌이는 관 일본군을 따돌리고 소백산맥을 따라 장수 무주를 거쳐 영동까지 올라오는 동안 열여덟 차례나 싸움을 벌여 몸은 지칠 대로 지쳐 있었다.

흰 눈 덮인 백화산 쪽에서 눈보라가 뽀얗게 휘몰아치던 날이었다. 사방팔방을 걸구같이 쏘다니던 꾀조배기 법수가 어디서 소문을 들었는지 다급하게 쫓아 들어와 이대감에게 아뢰었다.

"대감마님, 공주에서 관 일본군에게 작살났던 동학농민군이 전라도 남원까지 쫓겨 내려갔다가 전열을 가다듬어 장수 무주 금산으로 올라오면서 관아를 점령하는데, 기세가 파죽지세라고 합니다."

"이놈아! 작살난 건 뭐고, 파죽지세는 또 뭐란 말이냐? 정신 차리고 똑바로 아뢰어라."

어쨌거나 영동 황간 관아가 점령되어 군수 이방 사령들이 이쪽으로 도망왔다가 밥을 얻어 먹고 서둘러 달아난 마당이니 이대감은 더 따져볼 것도 없이 또 피난 보따리를 쌀 수밖에 없었다.

이대감네 식구들이 말과 가마를 급히 내어 백화산 너머 상주로 허겁지겁 피난을 떠났다. 이번에도 나비와 종들이 집에 남았다.

상주에는 얼마 전까지 소모영장 김석중과 일본군이 진을 치고 있었다. 경상도 북부 상주 예천 문경 성주 선산 김산 지역은 일찍이 최시형의 도피처이자 주요 포교 지역이었다. 이 지역 동학 조직은 관동포(예천 문경), 충경포(상주 선산 김산), 상공포(상주 예천), 선산포(선산 김산), 영동포(김산 개령) 등 다섯 개의 큰 포 조직이 있을 정도로 동학 교세가 성했다.

지난 9월 동학교단이 재봉기를 선언하자 경상 북부 지역 동학농민군이 한꺼번에 무장봉기에 나섰다. 예천의 동학농민군이 일본군 병참부 공격을 준비하자, 태봉병참부의 일본군 다께우찌 대위가 정탐을 나왔다가 용궁 장터에서 동학농민군들에게 피살당한 사건이 일어났다. 이로 인해 예천의 동학농민군은 가장 먼저 일본군과 전투를 벌이게 되었다. 성주에서는 이보다 이른 9월 초에 여성탁 장여진 박성빈 등이 동학농민군을 이끌고 기포하여 성을 점령하였고, 성 안이 모조리 불탔다.

9월 22일, 선산에서는 대접주 한교리가 한정교 박성빈 정인백을 내세워 선산 옥성 낙동 상주 도개 해평 산동 고야 구미 등지의 동학농민군을 규합하여 선산 읍성을 함락했다. 하지만 나흘 뒤인 22일, 일본군 병참부 주둔군이 출동하여 선산 읍성을 탈환했다. 일본군의 기습을 받은 동학농민군은 읍성을 빠져 나올 때 많은 희생자를 내고 흩어졌다.

상주 읍성 공격도 선산과 같은 날에 있었다. 김현영 김현동 구팔선 대접주가 이끄는 상주 함창 예천 동학농민군이 상주 읍성 공격에 나서자 상주목사 윤태원과 호장 박용래 이방 김재익 등이 성을 버리고 달아나 쉽게 상주 읍성을 점령했다. 그렇지만 나흘 뒤인 28일 낙동 병참부의 일본군이 출동하여 조교弔橋를 사용하며 성벽을 넘어 총을 쏘자 동학농민군은 1백여 명의 희생자를 낸 채 물러났다. 일본군에게 관아를 인계받은 상주 민보군은 태평루에 자리 잡고 앉아서 체포한 동학농민군들을 처형했다. 정의묵 김석중은 민보군을 이끌고 동학농민군 토벌에 나서 모동 모서 공성 화동 화서 화북 중화, 심지어 충청도 보은 청산 영동 옥천 등지까지 진출하여 수많은 동학농민군을 색출하여 학살했다.

소모영장 김석중이 동학농민군 사냥을 끝내고 돌아와 군사를 흩어 집으로 돌려보내고 한가로이 앉아서 조정과 일본군에 올려 보낼 동학농민군 토벌 기록인 〈토비대략討匪大略〉을 필사하고 있을 때였다. 김석중이 일본군진 미다꾸 대위으로부터 전라도 무주 쪽에서 동학농민군 대군이 밀려오고 있다는 전황과 함께 출동해달라는 '출전요청서出戰要請書'를 받았다. 일본군이 상주 관아나 유림을 통하지 않고 직접 김석중에게 연락을 했으니 김석중은 마치 천하를 얻은 듯 들떴다. 일본군으로부터 전공을 인정 받았다는 뜻이다. 이번에 받은 이 '출전요청서'는 전날 조선 임금으로부터 받은 소모영장 임명장보다 더 지엄한 것이었다. 김석중이 미다꾸 대위 이름과 제 이름으로 관아와 양반 토호들에게 급히 '초모령招募令'을 내려 전날 흩어 보냈던 소모영군을 다시 모으고 군마와 군량미, 군비까지 거둬들이기 시작했다. 관아치들이나 양반 토호들이 일제히 김석중을 찾아와 사람과 재물을 한꺼번에 내놓아서 금방 든든한 군대가 된 것이다.

김석중이 군사를 너른 들에 펴서 조련을 시키도록 하고, 팔짱을 끼고 서서 이를 굽어보고 있었다.

이때 김석중의 먼눈에 이용강 대감댁의 가마 행렬이 보였다. 김석중이 전날 버선발로 달려가 맞이했던 것과 달리 부관을 가까이 불러 귀에 대고 뭔가를 은밀히 지시했다.

김석중의 명을 받은 부관이 기마군 셋을 데리고 득달같이 말을 달려갔다가 한참만에 이대감과 그 식구들, 그리고 법수를 굴비 엮듯 엮어서 돌아왔다. 벌써 이대감은 금방 까무러칠 지경으로 노기가 등등했으나 김석중 앞에 당도하자 더 기고만장해졌다.

"이놈! 내가 누군 줄 알고 감히 행패란 말이냐?"

부관이 쏜살같이 내달아 앙알대는 이대감의 앞정갱이를 냅다 걷어질렀다. 이대감이 털썩 무릎을 꺾으며 숨넘어가는 비명을 질렀다. 어찌나 오지게 질렀던지 누가 봐도 이대감의 비명이 결코 언구럭이 아니었다.

"아이구구! 이놈이 사람 잡네."

이번에는 주저앉아 입을 놀리는 이대감의 면상을 걷어지르니 그제야 입이 저절로 다물어졌다. 벌써 이대감은 온 낯짝이 피범벅이 되어 '꿍' 신음만 흘리고 있었다. 지엄하고도 지엄한 이대감의 생애에 언제 이런 수모를 당한 날이 있었겠는가. 이대감은 마치 사나운 꿈을 꾸고 있는 것 같았다. 약아빠진 법수는 벌써 일이 돌아가는 형편을 알아차리고 입을 합 다물고 있었다. 그제야 김석중이 싸움을 말리는 시누이같이 슬그머니 나섰다.

"무슨 일이고?"

"동학쟁이와 내통한 놈들입니다."

이대감이 피 묻은 입으로 거의 울듯이 하소연하고 나섰다.

"이보게. 김소모장! 대체 무슨 말인가? 우리가 동학쟁이들과 내통을 하다니!"

"풀어드려라. 대감! 아들이 모르고 한 일이니 노여움을 푸시이소."

김석중이 슬쩍 웃음을 지으며 허리를 건성으로, 아주 조금만 까딱 접었다. 허리를 납신납신 접던 전날의 김석중이 이미 아니었다.

"싸게 가마를 대령하지 못할까?"

피칠갑이 된 이대감이 다시 기가 살아서 고함을 지르니 드디어 김석중이 제 색깔을 드러내어 점잖게 일렀다.

"지금 동학군이 물밀듯이 올라오고 있다 안 캅니꺼. 대감의 재물은 동학쟁이를 토벌할 때 쓰는 군비로 징발해야겠심더. 일본군이 함께 싸우게 되어서 군비가 수월찮이 들어갈 낍니더."

그제야 이대감도 무슨 뜻인 줄 알아서 얼굴이 하얗게 질렸고, 입을 합 다물었다. 하늘이 무너지면서 온몸에서 힘이 빠져나갔다. 이제 김석중이 일본군에 찰싹 붙어버렸으니 하루아침에 호랑이가 되어버린 것이다.

백화산 아래 수석마을. 날이 저물고 희끗희끗 싸락눈이 휘날리는 밤에, 동학농민군들이 눈보라에 떠밀리듯이 들이닥쳤다. 반쯤은 내처 5리쯤 떨어진 용산장터로 들어가고, 후진이 수석에 머물렀다. 거기에 동학농민군 총포대장 갑이가 끼어 있었다. 날이 어찌나 추웠던지 눌러 쓴 패랭이에 눈을 허옇게 뒤집어썼고, 마구 자란 수염에는 서리와 고드름이 엉켜 붙어 있었다. 동학농민군은 이대감집 곳간은 물론 방들을 모두 차지하고, 그래도 잘 곳이 없는 동학농민군은 근동으로 흩어져 방이나 헛간을 차지하여 잠을 자게 했다.

이곳은 조재벽 손해창 접주의 관할이어서 동학지도부의 거처는 그가 나서서 주선하고 있었다.

"법헌 어른과 손병희 두 어른은 내가 모실 테니 김갑이 총포대장은 모처럼만에 옛 사람을 만나 회포를 푸는 것도 좋겠지."

조재벽 접주의 말에 갑이가 잠시 낯을 붉히며 주저하여 말했다.

"남들이 다 추위에 떠는데 저만 그렇게 하기 싫구먼이유."

조재벽 접주가 갑이의 성미를 아는 터라 어쩌지 못하고 주저하고 있으니 뒤에 서 있던 최시형이 조용히 나섰다.

"조군 말이 옳구마. 그 여인 또한 가련한 한울님 아닌교?"

갑이가 비로소 거절하거나 말대꾸를 하지 않았다.

그날 밤, 갑이가 이대감의 안방에서 나비와 상봉하게 되었다.

갑이가 호롱불이 환하게 밝혀진 빈방으로 들어가니 계집종이 뒤따라 들어와 옷보따리를 내려놓고 물러갔다.

"마님께서 갈아 입으시래유."

갑이가 두툼한 누비 솜옷을 별스런 느낌 없이 갈아입다가 옷고름 안쪽에 핏자국 같이 작고 붉은 꽃송이가 수놓인 것이 보였다. 그제 야 싸늘하게 식어 있던 감회가 뜨겁게 밀려왔다.

옷을 갈아입고 얼마 아니 되어 나비가 들어왔다. 등잔불을 가운 데 두고 갑이는 아랫목에 자리를 잡고 나비는 윗목에 앉았다. 웃벽 아랫벽으로 서로 다른 호롱불 그림자가 어지럽게 어른거렸다. 더 아 랫목 갑이 옆에는 당금이를 눕혔다. 갑이가 잠자는 당금이를 보자 울보의 버릇이 바뀌었나 싶었다. 아니, 제 어미 품이 아니어서 울었 을 것이다. 갑이의 눈길이 당금이에게 머물러 있는 것을 알고 나비 가 조용히 말했다.

"얼라가 잘 크고 있심더."

갑이가 당금이를 바라보고 있으니 멀찌감치 물러나 있던 회포가 물밀듯 밀려왔다. 갑이와 나비가 차가운 남이지만 당금이는 두 사람 사이의 뜨거운 존재가 아닌가. 갑이가 당금이에게서 눈을 뗐다.

이번에는 갑이가 입을 열었다.

"김산 동학대장 만득이가 충청도 공주 전투에서 세상을 떴소."

그 말 끝에 나비가 소리 없이 눈물짓고 잠깐 훌쩍였을 뿐, 곧 한숨 끝에 눈물을 거두었다. 마침 당금이가 깨어 자지러지게 울음을 터트렸다. 계집종이 들어와 당금이를 안고 방을 나갔다.

그 끝에 누구도 입을 열지 않았다. 뒤꼍에는 대숲을 쓸고 가는 바람 소리가 야단스러웠고, 먼 백화산 쪽에서 늑대 승냥이 울음이 간간이 들려왔다.

"정말, 오래 오래나 사시오."

갑이의 말이, 오래 살다 보면 장차 함께 살 날이 있다는 뜻인지, 아니면 오라버니 만득이 몫까지 살라는 뜻인지 얼른 헤아려지지 않았다. 나비도 엷은 한숨 끝에 말했다.

"서방님도, 부디 오래 사시이소."

이 말도 어둑스럽기는 마찬가지였다. 나비에게는 지금도 갑이가 서방님이라는 뜻인가, 아니면 오래 살다 보면 서방으로 함께 살게 될 날이 있다는 뜻인가.

두 사람 사이로 다시 바람 소리가 들어찼다. 긴 침묵 끝에 갑이가 말했다.

"나, 좀 눕겠소."

갑이가 호롱불을 좀 위로 밀치고 나서 몸을 뉘었다. 나비가 말없이 일어나 쭈그리고 누운 갑이의 몸에 이불을 덮어 주었다. 이불 속에서 쭈그렸던 몸이 조금씩 풀리더니 마침내 편히 누운 자세가 되었다. 그리고 갑이의 평온하고 고단한 코골이가 시작되었다. 나비는 모처럼 만에 함께하는 옛 서방 갑이의 단잠을 깨울까 봐 치맛자락한 가닥도 헝클지 않고 굳은 듯 앉아 있었다. 밤이 깊어가고, 호롱불 심지가 불꽃과 함께 까무룩이 말려들었다.

먼데 닭 울음이 잦혀지고, 샐 것 같지 않던 밤이 물러가고 문살에 푸른 옥빛 기운이 번져가는 새벽 무렵이었다. '탕!' 하는 외마디 총성이 어둠을 끊고 지나갔다. 그 울음은 산으로 메아리쳐서 길게 꼬리를 끌며 사라졌다. 이어서 콩볶는 듯한 총격이 시작되었다. 갑이가 튕기듯 일어나 머리맡에 벗어둔 총을 들고 밖으로 뛰쳐나갔다.

"무슨 일이오?"

갑이가 대문 밖에 선 초병에게 물으니 동구 밖을 가리키며 말했다.

"잘은 모르고, 저 방천 쪽에서 났구먼이유."

눈은 그쳤으나 쌓인 눈이 그대로 얼어붙어 살을 베어 갈 듯한 추위 속이었다. 초병이 가리킨 방천 쪽 어둠 속에서 콩 볶는 듯한 총성이 야단스럽게 일어나고 있었다. 갑이가 동구 밖 방천 쪽으로 말을 달리니 요란한 총성이 가까이에서 들려왔다. 대체 어느 놈이 기습해온 걸까. 상주에는 김석중이 이끄는 소모영군이 버티고 있고, 대구 낙동 쪽에 주둔하고 있던 일본군이 뒤쫓는다는 말이 있었지만 아직 멀리 떨어져 있었다. 갑이가 방천에 도착했을 때는 거의 총성이 멎었을 때였다.

"무슨 일이오?"

푸른 새벽 어둠 속에서 영동 접주 손해창이 나섰다. 이 고을 사정을 잘 아는 동학농민군이 번을 맡은 것 같았다.

"잘은 모르나 아마 죽전 쪽으로 달아난 거 본께 상주 김석중이 보낸 정탐꾼 같어유. '누구냐?'고 소리친께 내처 달아나는구먼유."

"그려유?"

갑이가 눈 덮인 방천으로 말을 몰았다. 눈에 말 발자국이 찍혀 있어서 충분히 따라잡을 수 있을 것 같아서였다. 과연 여명 속에 두 마리의 말 발자국이 또렷이 찍혀 있었다. 갑이가 잠깐 방천을 따라 말을 달렸을 때, 왼쪽 산 아래 죽전마을 쪽에서 총소리가 났다. 이는 지금 뒤쫓는 말 발자국과는 또 다른 전투였다. 말을 뒤쫓는 것은 적의 유인책에 휘말리는 일인지도 모른다.

갑이가 말머리를 죽전마을 쪽으로 향했다. 마을로 들어가자 벌써 전투 상황이 끝나 있었다. 동학농민군들이 둘러섰는데, 머리에 총을 맞은 사람 하나가 절명해 있었다. 머리에서 흘러나온 피가 흰 눈 속으로 스며들고 있었다. 갑이가 안면이 있는 영동 이판석 두령에게 물었다.

"어찌 된 거유?"

"상주 소모영 김석중 군에게 기습을 당했소."

이판석 두령이 분해하며 말했다. 이때 수석리 쪽에서 다시 총소리가 들려와서 더 듣고 있을 틈이 없었다. 전투가 시작된 것이다.

갑이가 수석리로 급히 말을 몰았다. 이대감댁 너른 마당에 동학농민군이 이미 출정 준비를 마치고 늘어서 있고, 손병희가 갑이를 기다리고 있었다.

"용산장터에서 싸움이 벌어진 모양이니 어서 이들을 통솔하여 들어가 보시오!"

"알었시유."

일단 소두령들에게 용산장 쪽으로 이동을 지시하고, 갑이는 말을 몰아 뒷산 꼭대기로 올라가 총소리가 나는 쪽을 바라보았다. 싸움은 두 군데서 벌어지고 있었는데, 먼 용산장터 쪽에서, 그리고 바로 산 너머 마을 덕진리 뒷산 시마골에서 싸움이 벌어지고 있었다. 그렇다면 적이 전날 밤 동학농민군의 숙영지인 용산장터와 덕진을 동시에 기습 공격한 듯했다. 갑이가 덕진 시마골로 공격해 들어가면 적의 입장에서 보면 포위 공격을 받는 형세가 되고, 이쪽에서는 적의 뒤 통수를 치니 승산이 있는 싸움이다.

갑이가 골짜기 어귀에서 양 능선으로 총포대를 배치하고 가운데 산골짜기로 밀고 들어갔다. 뒤에서 공격을 받으니 그동안 완강하게 버티던 청주 영병이 포위된 줄 알자 갑자기 대열이 무너져 달아나기 시작했다.

덕진 쪽에서 진을 치고 있다가 싸운 신재련이 이끄는 충주 동학농민군이 용산장터 어귀인 재너골에 진을 옮겨 쳤다. 대신 갑이가 이끄는 동학농민군이 덕진마을에 진을 치고 머물렀다.

다음 날 아침 일찍 다시 싸움이 시작되었다. 이번에는 어제 패해 달아났던 청주 영병이 박정빈이 이끄는 옥천군과 규합하여 공격해 들어왔다. 이번에는 갑이의 등 뒤에서 김석중이 이끄는 소모영군이 공격해왔다. 갑이가 포위된 형세였으나 용산 쪽으로 공격하는 척하면서 뒤돌아서서 김석중 소모영군을 일시에 타격할 기회를 노리고 있었다. 김석중 군이 골짜기 깊숙이 이동해 들어왔을 때 퇴로를 막고 일시에 총격을 퍼부었다. 갑자기 뒤통수를 호되게 맞은 김석중 군이 박삼봉 부치송골 밀북이골로 뿔뿔이 흩어져 달아났다. 이때 말을 타고 달아나는 김석중이 갑이의 총포 가늠쇠에 들어왔으나 아슬아슬하게 빗나갔다.

갑이가 김석중 군을 물리치고 용산장터로 들어온 것은 점심때쯤이었다. 옥천병 청주병을 청산 밤재까지 뒤쫓아갔던 동학농민군이 돌아와 오랜만에 동학농민군 사기가 하늘을 찔렀다.

28. 그해, 12월 17일 밤

날은 연일 춥고 눈보라까지 몰아치고 있었다.

용산에서 장군재를 넘으면 바로 청산 문바우인데, 이곳은 동학농민군이 두어 달 전 논산 공주로 들어가기 전에 작은뱀골 큰뱀골로 길게 펼쳐진 들에 초막을 치고 머물면서 전술을 익히던 훈련장이 있는 곳이다. 장군재를 넘어서는 순간, 설핏한 저녁 햇살 아래 펼쳐진 문바우 골짜기는 너무도 황량했다. 눈덮인 골짜기에 불타다 만 집들이 남긴 앙상한 검은 뼈다귀들이 삐쭉삐쭉 하늘을 향하고 있었다. 굶주린 까마귀 떼가 흉흉한 골짜기에서 먹잇감을 찾고 있었다.

마을로 내려가니 앙상한 집 모퉁이에 거적때기를 둘러 가까스로 거처를 마련하고 살던 사람들이 비렁뱅이같이 꾀죄죄한 몰골로 기어 나왔다. 이 집의 주인이던 김성원 두령이 먼저 기어 나온 사람을 알아보았다.

"조카, 이게 어찌 된 일인가?"

"작은아부지! 여기가 동학쟁이들 마을이라고 군사들이 들이닥쳐서 잡아가고 불태우고 생난리쳤시유. 그나마 식구들은 죽었는지 살었는지두 모르겠시유. 저 아래 작은뱀골 큰뱀골 서오덕 대장과 사람들이 싸그리 죽었시유."

이 말에 최시형은 먼 산을 바라보고 서 있었다. 동학지도부도 이런 말을 들으면 분노하던 전날과 달라져 있었다. 참혹한 죽음을 너무 많이 대하다 보니 이제는 어떤 죽음 앞에서도 별스런 느낌 없이 멍히 서 있을 뿐이었다. 아예 넋이 빠져나가고 말까지 잃어버린 사람들 같았다.

일단, 문바우 아래 작은뱀골 큰뱀골에 불탄 빈집들을 수습하여 고래에 불을 넣어 구들을 데우고, 그 위에 삼각 바지랑대를 세워 이엉으로 바람을 막아 임시 거처를 만들도록 했다. 동학농민군이 포 접별로 흩어져 숙영지를 마련할 때 금방 추위와 어둠이 함께 닥쳐왔다. 낮에 용산장터에서 전투를 치르느라 밥을 짓지 못해 주먹밥조차 없어 굶주린 상태였다.

그래도 골짜기에 검은 연기와 불꽃이 피어오르니 비로소 사람 사는 세상처럼 훈훈해졌다. 살을 베어가는 추위로 등은 따뜻해도 코끝으로는 찬바람이 스쳐가고, 하얀 입김이 바로 코앞에서 흩어졌다.

곧 꿈자리 사나운 일이 닥칠 것 같은 중에 밤낮이 바뀌었다. 이틀째 되던 14일이었다. 용산 쪽에 소식이 들어와 불길하던 예감이 손에 잡힐 듯 바짝 다가왔다. 상주 김석중이 이끄는 민보군과 대구 쪽에서 올라온 일본군이 추격을 시작했다는 것이다.

소식을 접한 동학지도부는 대책 수립에 들어갔다. 최시형이 뒤로 물러나 정좌했고, 강시원 손병희 김연국 손천민 조재벽 이관영 박규석 신재련 이춘경 이국빈 손병흠 정봉학 등이 둘러앉아 있었다. 정황은 다급했지만 논의는 느렸다. 회의는 손병희 통령이 주장했다.

"어디, 말씀들을 내어 보시오."

"우리 동학농민군이 지칠 대로 지친데다 이제 날이 추워서 더 이상 야영이 어렵고, 군량도 떨어져 가고 있습니다. 동학농민군의 사기가 떨어질 대로 떨어진 마당이라 이제 각자 흩어져 고향으로 돌아가도록 하는 것이 좋겠소."

지금까지 싸움 쪽으로 주장해오던 조재벽 접주의 처절한 말이었다. 이때 이국빈이 격분하여 나섰다.

"우리가 이곳 문바우 형편을 두 눈으로 똑똑히 보지 않았소? 우리가 돌아갈 고향이 어디 있고, 우리를 기다리는 사람이 어디 있단 말이오? 살아 있다 하더라도 무슨 낯으로 상면한단 말이오? 뜻을 같이하다가 먼저 죽은 동지들같이 끝까지 싸우다 죽읍시다!"

여기에 신재련 접주가 이국빈 두령에 동조하는 말을 했다.

"뒤에서는 상주 소모영군과 일본군이 쫓고, 앞에서는 옥천 청주 영병들이 오기를 기다리는 형편인데 우리가 흩어진다 한들 어떻게 이곳을 살아 나간단 말이오?"

여기서 갑이가 나섰다. 자신도 모르게 분기가 치밀었지만 이를 애써 억눌러 차분히 말했다.

"우리가 두어 달 전에 바로 여기에서 기포했시유. 그날, 싸워서 좋은 세상을 만들겠다고 일어서지 않았던가유? 그런데 여기서 살아남을 생각을 해유?"

두령들의 눈빛이 달라졌다. 손천민 접주가 분연히 나섰다.

"옳소이다. 지금 우리에겐 싸우는 길밖에 없습니다. 우리가 오늘 이루지 못하더라도, 우리의 죽음을 딛고 누군가 새 세상을 맞이하겠지요."

"옳소!"

"옳소! 싸웁시다!"

이때 손병희 통령이 조용히 나섰다.

"여러분, 고맙소이다. 그동안 우리가 숱한 싸움을 벌여왔지만, 이제 마지막 큰 싸움이 목전에 다가와 있소이다. 주력의 관 일본군이 우리 동학농민군을 포위하여 휩쓸고 전라도로 내려갔다고 한다면, 지금 우리는 그 포위망을 벗어나 있습니다. 그리고 진산 쪽에서는 최공우 접주가 대둔산에 진을 치고 마지막 항쟁에 들어갔고, 청풍 쪽에는 아직 성두한 대접주가 장자봉에 진을 굳게 지키고 있다는 소식이 들어와 있소. 우리는 아직 1만여 동학농민군이 있고, 군량도 많이 남았습니다. 말과 소 수십 마리에 대포와 총과 화약 탄약이 남았고, 아직 창과 칼이 날카롭게 번뜩이고 있습니다. 싸웁시다! 싸우되, 지혜로운 전략으로 용맹스럽게 싸워 적을 섬멸합시다!"

그동안 지쳐 있던 동학농민군 지도자들의 눈빛이 일시에 빛났다. 손병희가 좌중을 향해 명을 내렸다.

"오늘 저녁에 소와 도야지를 잡아 동학농민군의 배를 불리고 다시 힘을 내어 출정합시다. 그동안 장군막에서는 긴밀하게 전략을 짜도록 하겠소이다."

"알겠습니다!"

두령들의 결의에 찬 대답이 있었고, 그 끝에 뒤에서 눈을 감고 있던 최시형이 눈을 뜨고 천천히 입을 열었다.

"고맙소이다. 우리 동학은 이제 한두 나무가 아입니다. 성하게 우거진 오만 년 시호의 숲이 되었심더. 이제 숲에 모진 폭풍우가 휩쓸고 지나간다 캐도 스스로 생채기를 딛고 새 숲을 이루어가는 교敎, 앞으로 오만 년을 창창하게 이어갈 교입니다."

"명심하겠습니다!"

두령들이 일어나 절하고, 최시형이 같이 일어나 맞절하니 곧 작별 인사가 되어 두령들이 각자 숙소로 돌아갔다.

출정은 15일이고, 청산 보은 두 관아를 들이쳐서 인근 고을에 동학농민군의 막강한 군세를 떨친 뒤 북실로 들어가 진을 치기로 했다.

문바우골에 머물고 있던 1만여 동학농민군이 이동을 시작했다는 급보를 받은 청산 관아의 군수 아전들이 재빨리 말을 내어 도망쳤다. 동학농민군은 빈 관아를 접수하여 병장기를 탈취한 뒤, 삼승과 마로 두 길을 잡아 보은 관아를 향해 물밀듯이 들어갔다.

보은 관아 역시 비어서, 보은읍을 손쉽게 점거했다. 옥천 청주에서 나온 지방 군사들이 멀리서 동학농민군의 움직임을 지켜보는 형세였다. 전날 용산장터 싸움에서 혹독하게 당한 터라 섣불리 덤벼들지 못하고 있었다. 예측대로 뒤에서는 일본군과 김석중 소모영군이 슬금슬금 뒤따르고 있었다.

16일 하루를 보은 읍내에서 머물다 17일 저녁나절에 북실로 들어갔다. 북실은 속리산 자락으로, 넓은 들을 가운데 두고 사방으로 산들이 낮은 병풍을 두르고 서 있었다. 들 한가운데는 삼태기 같은 낮은 산이 송편 속처럼 들어 있다. 산 아래 쪽으로는 열두 북실이라는 작은 마을들이 무더기로 흩어져 있었다.

며칠 오락가락하던 눈 끝에 눈을 부릅뜬 듯 날은 개었지만, 추위가 한층 매서웠다. 일찌감치 숙영지에 들어가 연일 소 돼지를 잡아 동학농민군들의 배를 불리고, 잠자리를 미리 데워 몸을 녹이도록 했다.

저물녘에 정탐꾼이 일본군과 상주 소모영군의 움직임을 보고했다. 일본군이 스무 명 남짓이고, 상주 소모영군은 3백여 명이라고 했다.

날은 점차 추워지고 밤이 깊어가면서 눈 위로 푸른 달빛이 깔려 있었다. 마을 어귀에 모닥불이 피어올랐다. 이는 동학농민군 측의 유인책이었다. 적이 모닥불을 향해 총을 쏘면 적의 위치를 알게 되니 거기다 포를 퍼붓겠다는 전략이었다. 갑이는 김소촌가에서 5백 보쯤 떨어진 집 장군막에 있었다.

초조한 시각이 흘러갔다. 이윽고 흐린 달빛을 깨는 총소리가 났다. 예상대로 적이 마을 어귀 김소촌가와 모닥불을 향해 총격을 퍼붓고 있었다. 그러면 동학농민군의 포사격이 뒤를 이어야 하는데, 무슨 사정인지 포가 발사되지 않았다. 탄환을 아끼자는 전략으로 바뀌었을까. 한참 동안 총격이 콩 볶듯 하더니 김소촌가에 불길이 치솟았다. 이를 군호 삼아 동학농민군 진영 열두 북실마을에서 일제히 햇불이 솟고 함성이 터져 나왔다. 이어 가까운 쪽에서 먼저 교전이 벌어졌다. 피아간에 총격이 한창 이어지다가 갑자기 총성이 멎고 동학농민군의 함성과 햇불이 일시에 사라졌다. 총성이 멎고 오직 불타는 김소촌가만 눈에 들어올 뿐이었다. 얼마 아니 되어 장군막으로 안타까운 전황 보고가 들어왔다.

"김소촌가에 머물던 두령님들이 적의 공격을 받아 몇 분이 돌아가셨구먼이유. 왜놈들이 시체를 불 속에 던져 태워버렸구먼이유. 으흐흑!"

"어느 두령이라던가?"

"잘은 모르겠는디, 한 분은 이국빈 두령님이유."

그러나 손병희를 비롯한 장군막 두령들은 눈을 부릅뜰 뿐 아무 말이 없었다.

한참의 시간이 흘렀다. 이번에는 마을 어귀 바람부리 쪽에서 일제히 총성이 일더니 점차 북실 안쪽으로 밀려들고 있었다. 푸른 달빛 아래 동학농민군이 가운데 낮은 삼태기산 진지로 떠밀리듯 모여들기 시작했다. 동학농민군이 가까이 덤벼드는 적을 향해 반격을 시작했다. 그렇지만 이는 동학지도부가 애초에 세웠던 전략과 좀 다른 것이었다. 날이 새기를 기다려 탄환을 써야 하는데 탄환을 미리 쓰기 때문이었다. 갑이가 거느리고 있는 별동대도 총탄을 충분히 받았지만, 새벽녘이 될 때까지 아끼다가 적이 가까이 침투했을 때 총탄을 쓰도록 명을 받아두고 있었던 것이다.

이때 등 뒤에서 청주 영병과 옥천 병들이 손뼉을 치듯 호응하여 공격을 시작했다. 동학농민군이 사방으로 포위된 셈인데, 이는 애초에 예상한 전투 상황이었지만 긴 겨울밤을 버티기에는 너무도 긴 시간이 남아 있었다.

적의 공세가 차츰 거세지기 시작했다. 동학농민군 진영에서는 횃불과 함성, 그리고 간헐적인 총격으로 맞대응했지만 수적으로 열세인 적을 한꺼번에 꺾을 방도가 없었다.

이때였다. 손병희 통령이 장군막 끝에 서 있던 갑이를 다급하게 불렀다.

"김갑이 대장! 지금 저쪽 총격이 일어나는 쪽을 잘 보시오! 왜군이 뒤쪽에 처져서 진을 형성하고 있소. 저 왜군의 뒤통수를 치시오!"

"알었시유!"

"산 뒤에 숨어서 왜군의 움직임을 내려다보다가 날이 밝아 적이 보일 때 총을 쏘시오! 상황이 되면 미리 치는 것도 좋소! 다만, 총탄을 아꼈다가 확실할 때 치시오!"

"예, 알었시유!"

갑이가 별동대를 이끌고 논두렁길을 기어서 포위망을 뚫고 나와 무사히 큰 산 그림자 속으로 잠입했다.

갑이가 이동하는 동안 동학농민군이 반격을 가해 일본군과 김석중이 거느리는 군이 밀리는 형세가 되어 있었다. 그렇지만 아직 손병희 통령의 전략에 따르면 총공격할 때가 아니었다. 어쩌면 동학농민군이 일찌감치 싸움을 끝내기 위해 총공세를 앞당겼을지도 모른다.

일본군이 밀릴 듯 밀리지 않고 끈질기게 버티는 한참의 시간이 흘러갔다. 초조한 중에 달도 기울어가고 삼태성이 휘딱 기울었다. 이제 조금만 더 버티면 먼동이 트고 적들이 낱낱이 드러나고, 적이 동학농민군의 기세에 밀려서 달아나게 될 것이다.

이때였다. 갑이의 등 뒤에서 갑자기 총소리가 났다. 돌아보니 희미한 미명 속에 흰옷 입은 동학농민군이었다. 대체 저들이 같은 동학농민군이라면 어떻게 이쪽을 향해 총질을 할 수 있단 말인가. 귓가로 총탄이 빗발쳤다. 다른 별동대원들이 엎드린 채 갑이의 명을 기다리고 있었지만, 갑이는 얼른 판단이 서지 않았다. 옆에서 별동대원 한 사람이 쓰러져 즉사했다. 왜총이다! 동학농민군으로 변복시켜 일본 총을 들려준 것이 분명했다.

"왜놈이다! 쏴라!"

별동대가 뒤돌아, 적을 향해 총격을 시작했다. 별동대가 미리 몸을 숨기고 있었기 때문에 큰 피해 없이 산을 내려오며 총을 쏘는 적을 쉽게 물리칠 수가 있었다. 뿐만 아니라 방아쇠만 당기면 총탄이 나가는 왜총 몇자루를 얻었다. 아, 이것이 전화위복이 될지도 모른다. 갑이가 먼저 왜총으로 무장하고 총을 대원들에게 나눠주었다.

그동안 날이 더 밝아 있었고, 삼태기 같은 산에 있는 동학농민군이 점차 밀리고 있었다. 예상대로 동학농민군 진영에서는 총탄이 떨어져가고 있었다. 긴박한 순간이었다. 이제 바야흐로 별동대가 총공세를 펼칠 때였다.

"앞으로!"

갑이가 별동대를 이끌고 산 아래로 내달아 일본군을 향해 덤벼들었다. 논두렁에 의지하여 총을 쏘아대던 일본군이 뒤돌아 총격을 시작했다. 별동대원들이 미처 엎드리기도 전에 한바탕 총격에 반나마 쓰러졌다.

"엎드려! 총을 쏘면서 앞으로 나가라!"

갑이가 눈 덮인 논에 엎드려 소리쳤다. 그러나 가깝게 다가갈수록 이쪽이 정확한 표적이 되었고, 옆에서 하나둘 소리 없이 쓰러졌다. 화승총과 달리 한번 맞으면 사지를 떨다가 쭉 뻗어버렸다.

"아!"

갑이의 토막친 비명과 함께 머릿속이 하얗게 지워져 버렸다. 언제인지 모르지만, 언젠가 이 순간이 올 것이라고 예상했던 바로 그 순간이었다. 귓가에 동학농민군의 처절한 함성과 총알이 피융피융 스쳐 지나갔고, 희붐한 아침 어둠 속에 김석중의 얼굴이 떠올랐다. 갑이가 더듬어 총을 찾았으나 잡히지 않았다. 전날, 대장간에서 갑이의 가슴을 짓밟던 김석중의 발이 점점 다가오다가 그나마 어둠 속으로 자취를 감춰버렸다.

이날 동학농민군의 저항은 날이 밝고 한나절 동안이나 계속되어 동학농민군의 시체는 북실 골짜기 곳곳에 차곡차곡 쌓여갔다.

29. 명당 이야기

그해 섣달그믐 무렵이었다. 지난날 수석리에서 하룻밤 자고 떠났던 동학농민군이 보은 북실싸움에서 패했고, 김갑이 대장이 죽었다는 소문이 바람에 실리듯 날아들었다.

머리를 풀어헤친 나비가 연 사흘 곡을 하였다. 사람들이 말했다.

"참, 곡 한번 섧다. 저 곡은 저승에 든 귀신을 보지 않고는 내지 못하는 곡이여."

"갑이가 죽긴 죽었는 감만."

"안서방이 북실 송장 구덩이를 뒤져서 목 없는 김갑이 두령의 송장을 찾았대유. 옷고름에 수놓은 나비의 정표를 찾아냈다니께 틀림없겠지유."

"쯧쯧, 인물이 때를 잘못 만났지. 아까우이!"

갑오년이 가고 을미년이 왔다. 을미년은 떠도는 노랫말같이 을미적을미적, 미적대지 않고, 날이 밝듯, 들이닥치듯 왔다.

정초에, 상주로 피난을 갔던 법수가 이대감 식구들은 두고 혼자 불쑥 나타났다. 엄동설한이긴 했지만 때가 꾀죄죄하게 절어서 이를 한 서 말쯤 키우고 있음 직한 솜 누비옷 바람이었다.

"마님, 그간 평안하셨는지요?"

법수가 갑자기 정실로 들어앉은 나비에게 겉으로 하오를 했지만 속으로는 깐히 여겨 늘 말끝 표정이 썼다. 그런데 오늘은 하오가 각별히 공손했다.

"대감님은 우짜고 혼자 오싰능교?"

나비의 물음에 법수가 엄청난 말을 가볍게 툭 던졌다.

"대감님께서 동학 난리는 잘 피하시더니, 급살을 맞아 돌아가셨소."

"예?"

나비가 놀라 차마 입을 다물지 못했는데, 법수가 금방 히힛 웃고 나서 말했다.

"그냥 한번 해본 말이오. 실은 대감께서 요즘 고뿔이 드셨는데, 자나 깨나 밤낮으로 마님을 애타게 찾는다오."

법수가 나비의 속을 짐짓 떠본 것이다. 나비가 엄한 얼굴로 법수의 다음 말을 기다렸다.

"대감마님께서 발 빠른 말을 대어 마님을 급히 상주로 모셔오라는 기별을 전하러 온 것이오."

나비가 다음 날 댓바람에 말에 올라 상주를 바라고 길을 나섰다. 이대감이 피난살이를 하는 집과는 두어 마장 떨어진 모서 주막에서 점심을 먹고 말머리를 되돌려 부리나케 집으로 되돌아왔다. 나비가 대문 안으로 들어서자 과연 마당 한가운데 법수가 묶여 있고, 종들이 둘러 서 있었다. 법수는 누비옷이 벗겨지고 대신 무명 홑 바지저고리 바람이었다. 안서방이 나비에게 다가와 염낭을 내밀어서 말 하지 않아도 사태의 전말을 금방 알아차릴 수 있었다.

법수가 나비를 상주로 떠나보내고 나서 재물을 훔쳐 달아나려다 붙잡힌 것이다. 나비가 법수를 수상하게 여겨 안서방에게 미리 일러 뒀던 것이다. 법수가 물린 재갈 속에서 무슨 말을 하려고 움찔댔다. 나비가 안서방에게 말했다.

"입을 풀어 보이소."

"고얀 놈들! 어디 감히 나를 포박한단 말이냐? 내가 마님의 염낭을 꺼낸 것은 집 앞에 있는 정자각을 산등성이로 옮기라는 대감마님의 명을 받들기 위해서다!"

법수가 종들에게 호통치며 노발대발했다. 나비가 나직이 말했다.

"내가 사람을 대감님께 보냈으니 그 말이 바로 들통이 날 낀데 그래도 거짓말을 하능교?"

안서방이 아까 나비에게 넘겨준 염낭에 대한 말로 법수를 몰아붙였다.

"안방에서 마님의 재물을 훔쳤을 뿐만 아니라, 말씀대로 누비옷을 활씬 벗겨서 뜯어본게 옷섶에 보석붙이를 숭가뒀더구먼이유."

"어이쿠 마님! 살려 주시오! 죽을죄를 지었소."

그제야 법수가 다급하게 죄를 털어놓았다. 나비가 안서방에게 눈짓을 하니 안에서 절굿대를 가져왔다.

"곧 대감님께서 돌아오실 낍니더."

법수가 그게 무슨 뜻인 줄을 알아차리고 단박에 얼굴에 핏기가 가셔지면서 다급하게 말했다.

"마님! 살려 줍시오. 처자식을 봐서라도 살려만 줍시오."

"처자식이 있단 말인교?"

"예, 옥천에 데려다 놨는데, 오매불망 저 오기만 기다리고 있습니다. 살려만 주신다면 뭐든 하겠습니다요."

"뭐든 한다꼬요?"

"예, 마님! 뭐든 시키시는 대로 하겠습니다."

나비가 주위 종들을 모두 물러나게 했다. 잠깐 동안에 나비와 법수 두 사람이 무슨 흥정을 했는지 아는 사람은 없었다. 이대감의 가마 행렬이 집 앞에 들이닥칠 임시에 나비가 법수를 풀어주어 뒤꼍 대숲으로 달아나게 했다. 나비가 이대감의 절굿대에 맞아죽을 법수를 살려준 것이다.

이대감이 얼마 동안에 폭삭 늙은 몰골로 집 안으로 들어섰다. 김석중에게 알짜배기 재물을 빼앗겨 애를 태워서, 아니 입을 놀리다 김석중의 부하에게 낯짝을 발에 걸어 채여 이빨이 왕창 달아났으니 하루아침에 폭삭 삭아버린 것이다. 법수가 재물을 챙겨 달아나려다가 붙잡혔다는 말을 듣고 이대감이 노발대발했으나 나비가 재물을 지켜냈다는 말에 겨우 안도의 숨을 내쉬었다. 그러나 법수를 살려서 보낸 것만은 못내 분해했다.

"재물을 건졌으면 그만이지, 집 안에서 송장 치우는 흉한 꼴이 뭐 좋겠어요?"

"오냐, 그건 네 말이 옳다. 그래도 죽을 놈을 살려두면 후환이 따르는 법이다."

이대감이 나비의 몸을 쓸어내릴 때 나비가 말했다.

"대감마님, 요 앞 누각을 저 산 꼭대기에다 옮겨주어요."

"산지기도 아니고, 산꼭대기에 웬 정자각이냐?"

"영감님 주무시는 모습이 한눈에 내려다 뵈는 곳이라, 뒷날 대감님 무덤바라기 하려구요."

이대감이 수염으로 나비의 몸을 쓸며 말했다.

"오냐, 알았다. 그러나 찬바람에 고뿔이라도 들면 안쓰러워 어찌할꼬?"

"대감님을 따라 죽는 것도 보람된 일이지 무슨 낙으로 더 살겠어요?"

세상에 이보다 더 예쁜 말은 없는 법이다.

을미년 새해부터 못에 두 발을 담그고 서 있는 정자각을 뜯어 옮기는 공사가 벌어졌는데, 그곳이 어디냐 하면 바로 갑이가 비 오는 날 똥을 누면서 번개를 잡아챘다는 곳이었다. 정자각 이름을 '청학정青鶴亭'이라 지었다. 그러나 사람들은 '갑이를 기다리는 집', '망부각望夫閣'이라 불렀다.

나비는 날마다 구름을 타고 앉은 듯이 청학정에 단정히 앉아 있다가 날이 저물면 집으로 돌아오곤 했는데, 나비가 집으로 들어설 때면 몸에 하늘의 구름을 데리고 내려온 듯 화사했다. 대신, 이대감은 나날이 쇠약해져갔다. 원래 계집의 양기가 성하면 영감의 양기가 쇠해진다고 했다. 그래서 양반집 웃방데기란 양기를 빼앗겨서 배들배들 곯아 입술이 달개비 빛깔이라야 제격이라 했다.

어느 날부터 이대감의 가슴앓이가 시작되었다. 무엇이 자꾸 가슴을 짓누른다면서 정자각에 있는 나비를 애타게 불러대다가 덜컥 피를 토하고 죽어 버렸다. 이는 더도 덜도 아니게, 이대감이 '쿵!' 절굿대 한번으로 사람을 때려 죽였을 때, 바로 그 모습이었다. 사람들은 이대감이 죽은 이유를 두고 '나비가 청학정에서 이대감의 배를 타고 앉아서'라고 했다. 또, 이어서 말하되 '바우덕이의 원수를 갚아 주마' 했던 갑이의 약속을 나비가 대신 갚았다고도 하였다.

왕족은 죽어도 왕족이라, 상여가 임금의 하사품으로 거창하게 지어졌다. 그 아들이 언제 누구에게 들어 뒀던 말인지, 지례 홍심동에 있는 천하제일의 명당자리를 고집하고 나섰다. 여러 종의 어깨를 잡아먹는 크고 무거운 상여가 천하제일의 명당을 찾아 경상도 땅으로 떠났다. 그러자 소문을 들은 경상도 양반들이 추풍령 고갯마루에 몰려와 상여를 가로 막았다. 본디 양반이란 나랏일에는 동작이 굼뜨나 제 이익이나 원수 갚음에는 민첩하고 목청도 높은 법이다.

"살아서 이용강이지 죽어서도 이용강이고? 우리는 때려 직이도 도둑놈 몬 받는다 카이!"

못나터진 아들은 제가 우겨서 경상도를 찾아가 놓고 제 주장 한마디 못 펴고 돌아섰다. 다시 무거운 상여를 끌고 먼 길을 돌아와 뒷산에 찍어둔 두 번 째 명당자리에 당도했다. 상여를 받쳐놓고 묘를 파는데, 얼마만큼 파 들어갔을 때 갑자기 곡괭이 끝에서 번쩍 마른 불이 튀었다. 관이 묻히기 어중간한 깊이에서 바윗덩이를 만난 것이다. 그냥 묻자니 한참 비에 쓸려 내려가거나, 짐승의 밥이 될 것이고, 더 파자니 바윗덩이를 어찌한단 말인가. 잘난 풍수 법수가 달아났으니 못난 풍수들이 저마다 잘난 척하고 나섰다.

"이대로 바우 우에 모셔야 명당이여."

"무슨 소리여! 바우를 깨야 명당이지."

할 수 없이 안마님 나비와 상의하게 되었다. 나비가 마님의 위엄을 갖춰 말했다.

"우째 그리 지각이 없단 말인교? 산 사람도 바우에 누우면 등이 배기는데 죽은 이라고 다르다 말이고?"

석수장이들을 불러 며칠이 걸릴지 몇 달이 걸릴지 모르는 바위 깨는 공사가 벌어졌다. 곁에서는 이대감의 송장이 구더기를 게워내며 구역질나게 썩어가니 살아서나 죽어서나 정나미 떨어지는 인간, 귀신이 되었다.

돌을 깨는 공사를 벌인 지 한 사나흘쯤 되던 날이었다. 쩍! 바위가 갈라지면서 학 세 마리가 날아올랐는데, 한 마리는 백화산 너머로, 또 한 마리는 신선이 춤추는 형국이라는 밀골 무선봉舞仙峰으로 날아갔다. 그런데 한 마리는 석공이 쪼는 정에 날개가 상했는지 머리 위에서 뱅글뱅글 돌다가 그만 앞 회꼬배기에 쑤셔 박혀 죽었다. 그제야 사람들은 '아뿔싸!' 탄식했다. 바로 이 자리가 학의 둥지, 천하명당이었는데, 바위를 깨내는 바람에 일을 그르친 것이다.

어쨌거나 이대감의 살이 폭삭 썩어 구더기가 삐져나오는 관을 묻고 봉분을 씌워 장례가 끝났다. 왕족 상여는 원래 장례가 끝나면 불태워 없애는 법인데, 이대감에게 한이 맺힌 종들이 상의 끝에 태우는 척 연기만 피우고 어느 마을에 나락 몇 섬을 받고 팔아버렸다.*

---

* 현재 충청북도 영동군 용산면 신항리 503-1에 왕족 상여가 남아 있다. 충청북도 민속문화재 제10호

이대감을 묻고 돌아온 그날 저녁이었다. 나비가 집안의 모든 종들을 모아놓고, 종 문서를 마당으로 끌어내 불태우고 나서 말했다.

"이제 종에서 풀리났응께 모두 떠나도록 하이소. 한울님께서 이 세상을 열 때 사람마다 골고루 먹고 살게 했다 안 캅니꺼. 그런데 언제버텀 양반들이 권세로 이를 빼앗아 종을 부려먹는 세상이 되었다 캅니더. 모다 오래 욕 봤심더. 가서 잘들 사시이소."

이는 어디서 나온 말인가? 비록 짧은 날이었지만, 나비가 갑이와 오순도순 꽃피우 듯 다정하게 살던 날, 동학쟁이 서방 갑이가 한 말을 흉내 낸 것이었다.

"마님! 그동안 은공도 있는데 우예 떠나능교?"

"마님, 그냥 살게 해 줘유."

종들이 엎드려 울며 말했다.

"종으로 그만치 설움 받고 살았으면 됐지 머가 모지란단 말이고! 은공은 무슨 얼어 죽을 놈의 은공! 내일 저물기 전꺼지 이 집에서 떠나도록 하시이소!"

나비의 호통에 그제야 종들이 비단이며 값나가는 물건들을 이고 지고 사방으로 떠나갔다.

얼마 남지 않은 재물이 사방으로 흩어지자 이대감의 혈육으로 남은 못나터진 아들이 '작은어머니가 우리 집안을 망하게 한다'면서 길길이 날뛰다가, 그 길로 덜컥 피를 토하고 죽어 버렸다. 꼭 제 아비처럼.

이제 집안의 모든 종들이 떠났으니 마을 사람을 사서 송장을 치워야 했다. 방에서 송장을 내오려고 방에 들어갔던 사람이 기겁을 하고 뛰쳐나왔다. 하룻 새에 송장이 몇 배로 부풀어 올라 황소가 나자빠진 것 같다는 것이다. 마을 장정 몇 사람을 더 사서야 겨우 장례를 치렀다. 뒷날 사람들이 말하기를, '이대감 누운 곳이 물 고인 돌함지石咸池라 시체가 둥둥 떠 퉁퉁 불어서'라는 것이다.

이렇게 되자 며느리도 제 배 아파서 난 아이도 없는데다, 망한 집에 더 정붙일 것이 없으니 아이를 둔 채 야밤중에 도망쳐버렸다. 그러니 바우덕이 새끼 덕수가 고스란히 나비의 몫이 되었다.

이때, 담 밖에서 이대감집 담 안을 목 빼고 들여다보는 사람들이 있었다. 이대감에게 집과 종산을 빼앗긴 김사과와 게딱지 같은 집을 빼앗긴 사람들이었다.

30. 하늘 아리랑

온갖 꽃이 피고 벌 나비가 날아드는 화창한 봄날이었다. 멀고 가까운 산에 온갖 새 울음이 봄날 꽃사태에 어우러졌다.

백화산에서 흘러넘친 화창한 봄기운이 푸른 개울과 들판을 넘어와 담 벼랑에 붙은 앵두나무 꽃에 머물러 모닥불처럼 타고 있었다.

토록토록 토르르— 토록토록 토르르—

텅 빈 봄 마당에 낭랑한 목탁 소리가 꿈결처럼 은은히 들리는가 싶더니, 차츰 생시로 넘어와 집 안 가득 출렁대고 있었다. 나비가 나른한 낮 꿈에서 깨어나 목탁 소리에 이끌려 방을 나와 눈부신 햇빛 마당으로 내려섰다. 나비의 머릿속은 지난날 어둡고 무겁게 뒤엉켜 있던 것들이 바람 부는 날 구름처럼 가뭇없이 흘러가버려서 맑게 개어 있었다.

송낙 속에서 나온 스님의 눈길이 시주 바가지를 든 나비의 하얀 손길에 머문 채 한동안 목탁이 이어졌다. 이윽고 목탁이 멎고 스님이 시주 바가지를 받아 바랑에 붓더니 나직이 말했다.

"가뭄으로 물이 말라 애를 태우던 세상도 때가 되면 골짜기와 바위틈에 숨었던 작은 물길이 조금씩 모여들고, 천둥번개가 치고 비가 내려 메마른 강에 다시 강물이 넘쳐흐르겠지요."

다시 한참 동안 토르르 토르르 목탁을 굴리고 나서 말을 이었다.

"장차 마른 풀들이 살아나고 숲도 우거지겠지요. 하늘같이 귀한 사람이 살아남았는데, 어찌 죽은 이들의 노고가 헛되이 잊히겠소? 반드시 새로운 날이 올 것입니다."

나비는 송낙 속의 인물이 누구인 줄 알 것 같았다.

"그기 언제인교?"

"선생께서 말씀하셨습니다. 산이 다 검게 변하고 길에 비단을 펼 때요, 만국과 교역할 때이며, 만국 병마가 우리나라 땅에 왔다가 돌아가는 때라고요."

토록토록 토르르— 토록토록 토르르—

스님이 말을 마치고 목탁을 두들기기 시작했다. 잔잔한 강물처럼 흐르던 목탁 소리가 차츰 빨라지더니 거칠게 소용돌이쳤다. 목탁 위에 눈물이 뚝뚝 떨어지기 시작했다. 나비는 송낙 속의 조재벽 접주를 알아보았다.

스님이 대문을 나가 동구 밖으로 가뭇없이 사라졌다.

나비가 덕수와 당금이를 데리고 집을 나섰다. 청학정이 있는 고개를 넘어 용산을 지났다.

청산 문바우로 넘어가는 장군재 고갯마루에 이르자 나비의 입에서 홍얼홍얼 노래가 흘러나왔다. 지난날 할매가 색동옷을 안고 저승문 앞에서 부르던 아리랑이었다. 어쩌면 지금 어미가 이 노래를 부르고 있을지도 모른다. 아니, 노래를 부르다 죽었는지도 모른다.

아리랑 아리랑 아라리— 요. 아리— 랑 고개로 날 넝가 주소.

아리랑 아리랑 아라리— 요. 아리— 랑 고개로 넘어 넘어를 간다……

나비의 노래가 먼 하늘로 빨려 들어가고 있었다. 아니다, 이는 종으로 한 많은 삶을 살다가 죽어가면서 부르던 할매의 노래가 하늘에서 내려온 것이다.

"할매요, 어무이요! 내는 인제 종년 아이라요. 그라고 사람맨치로 잘 살 낍니더."

먼 산에서 '우우웅—' 대답 같은 산 메아리가 되돌아왔다.

한울꿈을 꾼 사람들의 노래

30여 년 전 어느 봄날, 나는 충청도 보은 북실의 나지막한 산 숲속에 있었다. 옛적에는 서울로 가는 길이라서 고갯마루에는 쇠락한 성황당까지 남아 있었다. 당시 나는 지방 신문에 동학 관련 역사 기행문을 연재하고 있었다. 나를 안내한 노인의 말에 따르면, 그 골짜기는 '동학 난리' 때 관군과 일본군에게 학살당한 동학농민군의 시체가 쌓였던 곳이다. 두령들의 목은 잘라서 전공戰功을 내세우는 데 쓰고, 이름 없는 동학농민군 시체는 골짜기에 끌어모아 불태운 뒤 땅에 묻어 버렸다. 그래서 날이라도 꾸물꾸물하면 구천을 헤매던 동학농민군 원혼冤魂들의 구슬픈 울음이 실낱같이 피어오르거나, 푸른 불꽃들이 반딧불이같이 날아다녔고, 가끔은 상여 소리가 들려서 사람들이 이 길을 피해 다니는 바람에 딴 길이 나게 되었다는 것이다. 지금은 이마저도 사라져 버렸으니 세월은 원혼의 울음조차 마르게 하는가 보다.

딴 이야기로, 몇 해 전에 일본의 어느 대학 연구소 창고에서 해골이 발견되었는데, '東學首魁동학수괴'라 씌어 있었다. 추적 결과, 학자들이 반란자들의 반골叛骨 기질을 연구하기 위해 조선에서 동학농민군 두령의 머리를 도굴하여 들여간 사실이 밝혀졌다. 반란자란 살면서 원한 때문에 목숨을 걸고 저항한 것이지 어찌 반골 기질을 타고난단 말인가. 학문을 연구한다는 이들의 짓거리가 이토록 어처구니없다.

일찍이 이 땅의 지배자들은 너른 마당에 군중을 모아놓고 소위 반란자들의 머리를 자르고, 피가 뚝뚝 흐르는 머리를 장대 끝에 매달아 경계했다. 고였던 피가 검게 말라붙은 거북의 등껍질 위에 '영세불망비永世不忘碑'를 세워 반란을 평정한 행적과 제 이름을 새겼다. 그리하여 빛났던 날을 기념하고 향수하면서 틈틈이 칼날을 세워 두는 것이다.

오늘, 전에도 있었는지 모르지만, 어둡고 적막한 숲 가운데 눈동자 같은 양지 마당이 있었다. 봄날의 잡풀들이 저마다 자리를 다투듯 우거져 꽃을 피웠고, 무심한 벌 나비들이 만화방창萬化方暢 속을 노닐고 있었다. 내가 이곳에 오기 전에 박물관 진열대에서 뼛조각을 퍼즐처럼 꿰어 맞춰서 마치 그물을 씌운 모양의 해골을 보았는데, 어느새 그것이 내 눈앞에 나타나 있었다. 해골 한 중간에 푸른 구리 총알이 박힌 뼛조각에 방점을 두고, 북실 골짜기에서 출토되었다는 설명이 붙어 있었다.

갑자기 숲의 머리를 쓸어가는 소소한 바람 소리가 들리더니, 함성과 함께 흰옷 입은 동학농민군이 구름처럼 일어났다. 난데없이 소나기 같은 총성과 함께 동학농민군이 짚단처럼 쓰러졌다. 잠깐 스쳐간 환상이었지만, 이는 어린 날부터 내 머릿속에서 떠돌던 '동학 이야기' 조각들이 구름으로 모여들어 한줄기 비가 된 것이다. 오랫동안 내 머릿속을 떠돌던 설화의 잉크가 부글대며 끓어올라 펜 끝에서 살아난 이야기다. 그렇다고 거품처럼 허망한 이야기가 아니다.

이 소설은 처음에 짧게 썼던 「나비 이야기」에, 천민들의 이야기를 보태어 장편소설이 되었다.

120여 년 전, 저주받은 신분으로 사회의 바닥을 온몸으로 떠받치며 살았던 천민들. 당시 한울꿈을 꾼 사람들의 갑오년 이야기, 불꽃 같은 삶과 바람 같은 죽음을 택한 이름 없는 동학농민군들의 열망과 좌절을 얼마만큼 드러냈는지는 알 길 없다.

2014년 동학농민혁명 120주년 봄에, 저자

웃방데기

등록 1994.7.1 제1-1071
1쇄 발행 2014년 4월 30일

지은이 채길순
펴낸이 박길수
편집인 소경희
편 집 조영준
디자인 이주향
펴낸곳 도서출판 모시는사람들
　　　　110-775 서울시 종로구 삼일대로 457(경운동 88번지) 수운회관 1207호
전 화 02-735-7173, 02-737-7173 / 팩스 02-730-7173

인 쇄 상지사P&B(031-955-3636)
배 본 문화유통북스(031-937-6100)
홈페이지 http:// blog.daum.net/donghak21

값은 뒤표지에 있습니다.
ISBN 978-89-97472-64-2　03810

이 도서의 국립중앙도서관 출판시도서목록(CIP)은 e-CIP 홈페이지 (http://www.nl.go.kr/ecip)
에서 이용하실 수 있습니다.
(CIP 제어번호 : 2014009034)